Kinder- und Hausmärchen

aus der

Schweiz.

Gesammelt und herausgegeben

von

Otto Sutermeister.

Mit Holzschnitten nach Originalzeichnungen

von

J. B. Weißbrod.

Zweite, mit Zusätzen, Erläuterungen und literarischen Nachweisen
vermehrte Auflage.

Aarau,
Druck und Verlag von H. R. Sauerländer.
1873.

Vorwort der ersten Auflage.

Jenen Sammlungen deutscher Volksmärchen, welche nach dem Vorgange der nicht minder um Volkspoesie und Jugendliteratur wie um die deutsche Sprachwissenschaft hoch verdienten Brüder Jakob und Wilhelm Grimm aus fast allen Gauen Deutschlands unternommen worden sind, reiht sich hiermit endlich auch eine schweizerische an. Schon das Grimmsche Buch selbst erzählte ein halbes Dutzend eigenartiger Schweizer Märchen; in- und ausländische Zeit- und Gelegenheitsschriften haben aber seither eine so namhafte Zahl aus schweizerischer Tradition erhobener Märchen vereinzelt gebracht, daß auch schon eine bloße Sammlung und Sichtung der so vielfach zerstreuten wohl für Niemand erst einer Rechtfertigung beburft hätte. Das vorliegende Bändchen ergiebt nun dem Leser nebst der Revision jenes bereits gedruckt vorgefundenen Materials eine Vervollständigung desselben theils durch handschriftliche eigene und fremde Aufzeichnungen, theils durch unmittelbar aus dem Volksmund erhobene Mittheilungen, und schließlich eine sorgfältige, auf Vergleichung mit den deutschen Sammlungen gegründete

Wahrung der Tradition bei angemessener Gestaltung zu Kinder= und Hausmärchen. Ausgeschlossen wurden dabei alle solche Märchen, welche offenbar nach Vorlagen deut= scher Sammlungen erzählt waren, während dagegen selbst= verständlich volksthümliche Varianten bekannter Märchen mit aufgenommen wurden.* Aus den Druckquellen wurde ferner Manches bei Seite gelassen, was sich einer genaueren Be= trachtung als das Produkt irgend eines schöngeistigen Falsch= münzers verrieth; ebenso wurde auch schon jeder künst= liche Zusatz fern gehalten, durch welchen etwa ein Märchen um die seiner Gattung ursprünglich eigene Einfachheit, Un= schuld und prunklose Reinheit gebracht worden war; und endlich wurde auf den einfachsten Redestil zurückgeführt, was der einzelne Erzähler in subjektiver Willkür für Fein= heit, Geist, Witz, Gefühl u. dgl. gehalten hatte und was doch im besten Fall „nur an jene unglücklich begabte Hand erinnerte, die Alles, was sie anrührte, auch die Speisen, in Gold verwandelte und mitten im Reichthum nicht sättigen und tränken konnte."

In dem Gefühle, das die Brüder Grimm auch ihrer= seits schon 1819 aussprachen (Vorrede zur zweiten Auflage der Kinder= und Hausmärchen): daß eine geläuterte Schrift= sprache, so gewandt sie in allem Uebrigen sein mag, zwar

---

* An der Stelle des von Grimm aus Basel erzählten Märchens von dem starken Hans ist hier eine Variante aus dem Aargau auf= genommen: Der Bueb mit dem isige Spazierstecke — während unser Märchen Nr. 21, das sich wie das Grimmsche betitelt, mit diesem nichts gemein hat.

heller und durchsichtiger, aber auch schmackloser geworden
ist und nicht mehr so fest dem Kerne sich anschließt, wie
die entschiedene Mundart — wurde überall nicht allein die
mundartliche Form, wo solche sich vorfand, beibehalten,
sondern auch Einzelnes, sofern die vorgelegene hochdeutsche
Fassung dem Stoffe zu widerstreben schien, mundartlich um=
geschrieben.   Selbstverständlich bedurfte die Mundart, wie
sie die verschiedenen Texte boten, vielfach einer durchgreifen=
den Revision; und hier befand sich der Herausgeber mehr
als einem seiner Erzähler gegenüber in dem Vortheil, daß
ihm die oft so wesentlich varirenden Formen der lokalen
Idiome heimisch und vertraut.*

Billig wird aber hier noch Derjenigen gedacht, für
welche zunächst dieses Märchenbuch bestimmt ist.

Dem wissenschaftlichen Freunde der Märchen ist freilich
längst bekannt, worin der unersetzliche Werth solcher Volks=
märchen gegenüber den Kunstmärchen, und seien es die glück=
lichst erfundenen, liegt. Ihnen allen sind — um es mit
W. Grimm's trefflichem Wort auszudrücken — die Ueber=
reste eines in die älteste Zeit hinaufreichenden Glaubens
gemeinsam, der sich in bildlicher Auffassung übersinnlicher
Dinge ausspricht.   Dies Mythische gleicht kleinen Stückchen
eines zersprungenen Edelsteins, die auf dem von Gras und

---

* Selbst in den Grimmschen Schweizer Märchen, die sonst un=
verändert in unsere Sammlung hinüber genommen wurden, mußten
neben unzähligen Druckfehlern auch oftmals mundartwidrigste Formen
korrigirt werden. Man prüfe — um nur eines zu nennen — z. B.
das Grimmsche Märchen vom Vogel Greif. 7. Aufl. 2. 316.

Blumen überwachsenen Boden zerstreut liegen und von dem schärfer blickenden Auge entdeckt werden. Die Bedeutung davon, so sehr sie sich verdunkelt haben mag, wird noch empfunden und giebt dem Märchen seinen Gehalt, während es zugleich die natürliche Lust an dem Wunderbaren befriedigt. Niemals ist es bloßes Farbenspiel gehaltloser Phantasie. Die Kindheit der Völker wie diejenige des einzelnen Menschen überträgt das eigene rege Leben, die Fülle der Empfindungen und die Ahnungen vom Zukünftigen, welche in denselben aufsteigen, auf die Natur der Umgebung; ihr singen Bäume, reden Quellen und Thiere; das Gefühl der Hilfsbedürftigkeit ruft die Feen, die Abhängigkeit von Naturkräften läßt vor dem Kobold zagen. Aus den frühesten Tagen des Erwachens zum Bewußtsein stammen die besten Märchen.

Dies Alles vermöchte nun aber kaum ein Vorurtheil abzuwehren, welches zu verschiedenen Zeiten den ältesten und natürlichsten Freunden der Märchen, dem Kinde und seiner erzählenden Mutter, alle Märchenerzählung überhaupt als etwas die sittlich gesunde, auf Wahrhaftigkeit gegründete Erziehung und ebenso die vernünftige Schulbildung Gefährdendes zu verleiden suchte — ein Vorurtheil, das von Seiten einer bald rationalistisch beschränkten, bald sonst pädagogisch unzulänglich unterrichteten Klasse von Leuten sich in der That mitunter geltend zu machen wußte und das einfache Denken mehr als Einer Mutter, ihrem besseren Gefühl zum Trotz, momentan beirren konnte. Es sei deßhalb in Kürze hier zusammen gefaßt, was vorab ein äußerst feinsinniger und liebenswürdiger Märchen= und Kinderfreund in einer unlängst erschienenen Schrift *, sodann aber auch eine Reihe der geachtetsten deutschen Pädagogen und Schulmänner, wie G. Baur, Flashar, Grube, Kellner, v. Palmer, v. Raumer, Veesenmeier, Vilmar, einstimmig über die erzieherische Seite des Märchens urtheilen.

Das Märchen fällt in Rücksicht auf seinen pädagogischen Werth zunächst unter den Gesichtspunkt des Spieles. Es ist der dem freien Spieltriebe der kindlichen Phantasie entsprechende Stoff. Indem es die Elemente der wirklichen Welt zu Erscheinungen, Gestalten und Begebenheiten kombinirt, wie sie gewöhnlich nicht vorkommen und großentheils nicht vorkommen können, werden die Vorstellungen des Kindes nicht bloß im Allgemeinen der unmittelbaren sinnlichen Gegenwart enthoben und gegen dieselbe frei gemacht, sondern sie werden auch in Verbindungen gezogen, welche sie im gemeinen Leben gar nicht eingehen zu können scheinen; ihre Beweglichkeit und Verknüpfbarkeit wird dadurch unendlich vielseitiger. Es ist daraus leicht erklärlich, warum gerade das Ungewöhnliche, Ungereimte und Wunderbare ihrer Verbindungen eine so bedeutende Anziehungskraft auf das Kind ausübt, daß es sich zeitweise ganz in ihnen verlieren und die Außenwelt darüber momentan vergessen kann; denn mit spielender Leichtigkeit baut es sich, dem Erzähler folgend, aus den ihm bekannten Vorstellungselementen eine neue bisher ungekannte Welt auf. Und das beruht nicht etwa auf einer künstlichen Reizung seiner geistigen Kräfte,

---

* Das Märchen und die kindliche Phantasie, von Julius Klaiber, Verlag von Liesching in Stuttgart 1866.

sondern ist vielmehr ganz natürliche, naive Entdecker= und
Dichterlust. Auch die Phantasie will ihre Nahrung haben;
wollte man diese etwa aufsparen, bis den Kindern der Unter=
schied zwischen Dichtung und Wirklichkeit klar wäre, so wür=
den sie dannzumal selbst diese Nahrung abweisen und die
erste Uebung und Kräftigung der Phantasie wäre versäumt —
ein Fehler, der später durch keine Kunst mehr gut zu machen
wäre. Man müßte nun aber auch selbst unfähig sein, die
dichterische Wahrheit von der prosaischen Wirklichkeit zu
unterscheiden, wenn man von der Freude des Kindes am
Märchen eine Beeinträchtigung seines Wahrheitssinnes be=
fürchten wollte. Der Kontrast zwischen der Wirklichkeit und
der Welt des Spieles ist auch schon für das Kind zu groß,
als daß es ihm möglich wäre, jene über dieser anders als
bloß spielend und für die Dauer des Spieles zu verlieren.
Es mag spielend oder nach Anleitung eines Märchens aus
dem leeren Becherchen köstlichen Wein schlürfen, aus leeren
Nußschalen oder vom Bilderbogen weg mit gespitzten Fin=
gerchen süße Gerichte speisen — darum wird es doch gleich
darauf, keineswegs verwöhnt, um wirkliches Wasser bitten,
sobald der wirkliche Durst sich einstellt, und an einem Stück
Hausbrod und einem Apfel allfort sich köstlich laben. Wenn
der Knabe Großvaters Stock zwischen die Beine nimmt und
durch die Stube reitet, so lebt er in diesem Augenblicke ja
auch ganz in der Illusion, ein Pferd zu haben, und er ruft
ihm zu und schlägt es mit der Peitsche wie ein Pferd; aber
es fällt ihm darum nicht ein, den Stock für ein leibhaftiges
Pferd zu halten. Und wenn das Mädchen seine Puppe an=
kleidet oder in's Bettchen legt, so verkehrt es mit ihr und

rebet mit ihr, wie wenn es ein lebendiges Wesen vor sich hätte, und doch vergißt es nie, daß die Puppe eben nur eine Puppe ist. So aber lebt das Kind auch zugleich in und über dem Spiel des Märchens. — Das andere Bedenken: ob die Märchen nicht gerade jene unvernünftige Furcht und den Aberglauben, welche nächst dem Haus die Schule zu verbannen bestrebt und verpflichtet ist, in die kindlichen Seelen zu pflanzen geeignet seien — dieses Bedenken ist durchaus eben so unhaltbar und eitel als das erste, weil es mit diesem im Grunde völlig zusammenfällt. Zunächst beruht dasselbe auf einer Verwechslung des Märchens mit den landläufigen Spuck= und Gespenstergeschichten, wie man denn überhaupt die Erfahrung macht, daß die Gegner des Märchens es in der Regel sehr wenig kennen, sondern nur nach einem vorgefaßten Bild urtheilen. Und was sodann die Wundermächte des Märchens selbst betrifft, so kann man es in diesem Punkt getrost mit dem guten alten Musäus halten, welcher der Ansicht war, solche Vorstellungen von höhern Mächten können dem Kinde nichts schaden, sonst würden sie nicht einen guten Theil des kindlichen Glückes ausmachen — sonst würden, fügen wir hinzu, nicht wir Alte meinen, die Kinder, zu denen das Märchen nicht mehr kommen dürfe, um ihnen seine wundersamen Geschichten zu erzählen, könnten gar nicht so recht Kinder sein, wie wir es gewesen, es müßte ihnen etwas fehlen zum vollen Duft der hellen Kinderseligkeit. Das Kind glaubt eben an jene Feen, Zauberer und Waldmenschen, wie es an Steckenpferd und Puppe glaubt; es glaubt an sie, so lange es von ihnen erzählen hört; da ist sein inneres Leben so ganz hingenommen von dem Zauberduft, daß es Alles leibhaftig vor sich zu sehen meint; aber wenn es wieder entlassen ist aus diesem Zauberkreis und dem gewöhnlichen Thun des Tages zurückgegeben, da verblassen diese Bilder vor andern Eindrücken im Bewußtsein; und so ist es hierin schließlich mit den Gestalten des Märchens gar nicht anders als mit dem Märchen selbst. Ja die ganze Welt der Wunder, welche sich im Märchen vor dem staunenden Blick des Kindes aufthut, sie bringt nicht etwa nur der Wahrhaftigkeit und Freiheit seines Gemüthes keinen Schaden — vielmehr gilt hier noch ein tiefsinniges Wort, das Schleiermacher einmal in seinen Reden über Religion ausgesprochen hat und mit dem wir auch vertrauensvoll dies Büchlein in die Hand der Kinder und Mütter legen: Mit großer Andacht, sagt der berühmte Gelehrte, könne er der Sehnsucht junger Gemüther nach dem Wunderbaren und Uebernatürlichen zusehen; so freudig sie den bunten Schein der Dinge um sie her aufnehmen, überall suchen sie doch umher, ob nicht etwas über die gewohnten Erscheinungen und das leichte Spiel des Lebens hinausreiche; und so viel irdische Gegenstände ihrer Wahrnehmung dargeboten werden, es sei immer, als hätten sie außer diesen Sinnen noch andere, welche ohne Nahrung vergehen müßten; das aber sei die erste Regung der Religion.

Aarau, auf Weihnachten 1868.

Zur zweiten Auflage.

Die ungewöhnlich günstige Aufnahme, welche unsere schweizerische Märchen-Sammlung im In- und Auslande rasch und allseitig gefunden hat, glaubten Herausgeber und Verleger nicht besser verdanken zu können, als indem sie eine zweite Auflage mit neuen Vorzügen ausstatteten. So hat nun das Büchlein zunächst ein stattlicheres Aeußeres gewonnen; es sind auch verschiedene kleinere Versehen in Text und Druck der ersten Auflage gutgemacht und die Mundarterklärungen namentlich zu Gunsten nichtschweizerischer Leser beträchtlich vermehrt worden; die neu hinzugekommenen Märchen (Nr. 20, 29, 47, 51, 54, 55, 59) und 18 Illustrationen sodann werden zum mindesten den übrigen nicht nachstehn; und was den beigegebenen Kommentar betrifft, so meinen wir Zweck und Berechtigung desselben bescheiden genug auszusprechen, wenn wir einfach ein Wort für uns wiederholen, mit welchem A. Schott vor nunmehr nahezu dreißig Jahren seine walachischen Märchen begleitete: „Es wird in einer Zeit von so vorherrschend geschichtlichem Trieb wie die unsere wohl verziehen werden, wenn ein Herausgeber von Märchen sich nicht damit begnügt, sie in ihrer einfachen Schönheit mitzutheilen, sondern auch über ihre Herkunft, ihre frühere Gestalt und Be-

beutung nachsinnt. Wenn ein solcher Anhang Manchen, die sich an den Märchen erquickt haben, zu trocken vorkommt, so gewinnt er dem Buche vielleicht einzelne Leser von Denen, die nur da erheitert werden, wo sie zugleich Belehrung finden."

Auf Weihnachten 1872.

O. S.

Inhalt.

1.

Das Kornkind.

Ein Bauer gieng durch den Wiesengrund hinter dem Dorf
dem Hügel zu, auf welchem das Kornfeld lag. Es war Früh=
ling, das erste grüne Gras sproßte gerade hervor, und von
den Bäumen fielen die Blüthen darauf wie eitel Schneeflocken;
am Abhang sah er die Reben weinen, und als er auf der

Höhe angekommen war, standen die jungen Halme auf dem
Acker da, daß es eine helle Freude anzusehen war. Dem Bauer
gieng es durchs Herz, daß er fast lautauf gejauchzt hätte. Da
sah er auf einmal mitten in den Fruchthalmen ein kleines wild=
fremdes Kind liegen, das war gar wunderlieblich, und es sah
ihn mit großen Augen so beweglich an und streckte die Aerm=
chen nach ihm aus, als wollt' es sagen: Bitte, nimm mich mit
nach Haus, ich hab ja sonst Niemand auf der Welt. Ja, sagte
der Bauer, nachdem er sich von seinem Erstaunen erholt hatte,
ich will dich mit heim nehmen; hat der grundgütige Gott den
Frühling so schön gemacht, so wird er wohl auch die Ernte nicht
fehlen lassen; und für so einen kleinen Schnabel mehr läßt er's
diesmal schon wachsen. Damit wollte er das Kind aufheben;
aber da war's, wie wenn es an die Erde genagelt wäre; er
brachte es nicht von der Stelle. Nun rief er alle Bauern her=
bei, die auf dem Felde zu sehen waren, und Einer nach dem
Andern versuchte, das Kind vom Boden aufzunehmen; aber
alle nacheinander mußten davon abstehen. Da gieng mit dem
Kind allmälig eine sonderbare Verwandlung vor: Zuerst bekam
es goldgelbes Haar, dann wurde sein ganzer Kopf wie lauter
Gold, und endlich strahlte sein ganzer Leib in goldigem Schim=
mer. Das fremde Kind war ein Engelein geworden und fieng
mit einem feinen Stimmlein an zu sprechen und sagte zu dem
Bauer: Weil du dich meiner erbarmt und dem lieben Gott
vertraut hast, so soll die Ernte und der Herbst noch viel schöner
werden als es jetzt aussieht. Und als es das gesagt hatte, flog
es vor seinen Augen auf und verschwand im blauen Himmel.

2.

Goldig Betheli und Harzebabi.

Lebte einst, Niemand weiß vor wie langer Zeit, eine Frau, die dem Betheli, ihrem Stiefkinde, recht bös war, dagegen ihrem eigenen, dem Babi, Alles nachsah, selbst das Gröbste. Babi hatte immer Recht, Betheli immer Unrecht; Babi behielt immer den Vorzug, bekam die Haut voll zu essen, was es nur wollte, und gieng hoffährtig gekleidet daher, während Betheli oft hungerte, daß ihm fast die Ohren abfielen und es in Lum= pen armselig dastand. Babi hatte immer Feiertag, Betheli mußte Mühsal und hartes Leben erdauern. Tag und Nacht sollte Betheli's Spinnrädchen schnurren, und so wohl ihm's auch da= bei ausgab, Stiefmutter war nie, nie zufrieden. Einmal fiel sein Wirtli zu Boden, trollte und trollte in ein Mauseloch hin= unter. Stiefmutter beharrte durchaus darauf, Betheli müsse jetzt in das Mauseloch hinab schliefen und das Wirtli selber wieder holen. Arm Betheli weiß nun nichts anderes als zu gehorchen; es probiert, und Mauslöchlein macht ihm Platz. Und es ist als ob es von unsichtbaren Händen unaussprechlich weit hinunter in eine ganz andere Welt getragen würde. So ge= schah es. O wie herrlich sah es da unten aus, welch ein prächtiges Schloß glitzerte ihm entgegen! Wie es demselben nahe stand, sah Betheli vor den Pforten spielende Hündchen,

gar liebe, gescheide Thierchen, die reden konnten wie Menschen.
Sie grüßten das erstaunte Mädchen freundlich und wußten so=
gar seinen Namen, indem sie riefen: Wau wau, s'goldig Betheli
chunnt! Bald erschienen und traten Betheli entgegen mehrere
Kinder; sie waren so hold und klug, ich kann nicht beschreiben
wie. Betheli machte große, schüchterne Augen; aber es fühlte
sich von den wunderbaren Kindern so wohlthätig angeblickt, daß
ihm ganz heimelig und wonnig wurde, zumal da es sich wieder
als das goldig Betheli begrüßen hörte. Die Kinderlein sahen
ihm indessen wohl an, wie sehr es hungere, und fragten gleich:
„Goldig Betheli, mit wem willst du essen, mit uns oder mit
den Hündchen?“ „Setzt mich nur zu den Hündchen, s' ist lang
gut genug für mich,“ sagte demüthig das Mädchen. „Nein,
du sollst mit uns zu Tische gehen,“ riefen einstimmig die Hol=
den, welche ihm sofort zweierlei Gewänder zur Auswahl vor=
hielten, ein hölziges und ein goldenes. Betheli langte nach
dem hölzigen, indem es sagte: „Das ist gut genug für mich.“
Es geschah jedoch dem bescheidenen Kinde zum Lohne das bes=
sere Gegentheil, sie zogen ihm das Goldkleid an und führten's
in einen glänzenden Saal des Schlosses, wo ein goldener Tisch
mit den allerbesten und süßesten Speisen und Getränken bedeckt
stand. Hungrig Betheli bekam es jetzt einmal so gut, fast wie
des lieben Herrgott seine Engelchen bei der himmlischen Mahl=
zeit. Die lieblichen Kinder spendeten Betheli von allen guten
Sachen, lobten und küßten es, so daß ihm war wie im Pa=
radies. Zum Abschied schenkten sie ihm obendrein vielen kost=
baren Schmuck und unter anderm einen goldenen Wirtel. Dann
schoben und hoben sie's wieder durch jenes Mauslöchlein hin=
auf in der bösen Stiefmutter Stube. Da stand Betheli wie

ein lichter Engel strahlend im Goldkleid. Kaum hatten sich
Mutter und Babi vom größten Erstaunen erholt und Betheli
über Alles haarklein ausgefragt, als beschlossen wurde, Babi
müsse ebenfalls in die andere Welt hinunter und zum mindesten
ebenso schöne Sachen als Betheli heraufholen. Mutter und
Tochter zweifelten gar nicht daran, daß, wenn dem verachteten
einfältigen Betheli solche Aufnahme zu Theil ward, dem Babi
natürlich noch weit mehr Ehre widerfahren würde. Und sie
ließen einen Wirtel durch das Mausloch hinab und Babi setzte
ihm nach. Da wirklich das Löchlein wieder Platz machte und
Babi verschwand, hoffte die Mutter oben und hoffte das Meitli
unten während der Fahrt in die andere Welt das Allerbeste.
Babi, dort angelangt, gieng die gleichen Wege wie Betheli sie
beschrieben hatte, bis es zu den Hündchen und dem Schloß
gelangte. Schon lachte ihm das Herz im Leib. Die Hündchen
bellten sogleich: Wau wau, s' Harzebabi chunnt! Wau wau,
s' Harzebabi chunnt! Und das riefen sie in mürrischem Tone,
machten glänzende Augen und ließen die Schwänzchen hangen.
Wohl eilten auch jene holden Kinder herbei, allein ihr Blick
leuchtete nicht so sonnig in Babi's Herz wie in Betheli's. Sie
fragten das Babi, mit wem es essen wolle. „Mit euch,“ sagte
es; „das Betheli hat auch mit euch gegessen.“ Dann legten sie
ihm zwei Paar Kleider vor, ein hölziges und ein goldiges. Babi
sprach, es wolle das goldige; Betheli habe auch ein goldiges;
und wolle einen goldigen Wirtel und andern Goldschnuck. Allein
sie ließen's ihm nicht, es mußte das hölzige anziehen, sofort
mit den Hündchen auf dem Boden zu Gast essen: Abfall und
Treber. Zum Abschied ward sein Holzgewand mit Pech und
Harz überstrichen, und es wurde dabei immer nur Harzebabi

geheißen. Einen Wirtel bekam es, aber einen alten, hölzigen. Sie waren froh, seiner bald los zu werden, und machten, daß Harzebabi schnell durch das Mausloch in die Oberwelt stieg. Hier oben blieb Betheli zeitlebens in Ehre und Ansehen, und hieß immer Goldig Betheli, während Babi verachtet blieb und oft hören mußte:

Wau wau, s' Harzebabi chunnt!

3.
Die Geisterküche.

Ein Siegrist hatte einen Sohn, der war so wild und un=
bändig, daß der Vater mit sich zu Rathe gieng, wie er seinen
Uebermuth dämmen könnte. Für's Erste stellte er einen Stroh=
mann in den Kirchthurm und schickte dann den Knaben bei
Nacht in den Thurm hinauf, noch die Uhr aufzuziehen. Aber
der Junge schlug einfach den Popanz über die Stiege hinunter
und brachte ihn lachend in die Stube herein gehuckelt. Da
merkte der Vater, hier müsse man etwas Klügeres thun und
ließ ihn das Schneiderhandwerk lernen, um ihn in die Fremde
zu schicken, damit er sich hier die Hörner abstoße. Der Junge
blieb aber der Gleiche. Auf seiner Wanderschaft wollte er einst
mitten im Walde in einem einsam liegenden Häuschen übernachten;
aber Niemand öffnete, und er erbrach zuletzt die Thüre. Kein
Mensch war drinnen, doch brannte auf dem Tisch ein Licht.
Während er sich's dabei bequem machen wollte, kamen zwei
Männer in die Stube getreten, die ihn einige Zeit anstutzten,
dann aber nach kurzem Gespräche ihm gestanden, das Haus
habe gar keinen Herrn mehr; denn es sei gespenstisch; ihnen
aber diene dieser Umstand dazu, ihre Diebereien hier verbergen
zu können. Als der Geselle um das Nähere fragte, vernahm
er, eine weiße Frau hüte hier einen Schatz und erscheine regel=

mäßig um die Geisterstunde. Nun verbündeten sie sich zu Dritt,
heute diesen Schatz zu erheben. Bis Mitternacht war es aber
noch lange, der Hunger war nicht gering; und weil die Diebe
Mehl und Schmalz im Hause hatten, suchte der Geselle ein
Mahl zu rüsten, machte in der Küche ein Feuer und in kurzer
Zeit küchelte er schon am Herde. Da hörte er, noch ehe die
Mitternachtsstunde da war, aus dem Schlot herunter eine
Stimme rufen: Flieh, oder ich falle!

„Nur zugefallen!" antwortete er unbesorgt, und gleich fiel
ein Schenkel durch den Kamin herab auf den Herd. Er
schleuderte denselben in einen Winkel der Küche, that die Pfanne
wieder über's Feuer und röstete weiter an den Schmalzküchlein.
Bald hörte er die Stimme aus dem Schlote abermals und
gab abermals dieselbe Antwort; da lag der andere Schenkel
vor ihm am Herde. Er warf ihn zum ersten, und so gieng
es fort, bis zuletzt alle Glieder und Stücke eines Menschen=
körpers da waren. So bald er auch den Kopf zu den übrigen
Theilen geworfen hatte, fügte sich Alles zusammen, ein großer
Mann richtete sich hinten in der Küchenecke auf und trat zu
ihm heran. Der Bursche fragte ihn höhnisch, wo er denn sein
Weib habe? Sie wird nachkommen, antwortete der Mann.
Um so besser, sagte der Geselle, setze dich also derweilen dort in
jene Ecke. Der Mann gehorchte, und der Geselle trug nun
sein fertiges Gebäcke auf: Als er mit der Schüssel über den
Hausgang in die Stube gehen wollte, kam ihm eine schneeweiße
Frau entgegen. Aha, sagte er, das ist wohl diejenige, welche
hier den Schatz hütet. Nun ja, so mag sie vor der Hand zu Tisch
kommen und ihren Mann, der dort im Winkel sitzt, mit herein
bringen. So gieng er mit der Schüssel voran in die Stube,

und das Paar folgte ihm. Alle faßen zu Tisch, jedoch wollten die Geister nichts genießen. Nach dem Essen forderte der Geselle die Frau auf, ihm die Mittel anzugeben, wie sie erlöst werden könne, und versprach ihr, standhaft und beherzt bleiben zu wollen. Nun zündete sie ihm bis zu einem alterthümlichen Bette voran, in welchem ein gewichtiger Schlüssel lag; dieser paßte im Hauskeller zu einer Eisenthüre, und nach dreimaligem Umdrehen gieng das Schloß auf. Die Frau trat mit dem Licht hinein. Da erblickten sie im Gewölbe einen Hahn mit feurigem Kamm, der sich auf dem Rücken eines gewaltigen Zottelhundes ausspreizte. Der Hund aber kauerte knurrend auf einer großen Kiste, während der Hahn dazu krähte, daß er sich selber fast überpurzelte. Der Schneider ließ sich von Allem nicht dumm machen. Aller Grimassen ungeachtet, verscheuchte er erst die Ungethüme und schloß, sobald sie zum Keller draußen waren, die Thüre zu. Dann legte er wohlbesonnen sein Schurzfell ab. Mit dem zweiten Schlüssel, den ihm nun die weiße Frau einhändigte, öffnete er die Kiste, und sie lag bis oben voll Gold. Sogleich aber warf der Geselle sein Schurzfell darüber, weil er wußte, daß man jedem Geisterschatze, der nicht mehr entweichen soll, etwas von unsern eigenen Sachen beilegen muß. Kaum war dies geglückt, so sagte er der weißen Frau und ihrem Manne: „Jetzt könnt ihr gehen," und augenblicklich waren beide verschwunden. Nachher haben sich die Drei, der Schneider und die Diebe, in die Schätze friedfertig getheilt, und der alte Siegrist sah seinen Sohn als reichen Mann wiederkehren.

4.

D'Brösmeli uf em Tisch.

Der Güggel het einisch zu sine Hüendlene gseit: „Chömed
weidli i d'Stube ufe go Brotbrösmeli zämebicke ufem Tisch:
Eusi Frau isch usgange go ne Visite mache." Do sage do
d'Hüendli: „Nei nei, mer chöme nit; weist, d'Frau balget ame
mit is." Do seit der Güggel: „Si weiß jo nüt dervo, chömed
ihr numme; si git is doch au nie nüt Guets." Do sage
d'Hüendli wieder: „Nei nei, s' isch us und verbi, mer gönd
nid ufe." Aber der Güggel het ene kei Rue glo, bis si endlig
gange sind und ufe Tisch und do d'Brodbrösmeli zäme gläse
hend in aller Strenge. Do chunnt justement d'Frau derzue

und nimmt gschwind e Stäcke
und steubt si abe und regiert
gar grüseli mit ene. Und wo
si do vor em Hus unde gsi
sind, so sage do d'Hüendli
zum Güggel: „Gse gse gse
gse gse gse gsehst aber?"

Do het der Güggel glachet
und numme gseit: „Ha ha
han i's nit gwüßt?" Do
hend si chönne goh.

5.
Müsli gang du zerst!

E Müsli und e Glüetli sind emol mit enandere spaziere gange. Do si sie an e Bach cho und hätte gern drüber welle; aber kei Brüggli und ke Steg isch do gsi, nur e Strauhalm ist do glege; über de hend si müesse schrite, wenn si hend übere welle. Do seit s'Glüetli zum Müsli: „Gang du zerst dure! Du channst besser springe als ich." s'Müsli aber seit: „Nei, du muesch zerst übere, denn du muesch mir zünde." Am End wo si gnueg zanket gha hend, so ruckt s'Glüetli vora. Aber chum isch's zmitz ufem Bach gsi, so chunnt der Strauhalm a, rißt abenand, und s'Glüetli fallt is Wasser und stirbt, wie alli Glüetli sterbe, wenn sie is Wasser falle. Vor Angst het's e Schrei usglo: Zsch — het's gmacht. Sobald das s'Müsli gseh und ghört het, so fangt es a z'lache und lacht und lacht bis ihm s'Pelzli versprungen isch. Dem isch also si Schadefreud au nit guet beko. Was isch jetz z'mache? denkt's. J wird müesse luege wie ich cha mi Pelzli flicke. Und s'Müsli goht zum Schuemacher und seit: „Du mir Droht ge, daß ich cha mi Pelzli flicke." Der Schuemacher seit: „Du mir Borst bringsch, ich dir Droht gib, daß du channsch di Pelzli flicke." Do goht s'Müsli zur Sau und seit: „Du mir Borst ge, Borst ich Schuemacher bringe, Schuemacher mir Droht git, daß ich cha

mi Pelzli flicke." D'Sau seit: „Du mir Chrüsch gisch, ich dir
Borst gib, Borst du Schuemacher bringe, Schuemacher dir Droht
ge, daß du channsch die Pelzli flicke." Do goht s'Müsli zum
Müller und seit: „Du mir Chrüsch ge, Chrüsch ich Sau bringe,
Sau mir Borst ge, Borst ich Schuemacher bringe, Schuemacher
mir Droht ge, daß ich cha mi Pelzli flicke." Der Müller seit:
„Du mir Chorn gisch, ich dir Chrüsch gib, Chrüsch du Sau
bringe, Sau dir Borst ge, Borst du Schuemacher bringe, Schue=
macher dir Droht ge, daß du channsch di Pelzli flicke."

Do goht s'Müsli zum Acher und seit: „Du mir Chorn
ge, Chorn ich Müller bringe, Müller mir Chrüsch ge, Chrüsch
ich Sau bringe, Sau mir Borst ge, Borst ich Schuemacher
bringe, Schuemacher mir Droht ge, daß ich cha mi Pelzli flicke."
Der Acher seit: „Du mir Mist gisch, ich dir Chorn gib, Chorn
du Müller bringe, Müller dir Chrüsch ge, Chrüsch du Sau
bringe, Sau dir Borst ge, Borst du Schuemacher bringe, Schue=
macher dir Droht ge, daß du channsch di Pelzli flicke."

Do goht's Müsli zur Chue und seit: „Du mir Mist ge,
Mist ich Acher bringe, Acher mir Chorn ge, Chorn ich Müller
bringe, Müller mir Chrüsch ge, Chrüsch ich Sau bringe, Sau
mir Borst ge, Borst ich Schuemacher bringe, Schuemacher mir
Droht ge, daß ich cha mi Pelzli flicke." D'Chue seit: „Du
mir Gras gisch, ich dir Mist gib, Mist du Acher bringe, Acher
dir Chorn ge Chorn du Müller bringe, Müller dir Chrüsch
ge, Chrüsch du Sau bringe, Sau dir Borst ge, Borst du Schue=
macher bringe, Schuemacher dir Droht ge, daß du channsch di
Pelzli flicke."

Do goht s'Müsli zur Matte und seit: „Du mir Gras ge,
ich Gras Chue bringe, Chue mir Mist ge, Mist ich Acher bringe,

Acher mir Chorn ge, Chorn ich Müller bringe, Müller mir Chrüsch ge, Chrüsch ich Sau bringe, Sau mir Borst ge, Borst ich Schuemacher bringe, Schuemacher mir Droht ge, daß ich cha mi Pelzli flicke." D'Matte seit: „Du mir Wasser gisch, ich dir Gras gib, Gras du Chue bringe, Chue dir Mist ge, Mist du Acher bringe, Acher dir Chorn ge, Chorn du Müller bringe, Müller dir Chrüsch ge, Chrüsch du Sau bringe, Sau dir Borst ge, Borst du Schuemacher bringe, Schuemacher dir Droht ge, daß du channsch di Pelzli flicke."

Do goht s'Müsli zum Bach und leitet en i d'Matte ine: Do het d'Matte Gras ge, d'Chue het Mist ge, der Acher het Chorn ge, der Müller het Chrüsch ge, d'Sau het Borst ge, der Schuemacher het Droht ge, und s'Müsli het chönne si Pelzli flicke.

6.

Die drei Raben.

Es war einmal ein Mädchen, das hatte seinen Vater, so lang es denken mochte, immer nur traurig gesehen. Endlich konnte es nicht mehr anders und fragte ihn nach der Ursache seiner Traurigkeit; und da vernahm es, daß es drei Brüder gehabt, die der Vater einst im bösen Zorn zu Raben verwünscht habe. Von dem Augenblick an fand es daheim keine Ruhe mehr, und sobald es unbemerkt davon gehen konnte, machte es sich auf den Weg, um seine Brüder aufzusuchen. Am Abend kam es in einen Wald, da wohnte eine Fee, welche dem Mädchen schon lange gewogen war; die behielt es in ihrer Laub=hütte übernacht, und des andern Morgens, als das Mädchen ihr sein Anliegen erzählt hatte, führte sie es bis an den Rand des Waldes und sagte da zu ihm:

„Gradaus über Feld und mitten im Feld

Da stehn die drei schönsten Linden auf der Welt;"
und dann ließ sie's allein weiter gehen. Und nachdem es noch einen halben Tag gegangen war, sah es mitten auf einem weiten Feld drei alte Linden, und auf einer jeden saß ein Rabe. Als es aber näher hinzu kam, flogen die Raben von den Lin=den herunter, setzten sich ihm auf Schulter und Hand und fiengen an zu sprechen: „Ei sieh doch, unser herzliebes Schwesterchen

kommt und will uns erlösen." „Ach Gott," sagte das Mäd=
chen, „was ist es ein Glück, daß ich euch gefunden habe; sagt
mir doch nur, wie ich es anstellen soll, damit ihr erlöst werdet."
„Freilich ist es ein schweres Stück," antworteten die Raben:

„drei Jahre lang darfst du kein Menschenwort reden; und ver=
siehst du's nur ein einziges Mal, so müssen wir eben Raben
bleiben unser Leben lang; auch darfst du uns nicht mehr hier
besuchen." „Das will ich euch schon zu lieb thun," sagte das

Mädchen und begab sich sogleich auf den Heimweg. Es kam
wieder in den Wald, wo die Fee wohnte; allein da stand heute
an der Stelle der Laubhütte, wo es übernacht gewesen war,
ein stattliches Schloß, aus dem sprengte eben ein Zug von Jägern
und einer blies das Jagdhorn, daß der Wald davon erschallte.
An der Spitze ritt aber der Herr Graf, dem das Schloß und
der Wald und das ganze Land herum gehörte; als der das
wandernde Mädchen erblickte, ritt er heran und fragte: „Woher
des Landes, und was willst du hier?" Allein das Mädchen gab
keine Antwort, sondern verneigte sich bloß mit Anmuth, und
der Graf wurde nicht satt, ihre liebliche Gestalt zu betrachten.
„Nun, wenn dir Gott die Rede versagt hat," sprach er, „so
hast du doch holde Zucht und Sitte; und wenn du mit mir
auf das Schloß kommen willst, so soll es dich drum nicht
reuen."

Mit stummer Geberde willigte das Mädchen ein und der
Graf brachte es sofort zu seiner Mutter in's Schloß; vor
dieser verneigte es sich wieder, sprach aber nicht ein Wort dazu.
„Wo bringst du die Dirne her?" fragte die alte Gräfin;
„es scheint, sie hat eine schwere Zunge; was soll sie im Schloß?"
„Sie soll meine Gemahlin werden," sagte der Graf; „seht nur
hin, ist sie nicht anmuthig? Und wenn sie auch nicht spricht,
so hat sie doch sonst kein Fehl." Darauf schwieg die alte
Gräfin; aber sie behielt einen heimlichen Groll im Herzen.
Am andern Tage feierte der Graf mit hohen Freuden sein
Hochzeitsfest; aber die Hochzeit war kaum vorüber, so kam ein
Gesandter von dem Kaiser, der ließ alle seine Unterthanen zu
einem großen Kriegszug aufbieten, und auch der Graf mußte
ohne Verzug Abschied nehmen von seiner jungen Gemahlin.

Zuvor bestellte er indessen einen Diener und empfahl ihm, daß er zu der jungen Frau Sorge tragen sollte wie für seinen Aug= apfel. Der Graf war jedoch kaum fort, so begann die alte Gräfin ihre verborgene Tücke auszulassen; sie bestach den Diener; und als die junge Gräfin nach Jahresfrist einen wunderlieblichen Knaben gebar, nahm ihn der Diener auf der Alten Geheiß weg und trug ihn in den Wald hinaus, damit ihn die wilden Thiere auffräßen. Bald darauf kam der Graf auf Urlaub nach Hause; da sagte die Alte zu ihm: „Dein stummes Weib ist ein Zauberweib; sie hat ein todtes Kind geboren.“ Und der Diener, der herbei gerufen wurde, sagte: „Ja, Herr Graf, draußen im Wald liegt's, da hab' ich's begraben.“ Wieder vergieng ein Jahr, da kam der Graf zum zweiten Mal auf Urlaub; da hatte unterdessen seine Gemahlin einen zweiten Kna= ben geboren, den hatte der Diener wieder hinausgetragen, und die Alte sagte: „Dein stummes Weib ist des Teufels; das zweite Kind war gar kein Kind, sondern ein behaartes Thier.“ Und der Diener sagte: „Ja, Herr Graf, es war ein schwarzer Hund; draußen im Wald hab' ich ihn verscharrt.“ Nun wurde der Graf zornig und befahl, daß seine Gemahlin gleich neben der untersten Magd im Schlosse dienen solle. Wieder nach einem Jahr war der Kriegszug des Kaisers beendigt und der Graf kehrte als Sieger nach seinem Schlosse zurück. Unterdessen hatte seine Gemahlin ihren dritten Knaben geboren, den hatte der Diener wieder in den Wald hinausgetragen, und die Alte sagte: „Dein stummes Weib hat den Tod verdient; das dritte Kind war ein garstiges Ungethüm.“ Und der Diener sagte: „Ja, Herr Graf, es ist gleich durch das Fenster nach dem Wald hingeflogen.“ Nun ließ der Graf seine Gemahlin in den Thurm

2

werfen, denn er wollte sie des folgenden Tages bei lebendigem
Leib verbrennen. Und als der Holzstoß im Schloßhof errichtet
war, auf welchem sie verbrannt werden sollte, ließ er sie hin=
aufführen, und das ganze Gericht mußte herum stehen. Dann
trat der Herold hervor, verkündigte der jungen Gräfin den
Tod und fragte das Gericht, ob Jemand da sei, der die An=
geklagte zu vertheidigen wüßte. Aber Alles schwieg, und man
hörte keinen Athem; nur die arme Gräfin seufzte leise. Da
erscholl plötzlich aus der Ferne ein Horn, und wie ein Sturm=
wind jagten alsbald drei Ritter in silberblanker Rüstung auf
schneeweißen Rossen in den Schloßhof herein; die trugen alle
drei einen Raben im Schild, und Jeder hielt im Arm einen
wunderlieblichen Knaben. Und ehe der falsche Diener, der ge=
rade neben dem Holzstoß stand und schon eine Fackel zum An=
zünden bereit hielt, sich dessen versah, hatte ihn Einer mit seiner
Lanze durchspießt, und alle Drei riefen: „Da sind wir ja, liebe
Schwester; heute sind die drei Jahre um; und da hast du
auch deine Kinder wieder; die hat dir die Fee im Walde auf=
gezogen!“ Da war eine Freude und ein Jubel, ihr könnt euch
denken wie! Die alte Gräfin lief vor Verdruß in die weite
Welt hinaus und der Graf lebte mit seiner Gemahlin in lau=
terer Liebe bis an's Ende.

7.
Junker Prahlhans.

Ein König hatte einen jungen Edelknecht, den man Junker Prahlhans nannte, weil er immer viel versprach und wenig hielt. Es lebte aber auch am Hofe des Königs ein Spaßmacher, und dieser wollte den Prahlhans bessern. Das gieng aber auf folgende Weise:

Eines Tages hätte der König gerne gebratene Vögel gegessen und sprach zum Junker: „Hans, geh hinaus in den Wald und schieße mir zehn Vögel für meinen Tisch." Der Junker aber sprach: „Nicht nur zehn, sondern hundert Vögel will ich Dir schießen." „Gut," sprach der König; „wenn Du ein so guter Schütze bist, so bringst Du mir hundert; sollst für jeden einen Thaler haben." Der alte Spaßmacher hörte das und gieng dem Junker voraus in den Wald, wo die meisten Vögel waren, und rief ihnen und sprach:

Ihr Vöglein, flieget alle fort!
Hans Großmaul kommt an diesen Ort,
Möcht' hundert Vögel schießen.

Als Junker Hans in den Wald kam, da konnte er keinen Vogel erschauen; denn sie hatten sich alle in ihren Nestern versteckt. Und als er mit leeren Taschen zurück zum König kam, wurde er hundert Tage lang in's Gefängniß gesperrt, weil er sein Wort nicht gehalten hatte.

Wie er wieder frei war, sagte eines Tages der König: „Ich möchte heute wol fünf Fische auf meinem Tisch haben." Da gedachte Junker Hans an seine hundert Tage Gefängniß und that seinem Mund ein wenig den Zaum an: „Ich will Dir fünfzig Fische fangen statt fünfen," sagte er zum König. Sprach der König: „Wenn Du ein so guter Fischer bist, so fange mir fünfzig; sollst für jeden einen Dukaten haben." Da gieng der Spaßmacher hinaus an den See, rief den Fischen und sprach:

> Ihr Fischlein, schwimmet alle fort!
> Hans Großmaul kommt an diesen Ort,
> Möcht' fünfzig Fische fangen.

Und als der Junker an den See kam, da konnte er kein Fischlein fangen. Sie waren alle an's andere Ufer hinüber geschwommen. Und da er mit leeren Taschen heimkam, ließ

ihn der König fünfzig Tage lang einsperren, weil er sein Wort nicht gehalten hatte.

Und da die fünfzig Tage um waren, sprach der König: „Ich möchte wohl einen Hasen für meinen Tisch haben." Junker Hans gedachte seines Gefängnisses und sagte: „Herr, ich will Dir wenigstens zehen Hasen bringen." Sprach der König: „Wenn Du ein so guter Jäger bist, so jage mir zehen; sollst für jeden eine Dublone haben." Da gieng der Spaßmacher hinaus in den Wald, rief die Hasen und sprach:

Ihr Häslein, springet alle fort!
Hans Großmaul kommt an diesen Ort,
Möcht' zehen Hasen jagen.

Und als der Junker kam, konnte er den ganzen Tag keinen Hasen jagen. Der König aber ließ ihn wieder zehen Tage lang einsperren, weil er sein Wort nicht gehalten hatte.

Und wie er wieder frei war, sprach der König: „Ich möchte wol einen Hirsch für meinen Tisch haben." Der Junker gedachte seines Leidens, das seine Prahlerei ihm schon verursacht hatte, und sagte bescheidentlich: „Ich will hingehen und schauen, ob ich einen Hirsch erlegen kann." Und als er hingieng, konnte er wirklich einen solchen schießen und brachte ihn mit Freuden dem König. Der lachte und sprach: „Schau, wenn man nichts Unmögliches verspricht, so ist das Worthalten leicht." Und der Spaßmacher lachte in's Fäustchen, denn der Junker war von jetzt an bescheiden.

8.

Der Bueb mit dem ifige Spazierstecke.

Es isch emol en Zimberma gsi, der isch in Wald gange und do hed em d'Frau z'Mittag s'Eße welle bringe, aber do hend d'Räuber die Frau gstohle, hend sie in e Höhli gschleift, und do hed sie ihne müeße choche und wäsche. Noch eme Jahr chunnt die Frau es Chind über, en Bueb; und wie der Büebli fangs het chönne e chli rede, so hed er zu eim vo dene Räubere, wo n=ihm am liebste gsi isch, Vater gseit. Do si die andere Räuber nidisch worde, as er nit ihne Vater sägi, und das isch langi Zit eso gange. Wie der Bübli vierzehjährig gsi isch, so hend sie do zäme usgmacht, sie wölle ne töde, wenn er eim no einist Vater sägi, und hend em das gseit und hend em wüest dräut.

Do sin die Räuber einist uszoge, und der Bueb hed ne ifige Hammer gha und den hed er in e Lädertäsche i sim Rock gsteckt. Wie jetz der Erst vo dene Räubere heichunnt, so seit der Bueb: „Dihr sind au lang us gsi, Vater." „So, jetz isch, denn fertig mit dir," brüelet der Räuber en a, und ruckt über ne har; aber der Bueb zieht waidli de Hammer us der Täsche und schloht dem Räuber a d'Schläfi, as er mustod umfallt.

So chunnt eine um der ander hei und jede frogt ne, was do gange seig. Aber der Bueb seit zu jedwedem, mer heb ne welle töde, und do sig Er Meister worde. So will ne eine na em andere ergrife. Der Bueb förcht si aber nit, und schloht

eme jede fi Hammer a de Chopf, bis all fibe tob bo gläge
fi. Jetz ifch aber der Bueb und fi Mueter i d'Höhli und hend
Gäld gno und Choftbarkeite, was fie hend möge träge und
find zäme is Dorf gange, wo die Frau beheime gfi ifch, und
an ihres Hus ane, und hend agflopfet. Do chunnt der Ma
ufe und d'Frau froget en, wo er au fi Frau heig. Do feit
der Ma, d'Chind beheime hebit ihm fcho vor füfzähe Johre
einift verzellt, as d'Muetter gange fig s'Effe go in Wald ufe
träge, und fider fig fie nie meh hei cho. Do hed fech ihm
d'Frau z'erkenne gä, und Alli fi uf d'Chneu gfalle vor Freude,
und d'Frau hed dem Ma Alles verzellt, wie's ere gange fig,
und hed ihm s'Gäld brocht, und grad Wi lo uftifche. Dernoh
fi fie noh zäme i die Räuberhöhli gange und hend no meh
Gäld heitreit, hend aber doch no nes Hüfli lo ligge, und hend's
derno dem Gricht azeigt. Der Bueb hed aber jetz nid welle
z'Hus blibe, und ifch zum ene arme Schmied gange und feit
zue n=em, er fell ihm e zähezänterigs Spazierftöckli mache. Der
Schmied lacht derzue und feit, er well ihm das vergäbes mache,
wenn er's lüpfe chönn; aber der Bueb hängt dem Schmied fi
Ambos und alli Gfchir us der Werchftatt an e Droht, nimmt's
a chline Finger und fpringt demit um's Dorf ume. Do hed's
der Schmied verfpillt gha und hed dem Bueb das Spazier=
ftöckli müeße halb vergäbes mache, halb hät er ems denn zahlt.
Denn ifch der Bueb dermit furt greifet und trifft ne Stei=
hauer a, wo ne grüfelige Stei umenand trohled hed. „Seh,
wenn du fo ftarch bifch,“ feit der Bueb, „fo chumm mit mir,“
und do fi fie zäme witers gange.

Do chöme fie i Wald ine, und giehnd e Ma, as uf eme
Afcht von ere Eich fitzt und d'Eiche mitfammt de Würze zum

Bode n=uſe träjet. Da hend ſie de Ma au beredt, mit ene
z'cho und do ſind alli drei zäme witers greiſet. Do chöme ſie
zu m=ene Hüsli, und gönd ie, und s'iſch gar niemer drin; aber
in allen Ecke ſind Flinten umeghängt; da ſi ſie in Chäller abe
und hend Wi und Chäs und aller Gattig gfunde. Da ſind
ſie bin enand blibe und hend alli Tag Hälmli zoge; där, wo's
längiſcht gha hed, iſch deheime blibe, und hed kochet und ghüe=
tet, und die zwee andere ſin i Wald gange go jage. S'erſt=
mol iſch der Steihauer deheim blibe und do chunnt es alts
Mannli a d'Thüre und heuſcht z'Mittag. Do het er em gä
as es hetti chönne gnueg ha. Das Mannli het aber alliwil
no welle meh ha, und wil die Zwee, won im Wald gſi ſi; au
no händ wellen eße, ſo het em där, wo deheime bliben iſch,
nümme meh welle gä. Do iſch ihm das alt Mannli a de Chopf
gſprunge und het em s'Gſicht verchratzt und iſch druf furt
ſchnell wie ne Biswind. Wo die Zwee andere hei chöme, het
ene der Steihauer die Gſchicht verzellt, und do ſeit der Eiche=
dräjer, er wöll der ander Tag deheim blibe, er wött das
Mannli ſcho meiſtere, wenn's wieder chöm. Aber dem Eiche=
dräjer iſch es der ander Tag gange, wie dem Steihauer; er
hed dem Mannli no meh z'eße gä, weder dieſe, aber das
Mannli hed ne grad glich verchratzet. Der dritt Tag aber iſch
der Bueb mit dem iſige Stäcke deheim blibe, und das alt
Mannli iſch zum drittemol umecho. Der Bueb hed aber dem
Mannli nume wenig z'eße gä, und hed denn ſis Steckli
gholt und hed nen uſegjagt; iſch aber no gange und hed
glueget, wo n=er ane goht. Do hed er gſeh, as das Mannli
ne große Stei abdeckt von eme Sodbrunne und ſich in es
Loch abeloht. — Wo die andere hei cho ſi, hend ſie gäße und

hend nes Chessi gno und nes Seil dra bunde und sin alle Drei
a das Ort gange, wo das Mannli is Loch aben isch. Do hed
sich der Bueb mit dem isige Stecke i das Chessi gsetzt und die
andere hend en abe glo. Er het do en Drohet mit em abe
gno, und den hend die dobe an ere Stud a'gmacht und a
dere isch es Glöggli gsi zum Lüte. Und wenn ihm dunde öppis
widerfahri, so sött er dänn schelle. Do sin dunde drü Butelli
gstande und uf dene isch gschribe gsi, as wer drus trinki, no
drümol stärker sig as voräne. Do hed der Bueb drus trunke,
und bi dene Butelli isch es Schwert gläge und das hed er i
d'Händ gno und isch ane Thür cho und hed klopfet. Da seid
ne Stimm von ere Wibsperson, sie dörf nit usthue, sie heb ne
Drach uf der Schooß mit drei Chöpfe, der en Jede töti, wo
ine chöm. Da thuet aber de Bueb selber d'Thüren uf und
wie der Drach uf ne darspringt, haut er ihm mit eim Schlag
alli drei Chöpf ab. Da hed die Jungfrau ihm danket, und
hed ihm gseit, as sie en Prinzessi seig, as sie gstohle worde seig
von ihrem Schloß wäg und verwünscht gsi seig, de breichöpfig
Drach uf der Schooß z'hüete, bis ne en Ritter töti; jetzt seig
sie erlöst; aber es seige no zwo Prinzessinne tiefer i dere
Höhli, und jedwedi seig von eme Drache biwacht. Druf hed
die Prinzessi aber, wo der Bueb erlöset gha hed, ihm ne gol=
dige Uhr gäh, wo Sunnen und Mond druf gsi isch, und e
goldige Ring und ihres Bild, und hed ihm gseit, sie well ne
hürathe, und er söll die Stück bhalte und vorwise bin ihr de=
heim, as sie wüßte, as er de Recht sig, der sie erlöst heig.
Der Bueb aber seit, sie söll ihm nume do warte und goht
tiefer i b'Höhli ine. Do stöhnd vor der zweute Thür sechs
Butelli und stoht druf gschribe: wer drus trinki, sig no sechs=

mol ſtärker as voräne. Do ſtellt er ſis Schwert ab und
trinkt au drus und nimmt das ander Schwert, as debi glegen
iſch. Er thuet die zweut Thüren uf und do lit ne Drach mit
ſechs Chöpfe der andere Jungfrau uf der Schooß und ſpringt
uf der Bueb los; er haut ihm aber mit eim Hieb alli ſechs
Chöpf ab, und hed die zweut Prinzeſſin ſo au erlöst. Da
ſeit der Bueb zuen ere, ſie ſöll ihm au do warte, leit ſis
zweut Schwert wider ab und goht a die dritt Thüre, vor
dere nün Butelli ſtöhnd und au es Schwert debi. Der Bueb
trinkt au us dene und iſch jetz nünmol ſtärker as voräne. Er
nimmt das dritt Schwert wider i b'Hand, chlopfet a der dritte
Thüre a und goht ie. Do ſitzt e Jungfrau behinder und hed
e Drach mit nün Chöpfe uf der Schooß. Der will de Bueb
grad verriße, aber de Bueb hebt das Schwert uf und haut
ihm mit eim Schlag alli nün Chöpf ab. Da iſch die dritt
Prinzeſſi au erlöst und er hed alli drei mit ihm füre gno
bis zu dem Cheſſi. Do hed er dem alte Mannli nach gfraget,
und die dritt Prinzeſſi hed ihm es Pfifli gä und het gſeit, er
ſell druf pfife. Do hed der Bueb pfiffe und do chunnt das
alt Mannli, und dä Bueb ſeit, er well ihm jetz der Lohn gä
für s'Chratze. Das Mannli aber hed bätte, er mög en lo ſi;
er heig alimol müeßen eſſe für die drei Prinzeſſinne und für
die drei Drache, nit nume für ihn. „Jä ſo,“ ſeit der Bueb,
und hed ihm do nüt tho. Das Mannli aber hed ihm gſeit,
er ſöll nume ſell Pfifli bhalte und ſöll ihm nume pfife, wenn's
ihm amen Ort ſötti fähle, und denn wöll er ihm z'Hülf cho.
Druf ſind die drei Prinzeſſinne in das Cheſſi ie gſäße und der
Bueb hed glütet. Do hend die andere Zwee dobe ſie ufezoge,
und do denkt der Bueb, er wöll ſie au probiere, ob ſie ehrlig

gegen ihn gſinnet ſige, und hed ſi Stecke i das Cheſſi tha
und hed wieder glütet. Do hend ſi der Stecke halb ufezoge
und hend ne derno lo gheie und hend gmeint, es ſig der Bueb
drinn, und ſi mit dene Prinzeſſinne furtgange. Zwo von ene
ſin nit e ſo rich gſi, und ſin do in ihri Heimet gange, aber mit
der Erſte, wo der Bueb erlöſet hed, ſi ſie in ihres Schloß
und hend gſeit, ſie hebe der Drach tötet, und do hed der
König gſeit, die Prinzeſſi ſöll der Eichedräjer hürothe und der
Steihauer ſöll der Erſt ſi am Hof; aber die Prinzeſſi hed ſich
erbätte drei Tag Bedenkzit und hed ſich ibſchloße und bättet,
as der recht Brütigam chöm. Der Bueb, dä hed da unde
aber i dem alte Mannli pfiffe, und wien es chunnt, ſo fragt's
der Bueb, ob es ihm jetz helfe chönni und chlagt ihm ſi Noth.
Da ſeit das Mannli: „Wohl, wil d'mi nit tötet heſch, ſo chan
i der helfe," und hed ne uf d'Achſle gno und über ne Mur
uſe treit. Das alt Mannli aber hed gwüßt, wo die erſt
Prinzeſſi deheimen iſch. Do iſch der Bueb i das Ort gange
und iſch zum ene Uhremacher und hed es eiges Zimmer ver=
langt und gſeit, er chönni Uhre mache, as Sunne nnd Mond
druf ſeig; und wien er ſo es paar Tag i dem Zimmer einzig
gſi iſch, iſch er uſe und hed die Uhr mit Sunne und Mond
vorgwiſe, und verlangt, as mer ſi dem König zeigi. Wie er
aber is Schloß cho iſch, ſo hed en die Prinzeſſin grad
erchennt, eb er numme d'Uhr vorgwiſe hed und hed gſeit, er
ſig der Recht, der ſie erlöſet heig; der Steihauer und der
Eichedräjer ſin itho und grichtet worde wegen ihrem Verrath.

Noh em Tod vom alte König aber iſch das Königrich a
der Bueb gfalle und er hed no lang gregiert in Glanz, Ehr
und Richthum.

9.
schengrübel.

Ein kleines Mädchen hatte seine beiden Eltern früh ver=
loren; sie hatten ihm nichts hinterlassen, als nur ein wunder=
schönes, strahlendes Kleid und dazu ein Testament; kein Mensch
wußte aber, wo dieses hingekommen war. Also nahm das
Mädchen das Kleid in ein Tüchlein und suchte sich einen Dienst.
Es mußte froh sein, endlich in einem vornehmen Haus eine
Unterkunft zu finden, wo es die niedrigste Küchen= und Stall=
arbeit zu besorgen hatte. Deswegen nannte man es nur den
Aschengrübel. Sein schönes Kleid aber versteckte es gleich An=
fangs unter eine Tanne. Nach einiger Zeit war im Orte
Musik und Tanz; da gieng es lustig zu, und am fröhlichsten
war der Sohn des vornehmen Hauses, in welchem Aschengrübel
das armselige Leben führte. Da bat auch das Mädchen ihre
Herrschaft um Erlaubniß, auf den Tanzplatz zu gehen. „Ja,"
sagte die Meisterfrau, „gehn und zusehn darfst Du, aber bei

Leibe nicht tanzen.". Da gieng es zu der Tanne hin, wusch
sich unterwegs an einer Quelle Gesicht und Hände von Staub
und Ruß blank und zog sein strahlendes Kleid an, und da
war es eine wunderschöne Jungfrau. Als es nun auf dem
Tanzplatz erschien, blickte Alles nach ihm hin, und der vor=
nehme Jüngling kam allen Andern zuvor, und weil er Aschen=
grübel nicht erkannte, so lud er es zum Tanze ein. Aber es
ließ sich nicht dazu bewegen, so dringlich er es auch bat.
Zeitig entsprang es und kam wieder unter die Tanne zurück;
hier legte es sein Kleid weg und machte sich Gesicht und Hände
wieder rußig. Da kam plötzlich ein winziges Männchen hinter
der Tanne hervor, das grüßte mit freundlichen Worten und —
hast ihn nicht gesehn — da war der Kleine wieder verschwun=
den, wie er gekommen war. Von der Zeit an hatte aber der
vornehme Jüngling keine Ruhe mehr, bis er es zuwege gebracht
hatte, daß wiederum ein Tanz abgehalten wurde. Aschengrübel
fragte die Herrschaft auch wieder um Erlaubniß, hinzugehen.
„Ja," sagte die Meisterfrau, „gehn und zusehn darfst Du,
aber bei Leibe nicht tanzen!" Da that es wie das erste Mal,
und als es in dem strahlenden Kleide auf dem Tanzplatz er=
schien, da hatte der Jüngling wieder nur Augen für die
schöne Jungfrau und bat sie noch dringlicher als das erste
Mal, mit ihm zu tanzen; und als Aschengrübel es weigerte,
so wollte er ihm mit Gewalt einen Kuß geben; aber es ent=
schlüpfte ihm wie ein Mäuschen vor der Katze und kam wie=
der zu der Tanne zurück; da kam auch das winzige Männchen
wieder, das grüßte noch viel freundlicher als zuvor. Dem
Jüngling kam aber die schöne Jungfrau nicht mehr aus dem
Sinn, und er hatte keinen Trost und keine Freude auf der

Welt, bis wieder Tanz war. Aschengrübel that wieder nach Gewohnheit, und als es in dem strahlenden Kleid auf den Tanzplatz kam, da faßte der Jüngling es bei der Hand und wollte
es nicht mehr loslassen, bis es ihm versprochen hätte, daß es
seine Frau werden wollte. Nun hätte es sich in den Boden
verkriechen mögen, weil es ihm endlich sagen mußte, daß es nur
der Aschengrübel sei, der im Hause seiner Eltern die armselige
Küchen- und Stallarbeit verrichte. Allein der Jüngling hatte
es eben so lieb wie vorher und setzte sofort den Tag fest, an
welchem die Hochzeit gefeiert werden sollte. Aschengrübel be-
dingte sich aus, bis dorthin noch unbekannt bleiben zu dürfen,
und der Bräutigam mußte versprechen, den Namen seiner Braut
geheim zu halten. Dann gieng Aschengrübel zu der Tanne,
und da kam auch das winzige Männchen, das schmunzelte vor
lauter Freundlichkeit, als es grüßte. Als aber der Hochzeits-
tag da war, und Aschengrübel zum letzten Mal nach der Tanne
kam, um das strahlende Kleid anzuziehen, funkelten des Männ-
chens Augen vor heller Freude und Güte, und es sagte: „Da
hast Du auch etwas zur Mitgift.“ Damit übergab er ihm
ein Buch, und als es dasselbe öffnete, da war es das Testament ihrer Eltern, das sie zur Erbin einer großen Herrschaft
einsetzte. Hocherfreut eilte Aschengrübel zu ihrem Bräutigam,
der Bräutigam führte Aschengrübel zu seinen Eltern, und da ward
eine Hochzeit gefeiert, ihr habt in euerm Leben noch keine schönere
gesehn.

10.
Der Schneider und der Schatz.

Ein Schneider, der gern in Sammt und Seide prangirte, den Jungfrauen schön that und am liebsten war, wo es recht toll und lustig hergieng, war einmal zu einem Taufschmaus über Feld gegangen. Als er nun um Mitternacht sich auf den Heimweg machte, da merkte er, daß er diesmal zu tief ins Glas geguckt hatte, und gerieth alsbald weit von der Straße ab. Nicht lange, so sah er rechts und links nur Baum an Baum, hinter sich nichts als Dornen und Moorland, und vor sich eine senkrechte Felswand mit einer Spalte, gerade weit genug, um einen Menschen durchzulassen. „Halt!" dachte der Schneider, „hier kommst du ohne ein Abenteuer nicht weg. Also frisch drauf los!" Und weil ihm der Taufwein einen überschüssigen Muth gegeben hatte, so trat er beherzt in die Höhle, tappte darin herum und suchte eine Stelle, wo er sein Haupt hin= legen und die Nacht verbringen konnte. Aber kaum war er ordentlich drinnen, so huschte ein Hund unter seinen Füßen auf, und der Schneider fiel, so lang er war, gegen eine eiserne Thüre, die plötzlich aufsprang. Hui! war das aber eine Pracht! Was der Schneider jetzt vor sich sah, hatte ihn auf einmal nüchtern gemacht; er stand und gaffte mit offenem Maul in ein hell= erleuchtetes Gemach: keine Kerze, keine Lampe, nein, das lautere

Gold und Silber der Wände und unzählige eingelegte Edel=
steine wandelten die Finsterniß in sonnenhellen Tag um. An
den Wänden standen kostbare Schreine mit Prunkgeschirr und
mitten im Saal stand eine offene Kiste voll funkelnder Gold=
münzen. „Warum nicht gar?" sagte der Schneider anfangs,
als er den Kram erblickte; aber es gieng nicht lange, so trat
aus einer Seitenthüre eine wunderliebliche Jungfrau in den
Saal; die hieß ihn mit freundlicher Stimme willkommen. Da
gewann der Schneider erst alle seine Besinnung wieder und
gieng ohne Umstände auf die Jungfrau zu, um ihren Gruß mit
einem Kuß zu erwiedern. Aber die Jungfrau blickte ihn so
streng an, daß er wie angenagelt stehen blieb, und sagte: „Ich
habe dich freilich schon lange erwartet; denn für dich hab' ich
alle Schätze, die du hier siehst, aufgespeichert. Aber du bekommst
sie nur unter der Bedingung, daß du mich dreimal küssest, ohne
zu wanken." „Ei wer wollte das nicht!" rief der Schneider
und spitzte den Mund; im gleichen Augenblick war aber die
Jungfrau in ein abscheuliches Krokodil umgewandelt, und wäre
der Schneider nicht schon im Anlauf gewesen, so hätt' er den
Kuß wohl bleiben lassen. So aber verrichtete er denselben fast
wider Willen und schüttelte sich hernach am ganzen Leib. Im
Nu stand wieder die Jungfrau da und sah ihn mit so freund=
lichen Blicken an, daß er zum zweiten Mal zum Küssen aus=
holte. Da verwandelte sich die Jungfrau vor seinen Lippen in
eine garstige dicke Kröte; es schüttelte den Schneider wieder,
aber er drückte gleichwohl beherzt den Kuß auf das Kröten=
maul. Und jetzt stand wieder die Jungfrau da und lächelte
ihm noch viel lieblicher zu als das erste Mal, so daß er noch
muthiger zum dritten Kuß sich anschickte. Aber o weh! dies=

mal zitterte und bebte der Schneider bis in's Mark hinein, denn vor ihm stand langbehaart und mäckernd ein kohlschwarzer Ziegenbock und glotzte ihm entgegen; Angst und Graus kam über ihn und er entfloh mit großen Sprüngen aus dem Saal und aus der Höhle; eine Windsbraut fuhr hinter ihm drein und es tosete und krachte dabei, daß ihm Hören und Sehen vergieng und er todmüde vor dem Felsen niederfiel. Als er sich wieder aufraffte, konnte er die Oeffnung in der Felswand nirgends mehr finden; er schlich also traurig davon und konnte hernach sein Lebtag nimmer von Ziegenböcken reden hören, ohne in Zorn zu gerathen.

11.
Der einfältige Geſelle.

Drei wandernde Geſellen kamen überein, ſie wollten alle Dinge gemein haben; Speis und Trank, Nutzen und Schaden wollten ſie mit einander theilen. Zwei davon hatten's aber hinter den Ohren und hielten heimlich zuſammen, daß ſie den Dritten, der ein einfältiger Geſelle war, über den Löffel balbier= ten. Als ſie ein paar Tage mit einander gegangen waren, kamen ſie in eine einſame Gegend und verloren den Weg. Da litten ſie große Noth; alle Nahrung war ihnen ausge= gangen, und es war nur noch etwas Mehl da, davon beſchloſ= ſen ſie einen Kuchen zu backen. Während aber der Einfältige das Feuer dazu anzündete, rathſchlagten die zwei Schälke, wie ſie es vorkehren möchten, daß ſie den Kuchen unter ſich allein theilen und den Einfältigen um ſein Theil betrügen könnten. Da ſagte der Eine: „Weißt du was, Bruderherz? Wir machen ihm den Vorſchlag, daß wir alle drei ſchlafen wollen, bis der Kuchen gebacken iſt; wenn wir aufwachen, ſo ſoll ein Jeder er= zählen, was ihm geträumt hat; und wer dann den wunder= lichſten Traum erzählen kann, dem ſoll der Kuchen gehören." Geſagt, gethan. Die Zweie ſchliefen alſogleich ein; den Ein= fältigen hielt dagegen der Hunger wach; und kaum ſah er, daß der Kuchen gebacken war, ſo machte er ſich herzu und aß ihn auf; es ist kein Brosamlein übrig blieben. Hernach legte er sich auf's Ohr. Alsbald wachte der Eine der Schälke auf und rief seinem Kameraden zu: „Freue dich, Bruderherz, mir hat

Wunderliches geträumt; denke dir: es war mir, als ob ein Engel mit goldenen Flügeln mich vor Gottes Thron mitten ins Himmelreich geführt hätte." Da sprach der Andere: „Ei! und mir hat geträumt, der Teufel habe mich in die Hölle hinabgeführt und mir da der armen Seelen Pein gezeigt. Was kann einem Wunderlicheres träumen! Der Kuchen ist unser!" Hierauf weckte er den Einfältigen mit dem Ellenbogen auf und sagte: „Wie lange willst du noch schlafen? Sag her, was hat dir geträumt?" „He da," rief der Einfältige und streckte sich, „wer ruft mich?" „Ei, wer sonst als deine Gesellen?" „Aber,"

fragte er wieder, „wie seid ihr denn wieder hergekommen?"
„Wo sollten wir gewesen sein?" sagte der Andere; „ich glaube,
guter Freund, es ist nicht ganz richtig in deinem Oberstübchen."
„Freilich ist's," antwortete der Einfältige; „aber da hat's mir
so kurios geträumt; ich habe die hellen Thränen um euch ge=
weint, weil ich meinte, ich hätte euch schon verloren; es träumte
mir, Einer von euch sei ins Himmelreich gefahren und der
Andere in's Teufels Revier; dieweil man aber noch selten von
Einem gehört hat, daß er von diesen Gegenden wieder heim=
gekommen sei, so hab ich mich deß getröstet so gut ich konnte
und in Gottes Namen den Kuchen aus dem Feuer genommen
und gegessen. Nehmet nichts für ungut."

12.
Der Hellhafe.

Es Meiteli het si Vater und Mueter verlore und het wäge dem rächt briegget. Aber es isch nit numme wäge dem eso trurig gsi, wil's jetz keini Eltere meh gha het; nei, am allermeste het's dessetwäge nit höre chönne z'briegge, wil si Vater, wo sust meh fromm und frei gsi ist, eso gäch ist ewägg gstorbe und si Sach nit meh het chönne mache; und do het's ebe gmeint, de Vater sig jetz wäge dem i d'Hell cho. Si Mueter higäge=n=aber, wo eisbi bös gsi isch und ne schlächte Läbes= wandel gfüert gha het, dere het do vor em Stärbe zue der lieb Gott ihri Sach no rächt schön la mache, und sie isch emole do eso grujig gstorbe, as me het müesse meine, sie sig jetz gwüßgwüß i Himel cho. Wäge dem het s'Kathrindli ebe eso briegget und isch gar nie meh froh gsi.

Do einisch erschint em ämel au der Sant Peter und frogt's, worum as es denn gäng brieggi. Und es seit em, was em am Herze ligi vo wäge Vater und Muetere. Do füert's de Sant Peter vor d'Himelsthüre und heißt's det warte, goht i Himel ine und chunnt enandernah mit sim Vater zrugg. Dä git em Töchterli d'Hand und seit: „Ae, willkumm, Kathrindli, bist au do?" Der Sant Peter het em aber halt scho gseit gha, worum as es do sig. Und der Vater het em no allerlei gueti Lehre gä, und wenn's so fromm sig, so chöm es au einisch hi, won er jeze seig, und denn fähls eim nie nid, we me de scho ugsinnet stärbi. Und derno het er sim Meiteli no=n=emol d'Hand gä und ist mit em Sant Peter ewägg und furt.

Jeze gli ist do en Andere cho und het s'Meiteli abegfüert vor es sisters Thor, het do e chli uftho und s'Meiteli ie luege lo — und do isch ebe d'Hell gsi. Do het's do si Mueter im e Chessel voll heiße Wasser gseh sitze, und wo die ihres Chind gwahret, het sie gseit: „Ae, willkumm, Kathrindli, bist Du au do?" und het em do au Ermahnige gä, as es nid einisch i d'Hell chöm. Und wo s'Meiteli wider het furt wölle, het sie em d'Hand gä und gseit: „Adie, Kathrindli, läb wohl." Aber do demit het sie em Kathrindli si Hand ganz verbrönnt, ebe wil sie i der Hell gsi isch und brunne het. Und wo s'Ka= thrindli wider uf d'Welt ufe cho ist, het's gar es guets, orde= ligs Meitschi abgä.

13.

Der junge Herzog.

Es war einmal ein junger Herzog, der war so fromm und gottesfürchtig, daß er am liebsten gleich gestorben und nach dem Himmel gewandert wäre. Seine Mutter aber hätte ihn gern an eine Prinzessin verheirathet, und weil er denn auch ein guter Sohn war, so willigte er endlich in den Wunsch seiner Mutter ein und setzte den Tag seiner Hochzeit fest. Am Hochzeitsmorgen erschien aber ein Jüngling im Schloß, von schönem Wuchs und Ansehen, und bot ihm seine Dienste an als Koch, aber nur über das Hochzeitsfest. Der Herzog fand Gefallen an ihm und alle Leute am Hof verwunderten sich über sein feines Benehmen; und als er erst eine Probe von seiner Kochkunst abgelegt hatte, da wollte der Herzog ihn gar nicht mehr fortziehen lassen. Allein schon des Nachmittags sagte der Jüngling, seine Stunde sei gekommen, er müsse nun wieder nach Hause gehen. Also wollte ihm der Herzog noch eine Strecke weit das Geleite geben. Wie sie nun unvermerkt unter allerlei Reden weiter und weiter gegangen waren, standen sie mit Einemmal mitten auf einer grünen Haide, welche ganz mit Rosen und Rosmarin bewachsen war, und die Luft war allenthalben voll Balsamduft. Unter einem Palmbaum hielt ein weißes Maulthier und graste; das löste der Jüngling alsobald ab und bat den Herzog, er möchte sich auf dasselbe setzen. Der Herzog setzte sich darauf und der Jüngling nahm selbst hinter ihm Platz. Da war es dem Herzog, als ob sie durch die Lüfte schwebten; bald sah er in der Ferne eine prächtige Stadt schimmern; und als sie an das Thor kamen, war dasselbe von oben bis unten mit Edelsteinen besetzt; und es öffnete sich von selbst; und als sie in die Stadt kamen, war es so hell und glänzend drinnen, wie wenn tausend Sonnen scheinen würden; von allen Seiten erklang Gesang und Musik, und durch die Straßen, die mit purem Gold gepflastert waren, zogen weiße Jungfrauen mit Blumenkränzen um die Stirne und begrüßten den Herzog. Das gefiel ihm so wohl, daß er gar nicht mehr fort wollte. Allein am dritten Tag sagte der Jüngling zu ihm, nun sei auch seine Stunde gekommen, er müsse nun wieder nach Hause gehen, werde aber wohl bald wieder hieher kommen dürfen. Also trug das weiße Maulthier den Herzog wieder den gleichen Weg zurück, und der Jüngling begleitete ihn bis zu dem Palmbaum in der grünen Haide; als er aber von hier betrübt den Weg nach seinem Schlosse einschlug, sah er in der Ferne an der Stelle, wo das Schloß gestanden hatte, ein altes Kloster; verwundert trat er hinzu und fand die Pforte verschlossen; er klingelte, und ein Klosterbruder in langem, schwarzem Gewand trat hervor. Der Herzog fragte ihn: „Was thut Ihr hier, lieber Bruder? Bin ich denn nicht auf dem rechten Weg nach dem Schloß? Vor drei Tagen bin ich ausgegangen und finde mein Schloß nicht mehr, auf dem ich doch Herr und Meister bin." Der Klosterbruder machte große Augen und sagte: „Ein Schloß ist hier weit und breit nicht; in unserm Kloster aber regiert der Abt; kommt nur

her, er wird's Euch selber sagen." Der Herzog folgte dem
Bruder; und als der Abt die Geschichte von dem Herzog und
seinem Ausgang aus dem Schloß erfuhr, da holte er eine alte
Chronik aus der Bücherei des Klosters und schlug darin ein
paar vergilbte Blätter herum und dann zeigte er dem Herzog
Wort für Wort, daß seine Geschichte da drin verzeichnet stand
und daß es nun gerade dreihundert Jahre her seien, daß er mit
dem Jüngling aus seinem Schlosse gegangen; sein Schloß aber sei
längst dem Erdboden gleich gemacht und seine Gemahlin und
Mutter sammt allen übrigen Bewohnern des Schlosses lange
verstorben.

Das ganze Kloster wollte nun die endliche Wiederkunft des
Herzogs festlich feiern und ein großes Freudenmahl wurde an=
gerichtet, bei welchem der Herzog oben an sitzen mußte. Kaum
hatte er aber ein Stücklein Brod in den Mund genommen, so
schrumpfte er zusammen und wurde ein uraltes, eisgraues
Männlein und war im selben Augenblick todt.

14.
Das Knöchlein.

Vor vielen Jahren wohnte ein böser Mann in einer Senn=
hütte und brachte daselbst wie die andern Hirten mit seinem
Vieh den Sommer zu. Er war jähzornig und übermüthig,
und einen armen Jungen, der bei ihm diente, quälte er auf
jede erdenkliche Weise mit schwerer Arbeit, rauhen Worten und
grausamen Schlägen. Eines Tages trug er ihm ein Geschäft
auf, zu welchem der Knabe nicht genug Kräfte besaß; da ge=
rieth er in solchen Zorn, daß er ihn ergriff und mit dem Kopf
in den Kessel tauchte, worin er eben die Milch sott, um sie zu
scheiden. So starb der Knabe, und der Senn warf den Leich=
nam in den Wildbach; daheim aber sagte er: „Der dumme
Bube muß von einer Fluh herabgestürzt sein; denn er ist fort=
gegangen, um die Geißen zu melken, und nicht wieder zurück=
gekommen.“

Nun vergiengen viele Jahre, das Gebein des Knaben hieng
ungerächt an einem Felsen des Wildbaches; und von Zeit zu
Zeit, wenn eine stärkere Welle vorbeirauschte, nahm sie eins
von den Knöchlein mit fort, spielte eine Weile damit und ließ
es dann etwa an einem einsamen Ufer liegen. Einsmals traf
es sich aber, daß im Thal Kirchweih war, wobei es lustig zu=
gieng und der böse Sennhirt von Wein, Musik und Tanz be=

täubt ward, so daß er alle Demuth und Vernunft von sich
that und in seiner Sündenthorheit wild dahin taumelte. Es
war ihm drinnen zu heiß; drum gieng er an den Bach hin=
aus, der eben von einem starken, warmen Regen angeschwellt
stärker als sonst vorüberrauschte, kniete daran nieder und zog
den Hut ab, um sich Wasser zu schöpfen. Er trank aus, was
hineingelaufen war; auf dem Grunde aber fand er ein weißes
Knöchlein, das steckte er auf seinen Hut und gieng so in den
Saal zurück. Da fieng das Knöchlein auf einmal an zu blu=
ten; und man wußte nun, wohin der Knabe gekommen war;
das Fest nahm schnell ein Ende und der Bösewicht ward bald
hernach auf den Richtplatz geführt.

· 15.

in spanischer Chasseur.

Uf der Wält mueß es gstorbe si, sust hette jo die Junge nümme Platz. Keis Wunder, wenn denn emol au es Schniderli verzablet und stirbt.

Nu, de Schnider stirbt also und si liechti Seel fahrt gradewegs wien e Nodlen am Zwirnfade derduruf em Himel zue. Er findet d'Thür und böpperlet hübscheli a, und wien e chli het böpperlet, so goht es Lädeli uf und der Sant Peter frogt zum Himel us, wer dusse sei. Der Nodleheld lot si druf füre und seit: „He, es Schniderli, mit Vergoust, möcht au gern in Himel, Herr Peter." „Nes Schniderli?" seit Der, „en Blätzlifink? Dere chöne mer im Himel nit bruche!" So schnurret euse Peter und thuet sis Lädeli wider zue.

Wie ietz der Schnider vor em Himmel so truret und gruchset, so gseht er au nes alt alts Fraueli, wo men im Himmelrich au nid het chönne bruche. Die Zwei hend do enand tröstet, so guet's gangen ist, und hend enand ihri Libe gschlagt, wie si iez vor em Himel uffe im Läbersack müeße si. Derwil se chunnt e mächtige Husar gsprengt und rüeft, er möcht ine in Himel! Sant Peter lot De do nit lang warte, wil er apartig zuenem gseit het, er seig e spanische Chasseur. Das het si der Schni= berli hinder d'Ohre gschribe, springt gschwind zum Mueterli ane und gfischberlet und flattiert mit ere und seit: „Wie wer's, Frau Bäsi, wenn mir Zwei üs au ne so thätib in Himel ine schmuggle? Es wer, schetz i, nüt Gfehltis. Los iez, Mueterli, i will der en vernünftige Vorschlag mache: J bi der spanisch Chasseur und Du treist mi vor d'Himelsthür; für s'Ander laß denn nume der Vogt geifere oder mi sorge. Was gilt's, mer chöme ali Beedi in Himel ine!"

Gseit und tho. Mi Noblerüter sprengt uf em Mueterli vor's Sant Peters Pforte. „Wer do?" rüeft De dinne mit em Schlüssel. „Ein spanischer Chasseur!" brüelet s'Schniderli us alle Chräfte. s'Thor goht uf und min spanische Rüter ritet gravitätisch ine zu den andere Lüten im Himel.

Eso het's der Schniber gmacht
Und dinne hend si ab em glacht;
Und han is öppe recht verno,
So hend si's nümme use glo.

16.
Der Bräutigam auf dem Waſſer.

Ein Jüngling ſaß in einem Nachen auf einem breiten,
reißenden Strom und ruderte nach dem jenſeitigen Ufer, denn
dort ſtand ſeine Braut und wartete auf ihn. Als er in die
Mitte des Stromes kam, vernahm er einen jämmerlichen Hilfe=
ruf; und als er hinblickte, da war es ein altes Weib, das war
verunglückt und kämpfte mit den Wellen, die es in's naſſe
Grab hinunterſchlingen wollten. Er kehrte ſich aber nicht
daran, ſondern warf nur einen flüchtigen Blick hin und eilte,
hinüber zu kommen. Die Stimme klang immer flehentlicher,
aber ſchwächer und ſchwächer. Die Alte ſchwamm vorüber,
hinab, und ihr Rufen verſtummte. Doch plötzlich, wenige
Klafter von dem Fahrzeug entfernt, tauchte ſie leicht wie ein
Nebelgebild wieder aus den Wellen empor, und war kein altes
Weib mehr, ſondern die ſchönſte aller Jungfrauen, noch weit
ſchöner als ſeine Geliebte, die auf ihn wartete und ihm winkte.
Da ergriff ihn eine unwiderſtehliche Sehnſucht und entzückte
ihm ſeine Sinne dergeſtalt, daß er der harrenden Geliebten
vergaß und hinab fuhr, der Unbekannten nach, die immerfort
in der gleichen Entfernung vor ſeinen Augen ſpielend wie ein
Schwan dahin ſchwamm und nicht auf ſeinen Zuruf hörte, ſon=

dern nur von Zeit zu Zeit ihr bezauberndes Antlitz nach ihm
umwandte. Der Jüngling fuhr Tage, Wochen und Jahre
stromabwärts, aber die Jungfrau vermochte er nie zu erreichen,
und so fährt er noch immer zu bis in die Ewigkeit hinein.

17.
Die Erlösung.

Ein Jäger schritt durch einen dunkeln Wald und gerieth unversehens so tief in das Dickicht hinein, daß er nicht mehr wußte, ob es Tag= oder Nachtzeit war. Da sah er eine bleiche Nebelgestalt daher kommen, die winkte ihm und streckte ihm ihre weiße Hand entgegen. Erst war der Jäger erschrocken und meinte nichts anderes, als daß es ihm an das Leben gehen müßte. Aber bald faßte er wieder Muth, und es war ihm, als dürfe er die dargebotene Hand nicht zurückweisen. Wie er also keck die zarte Hand ergriff, war es, wie wenn er lauter Eiszapfen anrührte, und im gleichen Augenblick standen die Bäume ringsumher in Feuer; Schlangen zischten auf, und das Geheul der Wölfe und anderer reißender Thiere erschallte ganz in der Nähe. Aber der Jäger hielt nur um so kräftiger die kalte Hand fest und wankte um keinen Schritt von der Stelle. Bald war es auch wieder stille und dunkel wie vorher. Da kam ein graues Männlein und winkte dem Jäger auf die Seite; es trug an seinem Arm ein Körbchen, das von hellem Demant und bis zu oberst mit glitzerndem Gold angefüllt war; das gab zusammen einen so hellen Schein, wie die Sonne. Aber der Jäger hielt noch immer die Hand fest und blieb un= beweglich stehn. Da sprang plötzlich ein Wolf vorbei, der hatte

ein Kind im Rachen, das der Jäger mit Schrecken für seins
erkannte. Aber er lief ihm nicht nach, denn es war ihm, als
thäte er eine rechte Sünde, wenn er die Hand fahren ließe.
Als nun der Wolf verschwunden war, da wurde die kalte Hand
mit einemmal warm und lebendig und in der bleichen Gestalt
erblickte der Jäger eine liebliche Jungfrau. Die lächelte ihn
an und sprach: „Du hast mich aus einem schweren Bann er=
löst, und weil du so treulich hast ausgehalten, so sollst du be=
lohnt werden." Sie reichte ihm ein Körbchen, und das war
das nämliche, womit ihn das graue Männchen hatte verführen
wollen. Das leuchtete dem Jäger aus dem finstern Wald her=
aus, und von da an war er ein reicher Mann und lebte glück=
lich und vergnügt bis an sein Ende.

18.
Die drei Schwestern.

Auf den Fideriser Heubergen stand ein kleines Häuschen, in welchem drei Schwestern wohnten. Eine von ihnen war schneeweiß, schön und gut; die andere eine böse schwarze Heze; die dritte halb weiß und halb schwarz, halb gut und halb bös. Wenn die Heze den Leuten im Thal Unheil anrichten wollte, und die gute es durch Rath und Warnung zu verhindern suchte, dann trat allemal die mittlere zwischen sie und bewirkte, daß die Hälfte des Unheils zugelassen und die andere Hälfte abgewendet wurde. Einst machten die Fideriser Burschen und Mädchen eine Bergpartie und wurden in der Nähe des Häuschens der drei Schwestern vom Regen überfallen. Die gute erbarmte sich der jungen Gesellschaft und lud die Durchnäßten in die Stube. Sie wollte ihnen Küchlein backen, aber die Heze stieß sie aus der Küche und buck der Gesellschaft selber Küchlein, die von außen schön goldgelb wurden, inwendig aber giftig waren. Das verdroß die gute und sie weinte. Die mittlere kam dazu, buck aus grobem Hausmehl grobe braune Küchlein und sagte zur guten: „Wir stellen beide, die goldgelben und die braunen, den Gästen vor; die Eigennützigen werden die schönen giftigen essen und sterben; die Bescheidenen hingegen die braunen, und ihnen wird nichts geschehen; so geht es halb und halb wie immer." Die Hälfte der Gesellschaft, die von den goldgelben aß, starb; die bessere Hälfte kehrte von der guten reich beschenkt nach Hause.

19.

ogel Gryf.

S'isch einisch e Chönig gsi, won er gregiert het und wien
er gheiße het, weis i nümme. De het kei Sohn gha, numen
e einzigi Tochter, die isch immer chrank gsi, und 'kei Dokter
het sie chönne heile. Do isch em Chönig profizeit worde, si
Tochter werd si an Oepfle gsund esse. Do loht er dur sis
ganz Land bchannt mache: wer siner Tochter Oepfel bringi
daß sie si gsund dra chönn esse, de mües sie zur Frau ha und
Chönig werde. Das het au ne Bur vernoh, wo drei Söhn
gha het. Do seit er zum eltste: „Gang uf's Gaden ufe,
nimm e Chratte voll vo dene schöne Oepfle mit rothe Bagge,
und träg se a Hof; vilicht cha si d'Chönigstochter gsund dra
ässe und de darfsch se hürothe und wirsch Chönig.“ De Kärli
het's e so gmacht und der Wäg under d'Füeß gnoh. Won er
e Zitlang gangen isch, begegnet em es chlis isigs Mannli,
das frogt ne, was er do i dem Chratte heig. Do seit der
Ueli — denn so het er gheiße —: „Fröschebei.“ Das Mannli
seit druf: „Nu, es sölle si und blibe,“ und isch witer gange.

Aentli chunnt der Ueli für's Schloß un loht si amälde, er heb
Oepfel, wo d'Tochter gsund mache, wenn se dervo ässe thüe.
Das het der Chönig grüseli gfreut und loht der Ueli cho; aber
o heie! Won er ufdeckt, so het er anstatt Oepfel Fröschebei i
dem Chratte, wo no zableb hend. Drob isch der Chönig bös
worde und loht ne zum Hus us jage. Won er hei cho isch, so
verzellt er dem Aetti, wie's em gangen isch. Do schickt der
Aetti der noeltst Sohn, wo Sämi gheiße het; aber dem isch
es ganz glich gange wie im Ueli. Es isch em halt au es chlis
isigs Mannli begegnet, und das het ne gfrogt, was er do i
dem Chratte heig; der Sämi seit: „Söuborst," und das isig
Mannli seit: „Nu, es sölle si und blibe." Won er do vor's
Chönigs Schloß cho isch und seit, er heb Oepfel, a dene si
d'Chönigstochter gsund chönn esse, so hend se ne nid welle ine
loh, und hend gseit, es sig scho eine do gsi, und heb se für
e Narre gha. Der Sämi het aber aghalte, er heb gwüß dere
Oepfel, sie solle ne nume ine loh. Aentli hend's em glaubt
und füere ne vore Chönig. Aber won er si Chratte ufdeckt, so
het er halt Söuborst. Das het der Chönig gar schröckeli er=
zürnt, so das er der Sämi us em Hus het lo peutsche. Won
er hei cho isch, so het er gseit, wies em gangen isch. Do chunnt
der jüngst Bueb, dem hend sie nume der dumm Hans gseit,
und frogt der Aetti, ob er au mit Oepfel goh dörf. „Jo," seit
der Aetti, „du werst der recht Kärli derzue; wenn die gschide
nüt usrichte, was wettist denn du usrichte!" Der Bueb het
aber nit nogloh: „E woll Aetti, i will au goh." „Gang mer
doch ewägg, du dumme Kärli, du muesch warte, bis gschider
wirst," seit druf der Aetti und chehrt em der Rügge. Der
Hans aber zupft ne hinden am Chittel: „E woll Aetti, i will

au goh." „Nu, minetwäge, so gang, de wirsch woll wider
ume choh," git der Aetti zur Antwort im e nidige Ton. Der
Bueb het si aber grüseli gfreut und isch ufgumpet. „Jo thue
jetz no wie ne Nar, du wirsch vo eim Tag zum andere no
dümmer," seit der Aetti wider. Das het aber em Hans nüt
gmacht und er het si i siner Freud nit la störe. Wil's aber
gli Nacht gsi isch, so het er dänkt, er well warte bis am Morge,
er möcht hüt doch nümmen a Hof gcho. z'Nacht im Bett het
er nit chönne schlofe, und wenn er au ne chli igschlummeret
ist, so het's em traumt vo schöne Jumpfere, vo Schlössere,
Gold und Silber und allerhand dere Sache meh. Am Morge
früe macht er si uf der Wäg, und gli druf ebchunnt em es
chlis munzigs Mannli im e isige Chleidli, un frogt ne, was
er do i dem Chratte heig. Der Hans git em zur Antwort,
er heb Oepfel, a dene d'Chönigstochter si gsund ässe sött.
„Nu," seit das Mannli, „es sölle söttigi si und blibe." Aber
am Hof hend sie der Hans partu nit welle ine loh, denn es
sige scho zwee do gsi und hebe gseit, sie bringe Oepfel, und do
heb eine Fröschebei und der ander Söuborst gha. Der Hans
het aber gar grüseli aghalte, er heb gwüß keini Fröschebei,
sondere vo de schönste Oepfle, won im ganze Chönigrich wachse.
Won er do so ordeli gredt het, so dänke d'Thürhüeter, de chönn
nit lüge und lönd e ine, und sie hend au rächt gha; denn
wo der Hans si Chratte vor em Chönig abdeckt, so sind gold-
gäli Oepfel füre cho. Der Chönig het si gfreut und loht gli
der Tochter dervo bringe und wartet jetz und blanget, bis men
em der Bricht bringt, was sie für Würtig tho hebe. Aber nit
langi Zit vergoht, so bringt em Oepper Bricht; aber was meind
er, wer isch das gsi? D'Tochter sälber isch es gsi. So bald

sie vo zene Oepfle gässe gha het, isch sie gsund us em Bett
gsprunge. Wie der Chönig e Freud gha hed, cha me nit
bschribe. Aber jetz het er d'Tochter dem Hans nit welle zur
Frau ge, und seit, er müeß em z'erst no e Weidlig mache, wo
uf em trochne Land weidliger göi as im Waffer. Der Hans
nimmt die Bedingig a und goht hei und verzellt's, wies em
gange seig. Do schickt der Aetti der Ueli is Holz, um e söttige
Weidlig z'mache. Er hät flißig gwäret, und derzue pfiffe.
z'Mittag, wo d'Sunne am höchste gstanden isch, chunnt es chlis
isigs Mannli und frogt, was er do mach. Der Ueli git em
zur Antwort: „Chelle". Das isig Mannli seit: „Nu, es sölle
si und blibe." z'Obe meint der Ueli, er heb jetz e Weidlig
gmacht, aber won er heb welle isitze, so sinds alles Chelle gsi.
Der ander Tag goht der Sämi i Wald, aber s'isch em ganz
glich gange, wie im Ueli. Am dritte Tag goht der dumm
Hans. Er schafft rächt flißig, daß es im ganze Wald tönt
vo sine chräftige Schläge; derzue singt er und pfift er rächt
luftig. Do chunnt wider das chli Mannli z'Mittag, wo's am
heißeste gsi isch, und frogt, was er do mach. „E Weidlig, wo
uf em trochne Land weidliger goht, as uf em Waffer;" und
wen er dermit fertig seig, so chöm er d'Chönigstochter zur Frau
über. „Nu," seit das Mannli, „es söll e so eine ge und
blibe." z'Obe, wo d'Sunne aber z'Gold gange isch, isch der
Hans au fertig. gsi mit sim Weidlig und Schiff und Gschirr.
Er sitzt i und ruederet der Residenz zue. Der Weidlig isch
aber so gschwind gange wie der Wind. Der Chönig het's vo
witem gseh, will aber em Hans si Tochter nonig ge und seit,
er müeß em no ne Fädere us s'Vogel Gryfe Stiel bringe.
Der Hans macht si grad uf der Wäg und marschiert rächt

hantli vorwärts. z'Obe chunnt er zun eme Schloß, do frogt er um enes Nachtlager; denn fälbismol het me no keini Wirths= hüfer gha. Das feit em der Herr vom Schloß mit viele Freude zue und frogt ne, won er hi well. Der Hans git druf zur Antwort: „Zum Vogel Gryf.“ „So, zum Vogel Gryf? Me feit ame, er wüß Alles, und i han e Schlüssel zun ere ifige Gäldchiste verlore: er chönnted doch so guet fi und ne froge, won er feig.“ „Jo frili,“ feit der Hans, „das wil i scho thue.“ Am Morge früe isch er do witer gange und chunnt zum ene andere Schloß, i dem er wider übernacht blibt. Wo d'Lüt drus vernoh hend, daß er zum Vogel Gryf well, so fäge fie, es fig im Hus ne Tochter chrank, und fie hebe scho alli Mittel brucht, aber es well keis afchlo; er föll doch so guet fi und der Vogel Gryf froge, was die Tochter wider chönn gfund mache. Der Hans feit, das well er gärn thue, und goht witer. Do chunnt er zum ene Wasser, und anstatt emene Fehr isch e große große Ma do gfi, de all Lüt het müeße übere träge. De Ma het der Hans gfrogt, wo fi Reis ane göi. „Zum Vogel Gryf,“ feit der Hans. „Nu, wen er zuen em chömed,“ feit do de Ma, „fo froget ne au, worum i all Lüt mües über das Wasser träge.“ Do feit der Hans: „Jo, min Gott jo, das wil i scho thue.“ De Ma het ne do uf d'Achsle gnoh und übere treit. Aentli chunnt do der Hans zum Hus vom Vogel Gryf; aber do isch numme d'Frau di= heime gfi und der Vogel Gryf fälber nid. Do frogt ne d'Frau, was er well. Do het ere der Hans Alles verzellt, daß er e Federe sött ha us s'Vogel Gryfe Stiel, und denn hebe fie im ene Schloß der Schlüssel zun ere Gäldchiste verlore und er sött der Vogel Gryf froge, wo der Schlüssel feig. Denn feig im

ene andere Schloß e Tochter chrank, und er sött müsse, was
die Tochter chönnt gsund mache. Denn seig nit wit vo do es
Wasser und e Ma derbi, wo d'Lüt müeß übere träge. Do
seit die Frau: „Jä lueget, mi guete Fründ, s'cha kei Christ
mit em Vogel Gryf rede, er frißt all; wenn er aber wänd, so
chöned er under si's Bett undere ligge; und z'Nacht, wenn er

recht feſt ſchloft, ſo chöned er denn uſe länge und em e Federe
uſem Stiel riße; und wäge dene Sache, won er wüſſe ſötted,
wil i ne ſälber froge." Der Hans iſch das alles zfriede gſi
und lit under s'Bett undere. z'Obe chunnt der Vogel Gryf
hei, und wien er i d'Stube chunnt, ſo ſeit er: „Frau, i ſchmöcke
ne Chriſt." „Jo," ſeit do d'Frau, „s'iſch hüt eine do gſi,
aber er iſch wieder furt." Und mit dem het der Vogel Gryf
nüt meh gſeit. Zmitz i der Nacht, wo der Vogel Gryf räct
gſchnarchlet het, ſo längt der Hans uſe und rißt em e Fädere
uſem Stiel. Do iſch der Vogel Gryf plözli ufgjuckt und ſeit:
„Frau, i ſchmöcke ne Chriſt, und s'iſch mer, s'heb mi Oepper
am Stiel zehrt." Do ſeit d'Frau: „De heſch gwüß traumet,
und i ha der jo hüt ſcho gſeit, s'iſch e Chriſt do gſi, aber er
iſch wider furt. De het mer allerhand Sache verzellt; ſie hebe
im ene Schloß der Schlüſſel zun ere Gäldchiſte verlore und
chöne ne nümme finde." „O die Nare," ſeit der Vogel Gryf,
„de Schlüſſel lit im Holzhus hinder der Thür under ere Holz=
big." „Und denn het er au gſeit, im ene Schloß ſeig e Tochter
chrank, und ſie wüſſe keis Mittel, für ſie gſund z'mache." „O
die Nare," ſeit der Vogel Gryf, „under der Chällerſtäge het
e Chrott es Näſt gmacht von ire Hoore, und wenn ſie die
Hoor wider hett, ſo wär ſie gſund." „Und denn het er no
gſeit, s'ſig amene Ort es Waſſer un e Ma derbi, der müeß
all Lüt drüber träge." „O de Nar, ſeit de Vogel Gryf, „thät
er nume emol Eine zmitz dri ſtelle, er müeßt denn Keine
meh übere träge." Am Morge früe iſch der Vogel Gryf uf=
gſtande und iſch furt gange. Do chunnt der Hans underem
Bett füre und het e ſchöni Fädere gha; au het er ghört, was
der Vogel Gryf gſeit het wäge dem Schlüſſel und der Tochter

und dem Ma. D'Frau vom Vogel Gryf het em do alles no emol verzellt, daß er nüt vergässi und denn isch er wieder heizue gange. Z'erst chunnt er zum Ma bim Wasser; de frogt ne gli, was der Vogel Gryf gseit heb; do seit der Hans, er söll ne z'erst übere träge, er well em's denn däne säge. Do treit ne de Ma übere. Won er däne gsi isch, so seit em der Hans, er sell nume einisch Eine zmitz dri stelle, er mües denn Keine meh übere träge. Do het si der Ma grüseli gfreut und seit zum Hans, er well ne zum Dank no ne mol ume und äne träge. Do seit der Hans nei, er well em die Müeh erspare, er seig suft mit em z'friede; und isch witer gange. Do chunnt er zu dem Schloß, wo die Tochter chrank gsi isch; die nimmt er do uf d'Achsle, denn sie het nit chönne laufe, und treit sie d'Chällerstäge ab, und nimmt das Chrottenäst under dem underste Tritt füre und git's der Tochter i d'Hand; und die springt em ab der Achsle abe und vor im d'Stäge uf, und isch ganz gsund gsi. Jetzt hend der Vater und d'Mueter e grüslichi Freud gha und hend dem Hans Gschänk gmacht vo Gold und Silber; und was er nume het welle, das hend's em ge. Wo do der Hans is ander Schloß cho isch, isch er gli is Holzhus gange und het hinter der Thür under der Holzbigi de Schlüssel richtig gfunde und het ne do dem Herr brocht. De het si au nit wenig gfreut und het dem Hans zur Belohnig vill vo dem Gold ge, wo i der Chiste gsi isch, und sust no allerhand für Sache, Chüe und Schoof und Geiße. Wo der Hans zum Chönig cho isch mit dene Sache alle, mit dem Gäld und dem Gold und Silber und dene Chüene, Schoofe und Geiße, so frogt ne der Chönig, won er au das Alles übercho heb. Do seit der Hans, der Vogel Gryf gäb eim so vill me well. Do

dänkt der Chönig, er chönnt das au bruche, und macht ſi au
uf de Wäg zum Vogel Gryf; aber won er zu dem Waſſer cho
iſch, ſo iſch er halt der Erſt gſi, wo ſib dem Hans cho
iſch, und de Ma ſtellt e zmitz ab und goht furt, und der Chö=
nig iſch ertrunke. Der Hans het do d'Tochter ghürothet und
iſch Chönig worde. /

20.
D's ful Geishirtji.

Es Wib het emal es Geishirtji gedingut, und het mu gseit, es selle de sche bi Zitu cho ga z'Morgund essu, damit's di Geis nit so spat us la chenne. Und duo ischt d's Hirtji cho und d's Wib het mu d's Essu uf un Tisch getha und gseit: „Jetz iß de nummu gnuog." Und d's Hirtji het zuogriffu und sche g'essut, bis fascht nimme g'megut het; het aber no nit Lust ghä z'ga. Duo het mu schi e scheni Schnittu Cheß und Brod abghauwu und innu Sack gegä für z'Abundbrod. Und d's Hirtji ischt no allzi am Tisch blibu. Duo het d's Wib es Schisselti gno und ischt mu innu Cheller ga Niblu reichu, damit schi d's Buobji do recht chenne hirtu. Und d's Hirtji het d'Niblu gsuffu und no nid wellu ga. Duo het mu duo schi do afa gseit, es sigi jetz Zit ga di Geis usz'la. Und dun het s'Geishirtji endli au afa redu und dum Wib gseit: „Gad nid gan i!"

21.
Der starke Hans.

Es war einmal eine große Frau, die große Beth, die hatte einen Buben, der, obschon er erst sieben Jahre alt war, schon der starke Hans hieß. „Wir sind arme Leute," sagte die Mutter einst zu ihm, „drum mußt du bei Zeiten arbeiten und fremdes Brod essen lernen. Die Bauern nehmen ohnedies nur starke Leute in den Dienst. Geh also in den Wald und bringe mir eine tüchtige Tracht Holz heim, dann will ich dir sagen, ob du in die Fremde taugst."

Hansli that es, traurigen Herzens über den ihm so nahe stehenden Abschied; und wie er seine Bürde Holz heimbrachte, war sie gar klein. Darüber wurde er und die Mutter froh, denn er war noch zu schwach und durfte noch weitere sieben Jahre daheim bleiben. Als diese um waren, wurde er zum zweiten Male in's Holz geschickt. Jetzt aber war es anders mit ihm. Die Tannen riß er aus, als ob es Stauden wären, und heimgetragen brachte er sie wie einen Federwisch.

Jetzt hatte die Mutter auf ein ganzes Jahr Brennholz genug, und Hans konnte nun sein Ränzel schnüren und dem nächsten Bauernhof zuwandern. Hier waren schon zwei Knechte im Dienst und man brauchte keinen dritten. Der Hans aber wurde dennoch angenommen, denn er verlangte vom geizigen

Bauer keinen Lohn, sondern statt dessen nur das Recht, all=
jährlich eine Ohrfeige austheilen zu dürfen. Die erste Arbeit,
bei der er mithalf, war im Walde; es wurde Holz gefällt und
heimgefahren. Aber der Wagen war bereits überladen und
die Rosse brachten ihn nicht vom Fleck. Da warf Hans die
Rosse zu den Baumstämmen auf den Wagen hinauf und
brachte ihn wie im Sturmwind vor's Haus gerollt. Der
Bauer sah es, kratzte sich in den Haaren und dachte mit Schau=
der an die Jahresohrfeige. Aber er ließ sich nichts merken,
sondern setzte sich mit Hans zu Tische. Hier that Hans aber=
mals das Seine, der Bauer kratzte sich abermals in den Haaren,
denn dieser Knecht würde ihn binnen Jahresfrist von Haus
und Hof essen.

Nun fiel ihm ein, wie er sich seiner entledigen könnte.
„Meine Frau," sagte er zu ihm, „hat vor etlichen Tagen ihren
Ehering draußen in den Ziehbrunnen fallen lassen, steig hin=
unter und hol ihn wieder herauf." Hans that es. Kaum war
er drunten, so schüttete der Bauer mit seinen Knechten eine
ganze Benne Steine hinab.

„Weg mit den Hühnern da droben," rief eine Stimme
herauf, „sie scharren Sand in den Brunnen!" Der Bauer
mußte zu einem gewichtigern Mittel greifen: er ließ die Glocke
aus der Kapelle herabnehmen und in den Brunnen werfen,
die mußte den ganzen Hans zudecken. „Ei, was für ein ar=
tiges Käppchen für mich!" lautete es zum zweiten Mal aus
der Tiefe herauf. Jetzt gab's keinen andern Rath, als den
Mühlstein hinabzulassen. — „Halt!" schrie Der drunten, „da
hab' ich ja den Ehering; geht mir aus dem Licht droben, ich

komme!" Die Glocke auf dem Kopfe und den Mühlstein am Ringfinger kam Hans heraufgestiegen.

Der Bauer dachte abermals an die einbedungene Ohrfeige und schenkte dem Hans so viel Geld und Gut, als dieser brauchte, um weiter in die Welt zu ziehen.

Seines Weges gehend, fand er zwei Kameraden, einen Jäger und einen Fischer, die ohne Dienst waren, wie er. Er wanderte einen Tag mit ihnen, doch statt Dörfer und Herbergen trafen sie nichts als ein kleines, wunderliches Haus. Es war unbewohnt und sie übernachteten hier. In aller Frühe weckte sie der Hunger. Nichts als ein Kochkessel und ein geringes Stück Fleisch war hier vorräthig, dies genügte nicht für alle drei. Der Fischer sollte es an's Feuer thun, und indessen gingen der Jäger und Hans in den Wald, um besseren Vorrath herbei zu schaffen. Unser Koch hieng den Kessel über's Feuer — da schlich ein kleines, häßliches Weib herzu. Sie hatte ein rothes Jüpplein an und auf dem Kopf eine Beginenhaube und bat flehentlich um ein winziges Stücklein Fleisch. Der gute Fischer bückte sich schon, ihr ein Stück im Kessel abzuschneiden, da, husch, saß sie ihm auf dem Rücken, drückte und ritt ihn, und zerkratzte ihm jämmerlich das Gesicht. Er kroch zuletzt unter den Herd hinunter. Die Alte verschwand, das Feuer gieng aus.

Gegen Abend kamen die beiden Kameraden heim. Glücklicher Weise hatten sie einen Bären erlegt, und hatten nun, nachdem er ausgeweidet, zerlegt und gekocht war, doch etwas zu essen.

Der Morgen kam, und nun gieng der Fischer mit dem Hans auf die Jagd, der Jäger hütete das Haus und besorgte das Essen. Darüber geschah ihm, was man schon weiß. Die Alte in der rothen Jüppe kam herbeigeschlichen und während er ihr ein Stück Fleisch abschnitt, sprang sie ihm auf den Rücken, zerkratzte ihn und warf ihn zum Schlusse unter den Herd.

Da lag er noch drunten, als die zwei Andern Abends heim=kamen und nach dem Essen fragten. — So kam der dritte Tag. Keiner der Geprügelten hatte indessen den Andern ein Wört=chen verrathen, jeder verbiß seine Schmerzen und freute sich im Stillen darauf, daß auch an den Nächsten die Reihe kommen werde. Heute blieb nun Hans daheim, Jäger und Fischer giengen in den Wald. Sobald er am Kochen war, klopfte die Jammergestalt des hungrigen Weibes an der Thür und bettelte um ein Stücklein Fleisch. Sie erhielt's. Allein, so bald sie ihm auf den Rücken springen wollte, hatte sich Hans schon vorgesehn. Er packte sie mit einer Hand und schwang sie so lange in der Luft herum, bis ihr der Athem ausgieng. Dann band er sie und warf sie hinab, wo die An=dern gelegen. Da lag denn nun der schief geschnürte Bündel unter dem Herd. Sehr frühzeitig kamen heute die beiden Kameraden heim; sie lachten schon im Voraus über die Prü=gel, die Hans aufgelesen haben mußte. Da sahen sie denn das Gegentheil.

Aber Hans wollte von seinem Abenteuer auch einen Nutzen haben. Er ließ die Hexe unterm Herd nicht eher los, als bis sie ihm ein Geheimniß entdeckt hatte. Hier im Berge, auf dem das Häuschen stand, war ein tiefes Felsenloch, das hinunter führte zu einem wunderbaren Schlosse.

Eine Prinzessin wohnte drinnen, von Drachen bewacht, und

wer diese besiegte, gewann sammt den Schätzen die Hand der Königs=
tochter. Die Drei gingen zur Höhle und bestimmten durch das
Loos, wer von ihnen zuerst am Seile hinunter gelassen werden
sollte. Hans machte den Anfang. Drunten fand er das
Schloß, ganz aus Gold und Edelstein gebaut, alsdann die
Prinzessin selbst. Diese stellte ihm Wein und Brod vor, da=
durch wurde er noch dreimal stärker als zuvor. Dann gab sie
ihm das stärkste Schwert, mit dem er den Drachen schlagen
sollte. Dieser fuhr auch bald mit furchtbarem Getöse herab
und spie einen Feuerstrom aus dem Rachen. Mit einem Hiebe
schlug ihm Hans den Kopf ab, aber von dem Feuerstrom er=
griffen, sank auch er zu Boden. Die Prinzessin eilte herbei
und labte ihn wiederum mit Wein und Brod; er erwachte aus
seiner Betäubung und fühlte sich nun noch dreimal stärker als
vorher. Dies war aber auch dringend nothwendig, denn als=
bald erhob sich neues Getöse, und der zweite Drache kam herab=
gefahren, noch feuriger und größer als der erste. Der Kampf
begann, das Schloß bebte und dröhnte, Qualm verfinsterte die
ganze Luft, doch Hans mit seinem Machtschwert hieb in das
Unthier, daß das Blut in Strömen floß. Sausend fuhr sein
Schwert durch die Luft und der Schädel des Ungeheuers war
vom Rumpfe getrennt. Doch auch dem Tapfern schwanden die
Sinne, ohnmächtig lag er neben dem Erlegten. Und wiederum
war die Prinzessin da, abermals stärkte sie ihn mit Wein
und Brod und brachte ihn dadurch in's Leben zurück; dann
ließ sie ihn durch ihre Dienerinnen in ein gutes, schönes Bett
bringen, und da ruhte und schlief er sich aus bis zum hellen
Morgen. Jetzt übergab ihm die Prinzessin das dritte Macht=

schwert, das alle andern an Güte und Größe übertraf, nachdem er durch Speise und Trank abermals an Stärke dreifach ge=wachsen war, und kündete ihm an, daß nun der dritte und größte Drache zu bestehen sei. Noch einmal rief sie ihm Muth zu, zeigte ihm, wie sie Beide nur die Wahl hätten zwischen namenlosem Glück und Unglück, und gieng dann schluchzend hin=weg. Nun kam der dritte Drache heruntergefahren, brausend und sausend, Gluth und Dampf aus dem Rachen speiend. Volle drei Stunden dauerte der Kampf, das Unthier verblutete, Hans lag unbeweglich hingesunken. Als es stille geworden, kam die Prinzessin herbeigeeilt; unter ihren Worten und Küssen schlug er wieder die Augen auf, wurde verpflegt und erholte sich. Dann erhoben die Dienerinnen einen wunderbaren Gesang, eine liebliche Musik rauschte durch das Schloß, daß Hans bei seiner Prinzessin in Glück und Freude sich kaum fassen konnte. So machten sie sich alle bereit, mit dem nächsten Morgen die Hochzeit zu halten.

22.
Die drei Töchtere.

En Bur het drei Töchtere gha, die sy eppis ŋfältig, ugschickt gsy u mit dem Sack gschlage. D'm Bur wär es schier en Ehr gsy, wenn siner Töchtere alli hätte chönne hürathe. Aer het ne darvoa gsyt; da ist ne grüseli angst woarde un si hei du welle hürathe; är seit ne aber darby, är well ne e Dorfet areise un be well är ne's de abringe u für si rede, numme sölle si de b's Mul halte. Un du gly druf het är ne es Paar Buabe zummene Mähli iglade, b's Flysch het me über= thoa un b's Mähli akommedirt u gsotte. Darmit het är ne welle zeige, daß är e ryche Bur sigi. Die Töchtere het's afange blanget und sy usi ga achte, ob's nit gly rücki; es het si darby aber Wunder gnoa, wie be das Züg ablaufi; und eini chunnt du zur Thür inhi zspringe u syt: „Att du, b's Flysch ist schottets." Die Zweiti louft ere nah u syt: „Waßt du nüt, daß me nüt zäge scholl?" Die Dritti het du Fröud gha und seit du noa: Guot, ih nüt zyt ha, ih de Ma chumme!" Es het du aber Kene glustet, wo si ghört hei wie si rede, und us der Hürath het's du nüt gä.

23.
Die dumme Grethe.

Die dumme Grethe hat mit ihrem Mann in einem ein=
samen Häuschen vor dem Dorf gewohnt und ist wenig unter
die Leute gekommen. Eines Tages kam ein hungeriger Kerl
zu ihr, als eben ihr Mann auf dem Felde war, und bat sie,
ihm etwas an die Gabel zu geben, dieweil er den ganzen Tag
nüchtern gelaufen sei; wenn's nur ein Stück Fleisch wär',
sagte er, oder ein halbes. Da ihr Mann eben gestern ein
Schwein geschlachtet hatte, gieng sie in die Kammer und holte
das halbe Schwein heraus. Ja, damit wollt' er heut alle=
weil haushalten, sagte der Hungrige, lud die Last auf die
Schulter und gieng davon. Als der Grethe ihr Mann heim=
kam und vernahm, was seine Frau gethan hatte, raufte er
sich die Haare und sagte: „Grethe, meine Grethe, wann wirst
Du gescheid! Warum hast Du dem Kerl nicht eine Schwarte
abgehauen?“ „Ach lieber Mann,“ sagte die Grethe, „Du
weißt ja, ich kann kein Blut vergießen, wie hätt' ich dem
armen Menschen eine Schwarte abhauen können?“ Sagte der
Mann: „Grethe, meine Grethe, jetzt wirst Du nimmer gescheid!
Jetzt geh ich in die Stadt und wenn ich dort Eine finde, die
noch dümmer ist, als Du, dann ist Dir Dein Leben geschenkt,
sonst geht's Dir an den Hals.“ Er gieng also in die Stadt,

und da war eben der Markt angegangen; und als er zu einer
Eierfrau kam, stolperte er in Gedanken über ihren Korb hin=
ein, daß die Eier vor Schrecken platzten und der Boden als=
bald aussah, wie wenn er mit lauter ungeschmalzten Pfann=
kuchen gepflastert wäre. „Hui," sprang die Eierfrau auf, „was
ist das ein Lümmel!" „Oho," rief der Mann, „spuck aus und
sprich anders! Wer kann so eine armselige Eierkrabbe sehn,
wenn er grad herab vom Himmel fällt?" „I du mein lieber
Gott, vom Himmel kommt Ihr?" rief die Frau, „wie hätt' ich
das denken können! Sagt, habt Ihr meinen seligen Mann,
den Christen, nicht gesehen? Er muß nun, wenn's Gotts Will
ist, zu Ostern schon ein Jahr dort sein." „Das will ich mei=
nen, hab ich ihn gesehn," antwortete der Mann; „noch gestern
Abend sind wir beisammen gesessen. Er ist der beste Kumpan,
den ich im ganzen Himmel hab, und wenn ich hinauf komme,
so such ich ihn zuerst wieder auf. Nur ein bischen schmal hat
er's bei dem Sternenputzen; jeden geschlagenen Abend die Sterne
abrußen und nur Einen Kittel auf dem Leib haben Sonntag
und Werktag, ist kein Spaß." „I du mein lieber Gott," rief
die Frau, „so schmal hat er's, mein armer Christian? Da
könntet Ihr Euch doch einen rechten Gotteslohn verdienen, wenn
Ihr ihm das Stück Tuch bringen wolltet, das ich grad noch
für ihn gekauft hab, eh er mir zu Tod gestorben ist; es ist so
gut wie neu." „Wenn's nicht zu schwer ist, so will ich's pro=
bieren," sagte der Mann und ging mit der Frau in ihr Haus,
und da gab sie ihm das Tuch und ließ nicht nach, bis sie ihm
noch dazu einen Korb voll Eier für ihren Christian aufge=
schwatzt hatte. Damit machte er sich auf den Heimweg. Als
er nach Hause kam, erschrak die Grethe, denn sie meinte nicht

anders, als daß jetzt ihr letztes Stündlein geschlagen habe. Doch
der Mann hatte ihr schon von weitem gewinkt und rief: „Grethe,
meine Grethe; die dümmste bist Du doch nicht!" Erzählte ihr
dann den Handel mit der Eierfrau und hatte seine helle Freude
an dem neuen Tuch und an den geschenkten Eiern, und der
Grethe war auch ein Stein ab dem Herzen, daß es ihr dies=
mal doch nicht an den Hals gegangen war.

24.
s'Tüfels Erbsmues.

Bim stärchste Schneeghubel chunnt e arme Bur hei und setzt si uf en Bank zum warme Ofe zue. „Wie ist der gange i der Stadt, as b'eso driluegst?" frogt en d'Frau. „Schlächt gnueg," seit der betrüebt Ma; „los jetz nume, i will der alls erzelle; aber zerst mueß i gwüß no es Bitzeli Wärmi ha, denn i bi schier halb verfrore. Bi Wind und Wätter, — he, de weist jo woll wie's hüt abegmacht het, wo=n i furt bi — chum i denn i d'Stadt zu euserm Heer und säg em, daß's mer un= mügli sei, die drühundert Franke bis am Sunntig ufzbringe. I han e bittet und bättet, er möcht mer doch au no Zit ge bis im Summer; denn bis dethi werdit mer d'Lüt mi Schmidte= arbet wol zahle. Er aber seit, er chön e kei Minute länger warte as bis am Sunntig; und wenn i bis denn s'Gäld nid bring, so löß er mer s'Hus und Hei sammt miner chline Schmidte am Mendig verchaufe und mi und di und alli Chind zum Hus us jage. Jetz was meinst, Frau? Es ist unmügli, daß mir bis übermorn drühundert Franke zäme bringe. Zwor het mer do euse Nochber sächzg Franke ge, aber es blibit mer doch no immer die andere zweihundert und vierzg übrig. Wenn mer zletscht doch nur der Tüfel s'Gäld is Hus brung! Wenn i em scho müeßt e paar Johr diene, so wer i doch denn eusem Heer ab, und der leidig Tüfel i der Hell cha jo au nid ärger si as De det i der Stadt!"

Chum het der Ma das gseit, so het's scho dusse afoh bruse und stürme, daß 's dem arme Bur schier sis Hüsli umgrüert het und der Wind het dur's Hus uf und ab gchutet und pfiffe, daß es e Grus gsi ist. Wo das no e paar Minute ufghört het, so ghört de Bur und si Frau, daß öpper a der Thüre chlopfet. Gschwind goht der Bur use, macht uf, und do stoht e schwarze Ma im ene rothe Mantel vor der Thür und seit: „Nu, Bur, de hest vorig gweuscht, wenn der doch de Tüfel nume Gäld brung; jetze lueg, do sind zweihundert und vierzg Franke funkelneu; s'fehlt si kei Rappe dra, zell's nu; aber holla — ebä der's gibe, muest mer verspräche, mit mer z'cho und sächs Johr bi mer i der Hell z'diene. Underdesse werde d'Frau und dini Chind nie Mangel ha."

De Bur, verschrocke, weder vo Noth drunge, seit Jo und gheißt de Tüfel ie cho und si am Ofe werme, bis er au sini par Hömli zäme packt heig, um mit em i d'Hell z'goh. Wäred dem gseht er, aß de Tüfel am einte Roßfueß es Ise verlore het und seit: „Guete Fründ, luegid e chli eues Fueßwärch a, er händ glaub uf em Wäg es Ise verheit. Wenn er wänd, so chömid mit mer i d'Schmidte ie, i will ech es neus ufmache." De Tüfel het de Ma scho lang as e guete Huefschmid kännt, goht mit em und zieht no sälber de Blosbalg. Wo s'Ise rächt gsi ist, so seit de Bur: „Händ jetz de Fueß äne und do i die Chlemme ie, damit i s'Ise besser ufmache cha; denn i weiß wol, rächti Lüt müend au guet bedient si." De Tüfel dänkt do nüd Böses, het de Fueß i d'Chlemme ie, und de Bur

schrubet em e i, nimmt aber de Schrubeschlüffel i Sack und
seit: „So Gvatter Schwarz, jetz wämmer erst luege, wie lang
i der für die zweihundert und vierzg Franke diene will!"

Uf das ist halt de Hörndlima bös worde und het tho wie
e Wüethige; doch het er zletscht nohge und isch mit em Bur
übereis cho, daß er em nu drü Johr diene müeß. Sobald de
Bur de Tüfel wider losgschrubet het, so het er müeße mit
em i d'Hell fahre. Wo si mitenand det hi cho sind, so stellt
de Tüfel de Bur grad as Fürschürgler a. Am zweute Tag
goht der Schwarz mit der Ellermueter furt und seit zuen em:
„Wenn d'trinke oder äffe witt, oder wenn d'öppe Gäld bruchst
für en arme Ma, der di drum bittet, so gang nur det zum
Chistli und säg:

> Chistli, Chistli mi,
> Gimm mer Brod und Wi,
> Alls uf s'Tüfels Gheiß,
> I der Hell isch heiß!

Und was dis Herz nur wünscht, sell wird enanderigsno
i goldige Blatte und Fläsche zu dine Füeße si." Wo der
Tüfel furt goht, so ist eufes Bürli no elei i der Hell gsi und
het denkt: Jetz witt au emol luege, was ächt i dene große
Chessene inne ist, won i alliwil drunder mueß füüre. Bim
letschte, won er ufdeckt, gseht er au ne sone Dolders Gläubiger,
der e vor e paar Jahre drückt und drängt het, und voll Zorn
leit de Bur gschwind no sächs Schiter a und seit zu dem alte
Schölm: „Wart i will der jetz s'Bad scho heiß mache; de hest
mi au mängist z'schwitze gmacht!" Am dritte Tag chunnt denn
der Tüfel wider hei. Do seit de Bur zuen em: „Loset, mi
liebe Rothmantel, i euer Burg do inne rückt's es ist e Grus;

d'Auge han i der ganz Tag voll Waſſer gha; und i ſött gwüß
no einiſch hei, mis Fazenetli go reiche, damit i au cha d'Auge
uswüſche und s'Mul verbha, wenn's eſo galgeräß rückt." Do
het de Tüfel d'Stirne grunzlet und gſeit:

„Los, Bur, i känn di, du biſt en Arige; elei cha i bi nid
heiloh, ſuſt chönntiſt mer öppe nümme ume cho; weder es
Fazenetli ſottiſt ha, das gſehn i, ſuſt chönntiſt mer blind werde;
drum iſch es am beſte, mer gönd mitenand."

No ne paar Stund chunnt denn de Bur mit em Rothmantel
wider zu ſim alte Hüsli zrugg, wo d'Frau und d'Chind no
truret und briegget händ um ihren Aetti. De lang Weg und
das gſchwind Laufe händ aber de Bur und de Tüfel hungrig
gmacht, drum het der Ghörndlet gſeit: „Säg au diner Frau,
ſi ſöll eus Zweene es Erbsmues überthue und choche, aber
vo luter ſchwarzen Erbſe." Der Bur ſeit's, befilt ere aber,
au vo dene Wiß=Erbſe dri z'thue, wonem einiſt um Frauſaſte
im Schlof uf s'Bett grüert worde ſige mit dene Worte: „Do
heſch e Nothpfenig." Sie ligge det obe, ſeit er e — uf der
Himlezzi im ene Papirli.

Wo's Erbsmues lind gchochet gſi iſt, ſo ſizid denn die zwee
Reiſede zue, und de Bur ſchöpft dem Tüfel uſe und git em
mit Fliß de wiß Erbs demit. Wie de Rothmantel de wiß
Erbs gſeht, ſo het er erſchröckeli gfluecht und gſchwore. Aber
was gſcheht? De wiß Erbs wird e länger e größer und ver=
ſpringt zletſcht, und es fahred e ganze Huſe wißi mit ſilberige
Dörndlene bſezti Erbsli dem Tüfel is Gfrees und händ ne
ſo jämmerli verſtoche, as er vor Weh lut ufbrüelet het. De
Bur bſinnt ſi nid lang und ſeit: „Wenn d'mer alli mini drü

Johr erlohst, und mer s'Weusch-Chistli gist und versprichst, mir und de Minige nie nüd azthue, so wil i di erlöse."

Bo der Noth zwunge, schreit de Tüfel: „Jo frili!" Und wie's Chistli uf em Tisch stoht, so seit de Bur:

„Erbsi, Erbsi groß und chli
Lönd das Stäche nume si;
Euse Hörnblima seit Jo,
Jetze wenn mer ne au lo goh."

Und wo denn die Erbsli wider in ihre Hültsche binenand gsi sind, so springt de Tüfel mit eim Satz zum Pfeister us und het si wol ghüetet, i Zuekunft wider zu sälem Hus zue z'cho.

25.

Vom Brodäſſe.

Der Hansli het es Fraueli gha und das het Bethli gheiße, und s'Bethli het e Ma gha und dä het Hansli gheiße; der Hansli und s'Bethli ſind beidi gar ordeligi Lüt gſi und hend beidi gar ordeli chönne Brot äſſe. Der Hansli het aber nüt uliebers gäſſe als der Rouft, und s'Bethli nüt uliebers als d'Mutſche. Und häretgäge het der Hansli d'Mutſche ſchröcke= lech gärn gäſſe und s'Bethli der Rouft. Deſſetwäge hend ſi's gar guet mitenander chönne. Denn der Hansli iſch froh gſi, wenn s'Bethli brav Rouft gäſſe het, wil ihm de allemol d'Mutſche übrig bliben iſch; und s'Bethli iſch froh gſi, wenn der Hansli d'Mutſche gäſſe het, wil es de der Rouft ganz übercho het. Und eſo iſch es gange, bis der Hansli am End aller Ende ghimmlet het. Do dernochet het aber s'Bethli z'eismol Niemet meh gha, won em d'Mutſche ewäg gäſſe het. Was thuets? Es het halt wider e Ma gno, und dä het gheiße Jöri. Und der Jöri und s'Bethli sind beidi gar ordeligi Lüt gsi und hend beidi gar ordeli chönne Brot ässe. Aber oheie! Der Jöri het au grad numme welle de Rouft ässe, und s'Bethli hätt' um's Läbe kei Mutsche abebrocht. Do hend si ali beidi enand liberments nüt meh ässe lo und sind zletscht ali beidi a der Vergöustig gstorbe. Gott bhüet is dervor.

26.
Der faule Hans.

Ein Reisender langte in dunkler Nacht bei einer Herberge
an und verlangte, daß ihn der Hans ohne Verzug heute Abend
noch durch den Wald fahre, der gleich hinter der Herberge an=
fieng; denn der Hans war der Hausknecht und ein Kutscher
troz Einem. Er griff es also an und fuhr mit dem Reisenden
davon. Als sie an einer einsamen Stelle im Walde anlang=
ten, wo es auch mitten im Tag nie hell wurde, verspürten die
Pferde eine besondere Unruhe und rannten, als wenn die
Räder von den Axen springen sollten. Da fielen ihnen drei
Räuber in die Zügel und forderten den Reisenden auf, ihnen
gutwillig Geld und Gepäck zu übergeben. Dieser dachte an
Gegenwehr und rief den Knecht zum Beistand auf; aber Hans
blieb ruhig auf dem Bocke sitzen und rauchte sein Pfeifchen so
stumm und dumm fort, als sollte er daheim eine Schüssel
weißer Rüben mitessen helfen. Der Reisende mußte aussteig=
gen und konnte nichts thun, als den Straßenräubern Hab und
Gut überlassen. Da sie nun Alles ausgeleert zu haben glaub=
ten und sich fortmachen wollten, sprach der Fremde: „Erfüllt
mir jetzt eine Bitte, Ihr sollt sie mir nicht umsonst thun; hier
in der Kutsche ist Euch ein Kistchen mit etlichen Dutzend Tha=

lern entgangen, nehmet sie auch noch; aber nehmt mir dafür jetzt auch den Knecht da droben auf dem Bock herunter uud prügelt ihn nach aller Möglichkeit durch." Die Räuber waren bei Laune; sie rissen den Hans herab und schlugen erbärmlich auf ihn los. Das ließ er sich eine Weile gefallen; am Ende aber brummte er: „Potz Tausend!" und erhob die breiten Schul= tern, und eben da sie ihn zu werfen meinten, machte er seine erste Wendung, da küßte der Vorderste bereits den Boden. Nun ergriff er den Zweiten beim Schopf, den Dritten beim Kragen und schlug ihnen in angemessenen Zwischenpausen mehr= mals so tapfer die Köpfe zusammen, daß ihnen die Eingeweide im Bauch klangen und sie hinfielen wie Fliegen im Spätherbst. Jetzt kniete er erst noch von Einem auf den Andern hinüber und gab ihnen der Reihe nach alles Empfangene mit Zinsen zurück. Der Fremde, der bis jetzt verwundert zugesehen hatte, bekam wieder Muth, packte Stück für Stück seiner verzettelten Waare behend in die Kutsche, und hatte zuletzt nur noch die Mühe, den Hans von den drei Schlachtopfern loszumachen, in die er wie ein Stier mit den Hörnern festgebohrt war. So machten sich Beide fort und ließen die Zerschlagenen liegen.

„Aber sag nur einmal," sprach der Fremde hernach zum Knechte, als sie wieder in der Kutsche saßen, „was für ein sonder= barer Heiliger bist Du! Warum hast Du mich und Dich so lange von den Schurken mißhandeln lassen, die Du dann wie auf Einen Schlag bezwungen hast?" „Ihr fraget eben auch," antwortete Hans, „wie Einer, der Nichts versteht. In diesem Wald ist schon Mancher umgekommen, eben weil er sich ge= wehrt hatte; und Ihr wißt wohl, daß ein Solcher dann als

6

Gespenst umgehen muß; nun wünsche ich mir erstens nach mei=
nem Tode eine bessere Anstellung als eine solche; und zweitens
müßt Ihr wissen: Warm muß ich doch erst werden, eh ich
dreinschlage."

27.
Der Teufel als Schwager.

Ein Handwerksbursche kam auf seiner Wanderschaft an einem Abend in eine Herberge, und weil er sich schon ein paar Tage hintereinander müde gelaufen hatte, wollte er nun auch wieder ein paar Tage rasten. Er bedachte aber nicht, daß der Beutel die Kosten nicht vertrug, und als der Wirth, der davon Wind bekam, eines Abends sagte: „Guter Freund, Ihr seid wol jetzt nicht mehr müde, also seid so gut und macht Euch mor= gen früh auf die Strümpfe, hier ist Eure kleine Rechnung," — da überlief es den Burschen kalt und heiß, und er bat den Wirth, mit der Rechnung nur wenigstens bis morgen noch zu warten; „morgen," sagte er, „ist auch noch ein Tag." „Gut," sagte der Wirth, aber nehmt Euch in Acht vor der Herberge zum schwarzen Thurm, dahin bringt man bei uns die Leute in's Quartier, die mehr essen und trinken, als der Beutel Stich hält." Als aber der Wirth fort war, warf sich der Hand= werksbursche auf's Bett und konnte doch vor Angst und Sor= gen die ganze Nacht kein Auge zuthun. Da trat auf einmal eine schwarze Gestalt zu ihm an's Bett und gab sich sogleich schlecht und recht als den Teufel zu erkennen. Der sagte: „Fürchte Dich nicht, mein lieber Geselle, brätst Du mir die

Wurst, so lösch ich Dir den Durst; willst Du mir zu einem Schick verhelfen, so will ich Dich aus Deiner Klemme ziehen." „Und das wäre?" fragte der Handwerksbursche. „Nur sieben Jahre," sagte der Teufel, „sollst Du hier in diesem Wirths= haus bleiben, ich will Dich frei halten und Dir Hülle und Fülle geben, und nachher sollst Du's noch besser, bekommen und immer Geld haben wie Laub. Dafür sollst Du Dich aber nie waschen und kämmen und Dir auch Haar und Nägel nie beschneiden." „Der Dienst ist schon des andern werth," dachte der Handwerksbursche und gieng den Vertrag unverzüglich ein.

Als der Wirth am andern Morgen erschien, erhielt er von dem Handwerksburschen seine Zeche bei Heller und Pfennig ausbezahlt und noch einen Ueberschuß dazu auf weitere Zeche; und der Handwerksbursche blieb Jahr und Tag in der Her= berge sitzen und ließ Geld drauf gehen wie Sand am Meer. Aber er wurde auch wüst wie die Nacht und kein Mensch mochte ihn ansehn. Kam an einem schönen Morgen ein Kauf= mann zu dem Wirth; das war sein Nachbar; der hatte drei blitzschöne Töchter; weil er sich aber in seinen Geschäften schlimm verrechnet hatte und nun nicht mehr wußte wo aus und ein, so kam er, um dem Wirth seine Noth zu klagen. „Hört," sagte der Wirth, „Euch kann geholfen werden. Da droben in meiner Fremdenstube wohnt schon mehr als sechs Jahre ein sonderbarer Kerl; der läßt wachsen was wächst und sieht aus wie die Sünde; aber er hat Geld wie Heu und läßt sich nichts abgehen; probiert's mit dem; ich hab ohnehin schon lang ge= merkt, daß er oft nach Euerm Haus hinüberschielt; wer weiß, ob er's nicht auf eine von Euern Töchtern abgesehen hat." Dieser Rath leuchtete dem Kaufmann ein; er gieng hinauf zu dem Handwerksburschen und es kam bald zu einem Vertrag zwischen ihnen: daß der Handwerksbursche dem Kaufmann aus den Nöthen helfen und der Kaufmann dem Handwerksburschen eine seiner Töchter zur Frau geben müsse. Als sie aber zu den drei Töchtern kamen und der Vater ihnen den Handel aus= einandersetzte, lief die älteste davon und rief: „Pfui, Vater; was für einen Gräuel bringst Du uns in's Haus! Lieber will ich ins Wasser springen, ehe ich den heirathe." Die zweite machte es nicht besser, und rief: „Pfui, Vater, was für ein Scheusal bringst Du uns in's Haus! Lieber häng' ich mich auf, ehe ich den heirathe." Die dritte und jüngste sprach dagegen: „Es muß doch ein braver Mann sein, Vater, daß er Dich retten will, ich nehm' ihn." Sie hielt ihre Augen immer zu Boden geschlagen und sah ihn gar nicht an; aber er hatte ein großes Wohlgefallen an ihr, und die Hochzeitsfeier wurde jetzt fest= gestellt.

Da waren auch die sieben Jahre um, die der Teufel aus= bedingt hatte; und als der Hochzeitsmorgen erschien, fuhr eine prächtige Kutsche, von Gold und Edelsteinen funkelnd, bei dem Hause des Kaufmanns vor, und heraus sprang der Handwerks= bursche, der jetzt ein junger und feiner reicher Herr geworden war. Da fiel der Braut ein Stein vom Herzen und des Jubels war kein Ende. In langem Zuge giengen die Hoch= zeitleute zur Kirche; denn der Kaufmann und der Wirth hatten alle ihre Verwandtschaft dazu eingeladen; nur die beiden älteren Schwestern der glücklichen Braut giengen nicht mit, sondern entleibten sich aus Aerger, die eine am Nagel, die andere im Wasser. Und als der Bräutigam aus der Kirche kam, da sah er zum ersten Mal nach sieben Jahren den Teufel wieder, der saß auf einem Dach und lachte zufrieden herunter:

„Weist, Schwoger, eso cha's cho:
Du hest Eini und i ha Zwo!“

28.
Vo der böſe Mueter und dem freine Büebli.

Es iſch emol e Mueter gſi und es Büebli elei im e Hüüsli
inne. Aber d'Mueter iſch kä freini gſi und hät dem Büebli
nüt möge verträge, und hät em Schleg gge, ſe vil ſie hät welle.
Wänn's Büebli öppen Oeppis z'äſſe ghöuſcht hät, ſe hät ſi
gſäit: „d'Fitze chunnſt über, wenn d'nüd ſtill biſt." Und wenn's
Mämm ghöuſcht hät, ſo hät ſi gſäit: „De wirſt wol nüd ver=
lälle." Emol am en Obig, wos ſcho timmer gſi iſt, hät s'Büebli
rößer ggrinne weder anderi Mol, das es s'Hitzgi übercho hät
dervo none, will's ebe ſchiergarigs de ganz Tag nüt is Muul
iegloh gha hät. Do iſt d'Mueter gruſam taub worde, und
hät's gno und em d'Auge verbunde und uf enen Chrützwäg
in en Wald uſe gfüert und gſäit: „Do lauf, du Brüeli!" und
hät's dänn lo ſtoh ganz elei.

Do ſeit s'Büebli a ſchreie, wien en Mörder und halt a:
„Nimm mi wider, Mueter!" Aber ſi hät em kä Bſcheid meh
gge und iſt häigſprunge ſ'vil ſi hät möge. Und wo s'Büebli
das umebunde Züüg vo den Auge ewägſchränzt, ſe häts doch
nüt gſeh, s'iſt chridigſchwarz Nacht gſi. Do häts halt agfange
göuße, wie wenn's wor am Mäſſer ſtäcke; me cha woll dänke,
es ſeig em gwüß chatzangſt gſi. Do hät's äismols öppis ghöre

murren und brummle, und wo's e si umchehrt, se gseht's es
Thier dostoh mit füürigen Auge; s ist allwäg en Bär gsi. De
hät dänn z'erst e chli pfigget und gstoßen an em ume; uf das
nimmt er's is Lääff und gumpet mit em devo. Dem Büebli
aber isch es gschwunde; es hät halt gmäint, er frässi's. Aber
näi, er hät's in e Höhli ieträit; dirt isch es dänn gli vertnuckt
und hät gschloofe bis morndeßmorge.

De Morge isch s'Büeblis Mueter früe vor Tag erwachet;
s'hät öppis bbolderet a d'Thür ane wie mit eme Chnebel, daß
s'ganz Hüüsli zitteret hät dervo. Si thuet s'Fäister uf und
s'Bälchli und lueget ussen abe — hah! Do stoht e großes
Thier dusse an ere Garteserle uf; ebe de Bär isch es gsi. De
hät aber chönne rede und hät do grüeft: „Gimmer Brot und
Milch für's Büebli, oder i friß di!" Das hät si dänn gott=
los erchlöpft, und si hät nüb lang gmachet und hät em's anere
lange Stange imene Chrättli über d'Lauben abe gstreckt und
derzue gsüüfzget nüb für Gspaß. De Chro hät de Bär dem
Büebli brocht, und hät em gflattiert und uf d'Achsle täggelet,
bis s'devo ggässe und trunke hät. Do hät's dänn meh weder
gnueg übercho und hät si nümme gfürcht vor em Bäre. Und
bewäg isch de Bär alli Morge zu s'Mueters Hüüsli gange,
daß das Büebli handum chugelrund worden ist vor Fäißi und
b'Baggen ase gschwaderet händ. Und wo de Bär gmerkt hät,
daß das Büebli gern Gvätterliwaar hett, so hät er em aller=
ebigerlei brocht: Rößli und Wägeli und Hündli und Helgeli und
en nigelnagelnöue Züriguldi. Dem hät dänn das Büebli am
sorgste gha, und de Bär hät's gli gmerkt. Do chönd emol
Röuber, die händ wellen i d'Höhli ie; die hät aber de Bär

gno und hät's z'chline Stücklene verrisse, und s'Gält, wo's de Lüte gstole gha händ, hät er dem Büebli gge, ganz Seck volle.

Do hät's das Büebli guet gha und isch groß worde wien e Ma. Aber si Mueter ist underesse z'arme Tagen uscho und hät agfange griine, wänn de Bär cho ist: si chönn em nüt meh ge. Das hät de Bär au bbelendet, das er do gsäit hät zu dem große Büebli: „Jetz gang nu, nimm mit der was di freut; i cha der nüt meh z'ässe bringe, di Mueter hät sälber nüt meh." Das ist dem Büebli au z'Herze ggange und s'hät do gsäit zum Bäre: „Chumm mit mer häi zur Mueter, mer händ jetz jo Züüg und Sache gnueg; mer wänd ere goge hälfe." Aber de Bär ist trurig gsi und hät äisig näi gmachet mitem Chopf. Do ist er äismols umgfalle und gstorbe. Wo s'Büebli das gseh hät, so hät's rooß agfange schreie und hät do dem Bären es Grab gmachet und hät e drinie gleit und wohl zuedeckt. Derno isch es zu siner Mueter zoge. Aber jo, wie ist die erchlupft vor em! Es hät halt au usgseh, wien e Thier. Do säit's aber zuenere: „Mueter fürch der nu nüd, i bi de Chasperli, i thuene der nüt, im Gägetheil, jetz muesche's übercho wie gwöuscht, viel besser weder wo d'elei gsi bist."

29.
Der Räuber und die Hausthiere.

Da war einmal ein Müllerknecht, der hatte seinem Herrn schon viele Jahre lang treu und fleißig gedient, und war alt geworden in der Mühle, also daß die schwere Arbeit, die er hier zu verrichten hatte, endlich über seine Kräfte gieng. Da sprach er eines Morgens zu seinem Herrn: „Ich kann dir nicht länger dienen, ich bin zu schwach; entlaß mich deßhalb und gieb mir meinen Lohn!" Der Müller sagte: „Jetzt ist nicht die Wanderzeit der Knechte; übrigens kannst du gehen, wenn du willst, aber Lohn bekommst du nicht." Da wollte der alte Knecht lieber seinen Lohn fahren lassen, als sich noch länger in der Mühle so abquälen, und verabschiedete sich von seinem Herrn.

Ehe er aber das Haus verließ, gieng er noch zu den Thieren, die er bis dahin gefüttert und gepflegt hatte, um ihnen Lebewohl zu sagen. Als er nun zuerst von dem Pferde Abschied nahm, sprach es zu ihm: „Wo willst du denn hin?" „Ich muß fort," sagte er „ich kann's hier nicht länger aushalten." Und wie er dann weiter gieng, folgte das Pferd ihm nach. Darauf begab er sich zu dem Ochsen, streichelte ihn noch einmal und sprach: „Jetzt b'hüet' di Gott, Alter!" „Wo willst du denn hin?" sprach der Ochs. „Ach ich muß fort, ich kann's hier nicht länger aushalten," sagte der Müllerknecht und gieng trau=

rig fort, um noch von dem Hunde Abschied zu nehmen. Der Ochs
aber zog hinter ihm her wie das Pferd, und ebenso machten
es die übrigen Hausthiere, denen er Adieu sagte, nämlich der
Hund, die Katze und die Gans.

Als er nun draußen im Freien war und sah, daß die
treuen Thiere ihm nachzogen, redete er ihnen freundlich zu, daß
sie doch wieder umkehren und daheim bleiben möchten. „Ich
habe jetzt selbst nichts mehr," sprach er, „und kann nicht mehr
für Euch sorgen." Allein die Thiere erklärten ihm, daß sie ihn
nicht verlassen würden und zogen vergnügt hinter ihm drein.

Da kamen sie nach etlichen Tagen in einen großen Wald;
das Pferd und der Ochs fanden hier gutes Gras; auch die
Gans und der Hahn ließen sich's schmecken; die andern Thiere
aber, die Katze und der Hund, die mußten Hunger leiden, wie
der alte Müllerknecht, und knurrten und murrten nicht darüber.
Endlich, als sie ganz tief in den Wald hineingekommen waren,
sahen sie auf einmal ein schönes großes Haus vor sich stehen;
das war aber fest zugeschlossen; nur ein Stall stand offen und
war leer, und von hier aus konnte man durch die Scheuer in
das eigentliche Haus kommen. Weil nun Niemand in dem
Hause zu sehen war, so beschloß der Knecht, mit seinen Thieren
daselbst zu bleiben, und wies einem jeden seinen Platz an. Das
Pferd stellte er vorn in den Stall, den Ochsen führte er auf die
andere Seite; der Hahn bekam seinen Platz auf dem Dache, der
Hund auf dem Miste, die Katze auf dem Feuerherde, die Gans
hinter dem Ofen. Dann reichte er jedem sein Futter, das er
in dem Hause reichlich vorfand, und er selbst aß und trank,
was er mochte, und legte sich dann schlafen in ein gutes Bett,
das in der Kammer fertig dastand.

Als es nun schon Nacht war und er fest schlief, kam der Räuber, dem dies Waldhaus gehörte, zurück. Wie der aber in den Hof trat, sprang sogleich der Hund wie wüthend auf ihn los und bellte ihn an; dann schrie der Hahn vom Dache herunter: „Kikeriki! Kikeriki!" also daß es dem Räuber angst und bang wurde; denn er hatte in seinem Leben noch keine Hausthiere gesehen, die mit den Menschen zusammenleben, sondern kannte blos die wilden Thiere des Waldes. Deßhalb nahm er Reißaus und sprang eilig in den Stall; aber da schlug das Pferd hinten aus und traf ihn an die Seite, daß er um und um taumelte, und sich nur mit Mühe in die hintere Seite des Stalles flüchten konnte. Kaum aber war er hier angekommen, so drehte sich auch schon der Ochs um und wollte ihn auf seine Hörner nehmen. Da bekam er einen neuen Schrecken und lief, was er konnte, durch die Scheuer hindurch und dann in die Küche, um ein Licht anzuzünden und zu sehen, was da los sei. Wie er nun auf dem Herde herumtastete und die Katze anrührte, fuhr die auf ihn los und kratzte ihn dermaßen mit ihren Tatzen, daß er halsüberkopf davonsprang und sich eben in der Stube hinter den Ofen verstecken wollte. Da wachte aber die Gans auf und schrie und schlug mit den Flügeln, daß es dem Räuber höllenangst wurde und er sich in die Kammer flüchtete. Da schnarchte nun der Müllerknecht in dem Bette so kräftig wie ein schnurrendes Spinnrad, daß der Räuber meinte, die ganze Kammer sei mit fremden Leuten angefüllt. Da überfiel ihn ein arges Grauen und Grausen, kannst du glauben, und er lief schnell zum Haus hinaus und rannte in den Wald hinein, und stand nicht eher still, als bis er seine Raubgesellen gefunden hatte.

Da fieng er nun an zu erzählen: „Ich weiß nicht, was in unserm Hause vorgegangen ist; es wohnt ein ganz frembes Volk drin. Als ich in den Hof trat, sprang mir ein großer wilder Mann entgegen und schalt und brüllte so grimmig, daß ich dachte, er würde mich umbringen. Ein Anderer reizte ihn noch auf und rief vom Dache herunter: „Gib 'm au für mi! Gib 'm au für mi!" Da mir's der Erste schon arg genug machte, so wollte ich nicht warten, bis ihrer etwa mehre über mich herfielen und flüchtete mich in den Stall. Aber da hat ein Schuhknecht mir einen Leisten an die Seite geworfen, daß ich's noch spüre; und als ich dann hinten in den Stall kam, stand da ein Gabelmacher und wollte mich mit seiner Gabel aufspießen; und als ich in die Küche kam, saß da ein Hechelmacher und schlug mir seine Hechel in die Hand; und als ich in die Stube sprang und mich hinter dem Ofen verstecken wollte, da schlug mich ein Schaufelmacher mit seiner Schaufel; als ich aber endlich in die Kammer lief, da schnarchten darin noch so viele Andere, daß ich nur froh sein mußte, als ich lebendig wieder draußen war.

Als die Räuber dies hörten, entsetzten sich alle so sehr, daß keiner Lust hatte, in das Haus zu gehen. Nein, sie meinten, die ganze Umgegend sei durch dies fremde Volk un= sicher geworden und zogen noch in selbiger Nacht fort, weit weg in ein anderes Land, und sind nie wieder gekommen.

Da lebte nun der Müllerknecht mit seinen treuen Thieren in Ruhe und Frieden in dem Hause der Räuber und brauchte sich nicht mehr zu plagen in seinen alten Tagen, denn der schöne Garten neben dem Hause trug ihm jährlich mehr Obst, Gemüse und allerlei Nahrung, als er und seine Thiere ver= zehren konnten.

30.
Der ſtark Schnider.

Es Schniderli chunnt einiſch uf ſir Wanderſchaft hungerig
und halb ohmächtig zu=m=ene Sennhof und heuſcht öppis
z'Mittag. Sie geben ihm es Chnucheli voll Zigermilch. Die
het ihm gſchmöckt, und wil juſt no öppis Wenigs übrig gſi
iſch, ſo het er es Papier gno und dä Ziger dri igwigglet, für
ihn uf em Weg z'verzehre. Wie's denn ſo i Burehüſeren iſch —
s'git im Summer vil Fleuge, und dem Schnider ſi au e Schwarm
a b'Ziger ghocket. Derno het er ſi mit eim Chlapf z'tod gſchlage.
Sibe z'töde=n in Eim Streich iſch für ne Schnider kei Chli=
nigkeit. Drum het euse Held im nöchſten Ort e Tafele ghauft
und ſchribt druf: „Sibe tödt in Eim Streich ohni Zorn!" und
hänkt dä Schild a Rügge. Stell me ſich vor, wie d'Lüt werde
Reſpekt gha ha vor dem Schnidergſell, wo ſi das gläſe hei.
Er reiſet witer und chunnt zu me Wald. Do iſch grad afangs
es Vogelneſt gſi und die Junge drin rif zum Usflüge. Er
nimmt der ſchönſt devo us und ſteckt en i Sack. Won er paar
Schritt witer gſi iſch, findt er en große Schnägg mit ſammt
em Hus und ſtoßt en in ander Sack. Won er aſe lang glauſe
gſi iſch und der Wald e keis End meh will näh, iſch er vor
Müedi abghocket und uf der Stell igſchlofe. J dem Wald hei
aber zwei Rieſe ghuſet, dick wie Chilchsthürn und ſo höch, as

sie hätte chönne der Mo mälche. Die treffe de schlofed Schnider
a und lese die Inschrift uf der Tafele: „Sibe tödt in Eim
Streich ohni Zorn!"   „Potz Wetter," hei sie zäme gseit, „dem
wurd me's au gar nit agseh, as er so stark isch!" Sie wecke
ne und froge, ob er dörf zu dem stoh, was er do uf e Rugge
gschribe heig. „Das will i meine!" seit er. Jetz hei die
Riese verlangt, er müeß mit ene um's Gwett si Sterki zeige.
Der erst Ries het gseit: „I will i Eim Othezug d'Aest ab

de Bäume blose. Machsch das au noche?" „No öppis viel
Schwerers!" seit de Schnider; „i will dem erste beste Hustthier
b'Hörner i Chopf z'rugg blose." „Das möchte mer au gern
gseh," säge die Riese. Derno nimmt der Schnider si Hüsli-
schnägg füre und seit, das sig jetz s'erst best Hustthier, und
macht derno sis Kunststück.

Aber die Riese si mit dem nit zfriede gsi und säge derno,
vo=m=ene Schniderli löse sie si nit tschöpple; er müeß sini
Chreste zeige, nit si Witz. Der zweut Ries het gseit, jetz welle
sie probiere, wer am höchste mög Stei bengle. „s'Blibt derbi!"
macht der Schnider. Jetz schießt ase der Ries, und gar unerchannt höch. Der Schnider het wider zum Schin e Stei
gsuecht, längt aber i Sack und zieht dä jung Vogel use und
wirft en i d'Höchi. Dä isch gar nümm abecho, immer witer
und höcher gstige, und die Riese hein ihm nohgluegt, bis ne der
Aecke weh tho het. „Das hesch jetz guet gmacht! hei sie
gseit; jetz sellsch i eusi Gsellschaft ufgno si, und das Erst, was
mer mache, isch — e Prinzessi z'raube."

Das het eusem Schniderli gfalle und er het fast nit möge
gwarte, bis es gnachtet het. Im gliche Wald het uf eme feste
Schloß e Graf glebt. Der het es wunderschöns Töchterli gha,
mit der gar mänge vornehme Ritter gern Buelschaft agchnüpft
hätt, doch au der Schönst,

> Wo treit zwo silbrig Spore,
> Goldringli a den Ohre,
> E Federe voll Edelstei,

isch abgwise worde. Worum? Der Waldgraf het a selbe zwei
Riese gar bös Find und Nochbere gha; sie hei ne gschädiget
a Land und Guet, wo sie hei chönne, bis s'letzscht dur's ganz

Land bekannt gmacht worden isch: Wer's Grafe Töchterli zur Frau well, müeß z'erst die zwei Riese überwinde. Au eusem Schnider ist das z'Ohre cho gsi und het em vil z'studiere gä. Selbi Nacht si die zwei Riese mit ihrem neue Ghilfe druf los, schliche zue dem Schloß und gsehn, daß d'Prinzessi in ihrem Kabinetli no Liecht het. Sie stelle ne Leitere a und der Schnider mueß vorewegg ufe go kundschafte. Jetzt erblickt er das Fräuli rüehig uf em Bett schlofe, schön wie nes Engeli uf tre Wulche, und neben an em es gschliffnigs grüsligs Schwert. Aber der Schnider loht si vo dem Engelsgsichtli und dem zuckerige Müli nit us der Fassig bringe, stigt ine und heißt die Riese sätteli ufecho. Wie der erst chunnt und will zum Pfeister iporze, stoht der Schnider zweg mit em Schwert und haut dem Malchis der Chopf ab; mit aller Chraft zehrt er derno der Stumpe is Schlofzimmer. So het er's au dem zwente gmacht. Jetzt erst isch er zum Flumbett higange, het mit süeße Worte das Grafetöchterli gweckt und frogt: „Lueget um Ech, schöns Fräuli, wie es großes Fanggeld zahlt Eue Vater für settig Raubvögel?"

Und wo die Prinzessi die zwei Unholde todt in ihrem schwarze Bluet het gseh ligge, wo dure Stubebode wegglaufe isch, und das Werk vo ihrem ritterlige Fründ betrachtet, isch sie dem Schnider vor Freud und Dankbarkeit um e Hals gfalle, und mörnderisch hei sie zäme Hochzit gmacht.

31.
Die Hennenkrippe.

Ein Büeble und ein Mädchen, die, um Erdbeeren zu pflücken, ausgegangen waren, verirrten im Walde. Es fiel die Nacht ein und die zwei armen Geschöpfe wußten nun gar nicht mehr, wo aus und wo an. Plötzlich schimmerte ihnen ein Licht entgegen, und sie liefen eilends über Stock und Stein auf dasselbe zu und kamen in die Hütte der Waldfänkin. Sie klagten der Wilden Frau, daß sie sich beim Erdbeerpflücken im Walde verirrt hätten und in der dunkeln Nacht weder Weg noch Steg heim zur Mutter wüßten. Die Waldfänkin, die aufmerksam zugehorcht hatte, erfaßte die beiden Kleinen und sperrte sie in die Hennenkrippe.

Ueber einer Weile kam der Wilde Mann, der Gemahl der Waldfänkin, in die Hütte und schnupperte aus weit geöffneten Nasenlöchern, sein unförmliches, breites Gesicht gegen die Hennenkrippe gewendet: „I schmeck, i schmeck Menschenfleisch,“ grinste er. „Du Narr!“ entgegnete die Waldfänkin, „Du schmeckst nu Hennadreck.“ Der Wilde gab sich deß zufrieden und trottete brummend aus der Hütte. Darauf öffnete die Waldfänkin die Hennenkrippe, ließ die Kinder aus und führte sie zum Walde hinaus bis auf den Weg, der sie schnurstracks heim zur Mutter führte. Könnt ihr euch denken, wie viel das Büeble und das Mädchen von dem finstern Walde, dem Wilden Manne und der Waldfänkin, durch deren List sie gerettet wurden, der Mutter zu erzählen hatten!

32.
Die Nidelgrethe.

Die Nidelgrethe war eine alte wunderliche Hexe; sie besaß
nur eine einzige Kuh und hatte doch immer mehr Nidel, als
fünfzig von den besten Kühen zur Sommerfahrt geben. Da

stach einmal der Gwunder einen Küher, der schlüpfte in den Stall und versteckte sich darin. Bald kam auch die Nidelgreth; sie stellte einen großen Gebs, in welchem ein kleines Krüglein Nidel war, vor sich hin, machte mit der Hand ein paar Zeichen darüber und murmelte:

> „Herengut und Sennenzoll,
> Von jeder Kuh zwei Löffel voll.“

Sofort füllte sich der Gebs bis an den Rand mit dem schönsten Nidel, worauf die Alte ihn auf den Rücken nahm und den Stall verließ. Der Küher hatte sich den Spruch wohl gemerkt und lief voller Freuden nach Hause, um das einträgliche Stücklein auch zu probiren. Aber mit zwei Löffeln nicht zufrieden, murmelte er:

> „Herengut und Sennenzoll,
> Von jeder Kuh zwei Kübel voll.“

Da floß ihm der Nidel in solchen Strömen zu, daß bald sein Stall und Haus davon voll war und er gar elendiglich darin ersoff. „Der thuts mir sein Lebtag nimmer nach,“ kicherte die Nidelgrethe und saß oben auf dem Dachsparren.

33.
Die drei Sprachen.

In der Schweiz lebte einmal ein alter Graf; der hatte nur einen einzigen Sohn, aber er war dumm und konnte nichts lernen. Da sprach der Vater: „Höre, mein Sohn, ich bringe nichts in Deinen Kopf, ich mag es anfangen wie ich will. Du mußt fort von hier! ich will Dich einem berühmten Meister übergeben, der soll es mit Dir versuchen." Der Junge ward in eine fremde Stadt geschickt und blieb bei dem Meister ein ganzes Jahr. Nach Verlauf dieser Zeit kam er wieder heim und der Vater fragte: „Nun, mein Sohn, was hast Du gelernt?" „Vater, ich habe gelernt, was die Hunde bellen," antwortete er. „Daß Gott erbarm!" rief der Vater, „ist das Alles, was Du gelernt hast? Ich will Dich in eine andere Stadt zu einem andern Meister thun." Der Junge ward hingebracht und blieb bei diesem Meister auch ein Jahr. Als er zurück= kam, fragte der Vater wiederum: „Mein Sohn, was hast Du gelernt?" Er antwortete: „Vater, ich habe gelernt, was die Vögel sprechen." Da gerieth der Vater in Zorn und sprach: „O Du verlorner Mensch, hast die kostbare Zeit hingebracht und nichts gelernt, und schämst Dich nicht, mir unter die Augen zu treten? Ich will Dich zu einem dritten Meister schicken; aber lernst Du auch diesmal nichts, so will ich Dein Vater nicht mehr sein." Der Sohn blieb bei dem dritten Meister ebenfalls ein ganzes Jahr und als er wieder nach Haus kam und der Vater fragte: „Mein Sohn, was hast Du gelernt?" so antwortete er: „Lieber Vater, ich habe dieses Jahr gelernt, was die Frösche quacken." Da gerieth der Vater in den höchsten Zorn, sprang auf, rief seine Leute herbei und sprach: „Dieser Mensch ist mein Sohn nicht mehr; ich stoße ihn aus und gebiete euch, daß ihr ihn hinaus in den Wald führt und ihm das Leben nehmt." Sie führten ihn hinaus; aber als sie ihn tödten sollten, konnten sie nicht vor Mitleiden und ließen ihn gehen. Sie schnitten einem Reh Augen und Zunge aus, damit sie dem Alten die Wahrzeichen bringen konnten.

Der Jüngling wanderte fort und kam nach einiger Zeit zu einer Burg, wo er um Nachtherberge bat. „Ja," sagte der Burgherr, „wenn Du da unten in dem alten Thurm übernachten willst, so gehe hin; aber ich warne Dich, es ist lebensgefährlich; denn er ist voll wilder Hunde, die bellen und heulen in Einem fort, und zu gewissen Stunden müssen sie einen Menschen ausgeliefert haben, den sie auch gleich verzehren." Die ganze Gegend war darüber in Trauer und Leid, und konnte doch Niemand helfen. Der Jüngling aber war ohne Furcht und sprach: „Laßt mich nur hinab zu den bellenden Hunden, und gebt mir etwas, das ich ihnen vorwerfen kann; mir sollen sie nichts thun." Weil er nun selber nicht anders wollte, so gaben sie ihm etwas Essen für die wilden Thiere und brachten ihn hinab zu dem Thurm. Als er hinein trat, bellten ihn die Hunde nicht an, wedelten mit den Schwänzen ganz freundlich um ihn herum, fraßen, was er ihnen hinsetzte, und krümmten ihm kein Härchen. Am andern Morgen kam er zu Jedermanns

Erstaunen gesund und unversehrt wieder zum Vorschein und sagte zu dem Burgherrn: „Die Hunde haben mir in ihrer Sprache offenbart, warum sie da hausen und dem Lande Schaden bringen. Sie sind verwünscht und müssen einen großen Schatz hüten, der unten im Thurme liegt, und kommen nicht eher zur Ruhe, als bis er gehoben ist; und wie dies geschehen muß, das habe ich ebenfalls aus ihren Reden vernommen." Da freuten sich Alle, die das hörten; und der Burgherr sagte, er wollte ihn an Sohnes Statt annehmen, wenn er es glücklich vollbrächte. Er stieg wieder hinab, und weil er wußte, was er zu thun hatte, so vollführte er es und brachte eine mit Gold gefüllte Truhe herauf. Das Geheul der wilden Hunde ward von nun an nicht mehr gehört; sie waren verschwunden, und das Land war von der Plage befreit.

Ueber eine Zeit kam es ihm in den Sinn, er wollte nach Rom fahren. Auf dem Weg kam er an einem Sumpf vorbei, in welchem Frösche saßen und quackten. Er horchte auf; und als er vernahm, was sie sprachen, ward er ganz nachdenklich und traurig. Endlich langte er in Rom an; da war gerade der Pabst gestorben und unter den Kardinälen großer Zweifel, wen sie zum Nachfolger bestimmen sollten. Sie wurden zuletzt einig, Derjenige sollte zum Pabst erwählt werden, an dem sich ein göttliches Wunderzeichen offenbaren würde. Und als das eben beschlossen war, in demselben Augenblick trat der junge Graf in die Kirche, und plötzlich flogen zwei schneeweiße Tauben auf seine beiden Schultern und blieben da sitzen. Die Geistlichkeit erkannte darin das Zeichen Gottes und fragte ihn auf der Stelle, ob er Pabst werden wolle. Er war unschlüssig und wußte nicht, ob er dessen würdig wäre; aber die Tauben redeten

ihm zu, daß er es thun möchte; und endlich sagte er Ja. Da
wurde er gesalbt und geweiht und damit war eingetroffen, was
er von den Fröschen unterwegs gehört, und was ihn so be=
stürzt gemacht hatte, daß er der heilige Pabst werden sollte.
Darauf mußte er eine Messe singen und mußte kein Wort da=
von; aber die zwei Tauben saßen stets auf seinen Schultern
und sagten ihm Alles in's Ohr.

34.
Riesenbirne und Riesenkuh.

In alten Zeiten gab es in unserm Lande Birnen, die waren tausendmal größer als die jetzigen; das waren die „überwel=

schen". Wenn so eine überwelsche Birne abgefallen war, wurde sie in den Keller gerollt und da zapfte man ihr den Saft ab. Zwei Männer sägten mit der großen Waldsäge den Stiel ab und fuhren ihn in die Sägemühle, allwo die Breter für das Täferholz daraus geschnitten wurden.

Viel Sorge machte es den Leuten dazumal, die Milch aufzuheben. Die Kühe waren nämlich so groß, daß man Teiche graben mußte, um die viele Milch, die sie gaben, darin aufzufangen. Alle Tage fuhren dann die Sennen auf kleinen Schiffen in dem Teich herum und schöpften den Rahm ab. Das Merkwürdigste waren aber die großen Kuhhörner: Die waren so lang, wenn man um Ostern hineinblies, so kam der Ton um Pfingsten heraus.

35.
Das Bürli im Himmel.

S'isch emol es arms, fromms Bürli gstorbe und chunnt do vor d'Himelspforte. Zur gliche Zit isch au e riche, riche Herr do gsi und het au i Himel welle. Do chunnt der heilig Petrus mit em Schlüssel und macht uf und lot der Herr ine; das Bürli het er aber, wie's schint, nit gseh und macht d'Pforte ämel wider zue. Do het das Bürli vorusse ghört, wie de Herr mit alle Freude im Himmel ufgno worden isch, und wie sie drin musiziert und gsunge händ. Aentli isch es do wider still worde, und der heilig Petrus chunnt, macht d'Himels=pforte uf un lot das Bürli au ine. s'Bürli het do gmeint, s'werd au musiziert und gsunge, wenn es chöm, aber do isch alles still gsi; me het's frili mit aller Liebi ufgno und d'Aengeli sind em etgäge cho, aber gsunge het niemer. Do frogt das Bürli der heilig Petrus, worum das me bi ihm nid singi, wie bi dem riche Herr; s'gseu schint's do im Himel au parteiisch zue, wie uf der Erde. Do seit der heilig Petrus: „Nei wäger, Du bisch is so lieb wie alli andere und muesch alli himmlische Freude gnieße, wie de rich Herr; aber lueg, so armi Bürli, wie Du eis bisch, chöme alli Tag i Himel; so ne riche Herr aber chunnt nume alli hundert Johr öppen eine."

36.
Das schneeweiße Steinchen.

Es war einmal ein Hirtenbube, der mußte alle Tage auf dem Berge Geißen und Schafe hüten. Dabei konnte er singen wie ein Vogel und jodeln, daß man's weit und breit im Thal unten hörte. Eines Tages bekam er Durst und suchte lange auf der ganzen Weide herum nach einem Trunk Wasser; endlich fand er unter einer hohen Tanne ein Weiherlein. Da kniete er nieder und schlürfte begierig das Wasser in den trockenen Gaumen. Indeß er aber also über das Weiherlein gebeugt lag, sah er unten im Wasserspiegel, daß auf der Tanne oben ein Vogelnest war. Nicht faul, kletterte er wie ein Eichhörnchen Baum auf und suchte und griff nach dem Ast, den er im Wasser gesehen hatte; aber von einem Nest fand er nicht Staub und nicht Flaub. Unverrichteter Dinge mußte er wieder herabsteigen; als er unten war, lugte er noch einmal in das Wasser, und siehe da! abermals sah er das Nest ganz deutlich; was gist was hast war er wieder oben im Baum, aber auch diesmal konnte er das Nest nicht entdecken. Das trieb er so zum dritten und vierten Mal. Endlich fiel es ihm ein, er wolle im Wasser alle Aeste zählen bis zum Neste hinauf. Gedacht, gethan; und nun gieng's. Er kletterte und zählte richtig, und als er bei dem rechten Aste angelangt war, griff er zu und

hielt plötzlich ein schneeweißes Steinchen in der Hand, und nun be=
kam er auch das Nest selber zu sehen: Da ganz vorne auf dem Ast
lag's, daß er sich verwunderte, wie es ihm so lange hatte ent=
gehn können. Da ihm das schneeweiße Steinchen gefiel, steckte
er's in die Tasche und stieg herunter. Am Abend trieb er seine
Geißen und Schafe heim und sang und jodelte dabei nach seiner
Gewohnheit aus Herzenslust. Aber was geschah? Wie er in's Dorf
kam, sperrten die Leute Maul und Augen auf; denn sie hörten
ihren Geißbuben wohl singen, aber kein Mensch sah ihn. Und
als er vor seiner Eltern Haus kam, sprang der Vater heraus
und rief: „Ums Himmelswillen, Bub, was hast Du gemacht?
Komm herein in die Stube." Vater und Mutter wußten vor
Schrecken nicht, wo aus und an, und der Bube wußte nicht,
daß er unsichtbar ist, bis es ihm der Vater sagt. „Bist du
etwa auf einem Hexenplatz gewesen?" fragte der Vater. „Nein,"
sagte der Bube und erzählte von dem Vogelnest. „Gieb weidlig
das Steinchen heraus!" riefen Vater und Mutter. Da gab er
es dem Vater in die Hand; aber was geschah? „Herr Jesis,
Aetti wo bist du?" riefen die Mutter und der Bube. Denn
jetzt war der Bube wieder sichtbar, aber der Vater war dafür un=
sichtbar geworden. Dem war's jedoch, als ob er eine Kröte
in der Hand hätte, und er warf das Steinchen auf den Tisch.
Aber was geschah? Da sahen sie den Tisch nicht mehr. Jetzt
fuhr der Vater auf, tappte nach dem Tisch und erwischte glück=
lich das Steinchen. Wie der Wind sprang er mit demselben
aus dem Haus und warf es mitten in den Sodbrunnen hin=
unter. Aber hei! wie das da drunten blitzte und krachte, nicht
anders, als wenn Himmel und Erde zusammen stürzen müßten.
Was giebst du mir, wenn ich's wieder herauf hole?

37.
Der Bärenprinz.

Ein Kaufmann wollte einmal auf den Markt gehen; da fragte er seine drei Töchter, was er ihnen nach Hause bringen sollte. Die älteste sagte: „Ich möchte Perlen und Edelsteine." „Mir," sagte die mittlere, „kannst Du ein himmelblaues Kleid kaufen." Die jüngste aber sprach: „Auf der Welt wäre mir nichts lieber, als eine Traube." Als nun der Kaufmann auf den Markt kam, da sah er bald Perlen und Edelsteine, so viel er nur wollte; und auch ein himmelblaues Kleid hatte er bald gekauft; aber eine Traube, die konnte er auf dem ganzen Markt nirgends finden. Da ward er sehr betrübt; denn gerade die jüngste Tochter hatte er am liebsten. Als er nun so in Ge= danken nach Hause gieng, trat ihm ein kleines Männchen in den Weg, das fragte ihn: „Was bist Du so traurig?" „Ach," antwortete der Kaufmann, „ich sollte meiner jüngsten Tochter eine Traube heimbringen, und nun hab ich auf dem ganzen Markt keine gefunden." Sagte das Männchen: „Geh nur ein paar Schritte dort in die Wiesen hinunter, dann kommst Du

zu einem großen Weinberg; da ist freilich ein weißer Bär drin,
der wird garstig brummen, wenn Du kommst; aber laß Dich
nur nicht erschrecken, die Traube kriegst Du doch." Nun gieng
der Kaufmann die Wiese hinunter, und da geschah es, wie das
Männchen gesagt hatte. Ein weißer Bär hielt die Wache vor
dem Weinberg und brummte dem Kaufmann schon von Weitem
entgegen: „Was willst Du hier?" „Sei so gut," sagte der
Kaufmann, „und laß mich eine Traube nehmen für meine
jüngste Tochter, nur eine einzige." „Die bekömmst Du nicht,"
sagte der Bär, „oder Du versprichst mir, daß Du mir zu eigen
giebst, was Dir zuerst begegnet, wenn Du nach Haus kommst."
Der Kaufmann besann sich nicht lange, und sagte es dem Bären
zu; da durfte er die Traube nehmen und machte sich vergnügt
auf den Heimweg. Als er nun nach Haus kam, sprang ihm
die jüngste Tochter entgegen, denn sie hatte am meisten lange
Zeit nach ihm gehabt und konnte es kaum erwarten, bis sie
ihn sah; und als sie die Traube in seiner Hand erblickte, da
fiel sie ihm um den Hals und konnte sich vor Freude nicht
fassen. Aber jetzt wurde der Vater erst recht traurig und
durfte doch nicht sagen warum; alle Tage erwartete er, daß
der weiße Bär kommen und sein liebstes Kind von ihm fordern
würde. Und als gerade ein Jahr vergangen war, seit er die
Traube aus dem Weinberg geholt hatte, da trabte der Bär
wirklich daher, stellte sich vor den erschrockenen Kaufmann hin
und sagte: „Nun giebst Du mir, was Dir zuerst begegnete,
als Du nach Hause kamst; oder ich fresse Dich." Der Kauf=
mann hatte aber doch noch nicht alle Besinnung verloren, son=
dern sagte: „Da nimm meinen Hund, der ist gleich aus der
Thür gesprungen, als er mich kommen sah." Der Bär aber

fieng an laut zu brummen und sagte: „Der ist nicht das Rechte;
wenn Du mir Dein Versprechen nicht erfüllst, so freß ich Dich!"
Da sagte der Kaufmann: „Nun denn, so nimm da den Apfel=
baum vor dem Haus, der ist mir zuerst begegnet." Aber der
Bär brummte noch stärker und sagte: „Der ist nicht das Rechte;
wenn Du mir nicht gleich Dein Versprechen erfüllst, so freß ich
Dich." Nun half nichts mehr; der Kaufmann mußte seine
jüngste Tochter hergeben; und als sie herbeikam, fuhr eben eine
Kutsche vor; da hinein führte sie der Bär und setzte sich neben
sie, und fort gieng's. Nach einer Weile hielt die Kutsche in
einem Schloßhof und der Bär führte die Tochter in das Schloß
hinauf und bewillkommte sie; „hier," sagte er, „sei er zu Haus,
und sie sei von jetzt an seine Gemahlin;" und alles Liebe und
Gute, was er ihr nur an den Augen absah, das that er ihr,
so daß sie mit der Zeit gar nicht mehr daran dachte, daß ihr
Gemahl nur ein Bär sei. Nur Zweierlei nahm sie immerfort
wunder: Warum der Bär des Nachts kein Licht leiden wollte
und immer so kalt anzufühlen war. Als sie nun eine Zeit
lang bei ihm gewohnt hatte, fragte er sie: „Weißt Du, wie
lange Du schon hier bist?" „Nein," sagte sie, „ich habe noch
gar nicht an die Zeit gedacht." „Desto besser," sagte der Bär,
„nun ist's aber gerade ein Jahr; darum rüste Dich zur Reise,
denn wir müssen Deinen Vater wieder einmal besuchen." Das
that sie mit großen Freuden; und als sie zu dem Vater kam,
so erzählte sie ihm ihr ganzes Leben im Schloß. Wie sie aber
hernach wieder Abschied von ihm nahm, steckte er ihr heimlich
Zündhölzchen zu, daß es der Bär nicht sehen sollte. Der
hatte es jedoch im Augenblick gesehen und brummte zornig:
„Wenn Du das nicht bleiben lässest, so freß ich Dich." Dann

nahm er seine Gemahlin wieder mit sich auf das Schloß und da lebten sie wieder zusammen, wie vorher. Nach einiger Zeit sagte der Bär: „Weißt Du, wie lang Du schon hier bist?" „Nein," sagte sie, „ich spüre gar nichts von der Zeit." „Desto besser," sagte der Bär; „Du bist nun gerade zwei Jahre hier; darum rüste Dich zur Reise, es ist Zeit, daß wir Deinen Vater wieder einmal besuchen." Das that sie wieder, und es gieng Alles wie das erste Mal. Als sie aber noch zum dritten Mal bei ihrem Vater auf Besuch war, übersah es der Bär, daß ihr Vater ihr heimlich Zündhölzchen zugesteckt hatte; und wie sie nun zusammen wieder in das Schloß zurückgekehrt waren, so konnte sie es kaum erwarten, bis es Nacht war und der Bär neben ihr im Bette schlief. Leise zündete sie ein Licht an, und da erschrak sie vor lauter Verwunderung und Freude; denn neben ihr lag ein schöner Jüngling mit einer goldenen Krone auf dem Haupte; der lächelte sie an und sagte: „Schönsten Dank, daß Du mich erlöst hast; Du warst die Gemahlin eines verwünschten Prinzen; jetzt wollen wir erst recht unsere Hochzeit feiern; denn jetzt bin ich der König dieses Landes." Alsbald wurde das ganze Schloß lebendig; von allen Seiten kamen die Diener und Kammerherren herbei und wünschten dem Herrn König und der Frau Königin Glück.

38.
ie Schlangenkönigin.

Eines Tages fand ein Hirtenmädchen auf einem Felsen eine kranke Schlange liegen, die eben am Verschmachten war. Das beelendete das Mädchen, und es reichte ihr den Milchkrug hin, den es an der Hand trug. Die Schlange ließ sich nicht zweimal einladen, sie lappte begierig von der Milch und erholte sich zusehends, bis sie endlich wieder so viele Kräfte gewonnen hatte, daß sie davonkriechen konnte. Bald darauf meldete sich bei dem Vater des Mädchens ein armer, junger Hirte, der bat ihn, daß er ihm seine Tochter zur Frau geben möchte. Der alte Hirte war aber ein reicher und stolzer Mann und sagte spöttisch: „Wenn Du erst einmal so viel Heerden hast wie ich, dann geb ich Dir meine Tochter." Das gieng aber gar nicht lang. Denn von der Zeit an kam alle Nächte ein feuriger Drache und verwüstete dem Alten die Triften, daß er

balb kein Futter mehr für seine Heerden finden konnte, und ihm
eine um die andere zu Grunde gieng. Da kam der junge
Hirte wieder, denn er war jetzt so reich wie der Vater, und
bat um die Hand des Mädchens; und der Alte konnte sie ihm
nicht mehr verweigern. Am Hochzeitsmorgen aber kam plötzlich
in das Zimmer der Braut eine Schlange, auf derselben saß
eine schöne Jungfrau, die sagte: „Da hast Du meinen Dank

dafür, daß Du mich in der Noth mit Milch gespeist hast!"
Damit nahm sie eine glänzende Krone von ihrem Haupt und
warf sie der Braut in den Schooß. Hierauf verschwand sie
sammt der Schlange wieder, wie sie gekommen war. Die Braut
aber hob die Krone auf und hatte lauter Glück und Segen
damit ihr Leben lang.

39.
s'Todtebeindli.

S'isch einisch e Chünig gstorbe; si Frau und zwen Chind
sind no am Läbe blibe, es Meiteli und es Büebli. Do hend
si einisch d'Mueter gfrogt, weles von ene das einisch mües
Chünig wärde. Do seit si zue=n=ene: „Liebi Chind, gönd jetz
zäme i Wald use und sueched das Blüemli, wo=n=ech do zeige,
und das, wo's von ech z'erst findt, das mues einisch Chünig
wärde." Do sind die Zwen zäme gange, und im Wald sind
si bim Sueche e chli usenand cho, und s'Meiteli het s'Blüemli
z'erst gfunde. Do denkt's, es well sim Brüderli no=n=e chli
warte, und lit näbem Wald i Schatte, nimmt s'Blüemli i d'Hand
und schloft i Gotts Namen i. Derwile chunnt s'Büebli au a
das Oertli, aber s'Blüemli het er nonig gfunde gha; won er's
do aber im Händli vo sim Schwösterli gseh het, so chunnt em
öppis Schröckligs z'Sinn: „I will mis Schwösterli ermorde
und em s'Blüemli neh und hei goh mit, und dänn wird i
Chünig." Denkt und tho. Er het's töbt und im Wald ver=
scharret und Härd drüber deckt, und kei Mönsch het nüt dervo
gwüßt. No mängem Johr isch e Hirtebüebli dert uf der Weid
gsi mit de Schöflene und findt es Todtebeindli am Bode vo
dem Meiteli; do macht er e paar Löchli dri wie an ene Flötli,
und blost dri. Do het das Beindli gar erschröckli trurig afoh

finge die ganz Gschicht, wie s'Meiteli vom Brüderli umbracht
worden isch; me hätt möge die häle Thräne briegge, wo me das
Lied ghört het. Do goht einisch, wo das Büebli so gflötet het,
e Ritter dert verbi; dä hät em das Flötli abgchauft und isch
dermit im Land ume zoge und het an allen Orte uf dem Beindli
gspielt. Einisch het do au die alti Chünigi dem Ritter zueglost
und isch ganz trurig worde und het der Sohn abem Thron
gstoße und bbriegget ihrer Läbtig.

40.
Die Käsprobe.

Ein junger Hirt bekam Luft zu heirathen. Nun kannte er drei Schwestern, die waren alle gleich schön und waren ihm auch alle gleich gewogen, so daß er nicht mit sich einig werden konnte, welche unter ihnen er zu seiner Braut erwählen sollte. Das bemerkte endlich seine Mutter: „Soll ich Dir gut zu Rath sein," sagte sie zu ihm, „so lade alle drei Schwestern miteinander zu Dir und stelle ihnen Käs auf und gieb Acht, wie sie damit umgehn." Der Sohn folgte diesem Rath; er lud die Jungfrauen zu sich und setzte ihnen den Käs vor. Da verschlang die Erste gierig ihr Stück sammt der Rinde, daß keine Spur übrig blieb. Die Zweite im Gegentheil schnitt die Rinde so dick ab, daß sie noch viel Gutes mit wegwarf. Die Dritte aber schälte die Rinde sauber, grad wie sich's gehört. Und als nun der Hirt seiner Mutter erzählte, wie es bei dem Käse hergegangen, da sagte die Mutter: „Die Dritte nimm, sie wird Dir Glück bringen." Das that er, und es hat ihn sein Lebtag nie gereut, daß er der Mutter gefolgt hat.

41.
Der Schneider und der Riese.

Vor Zeiten war einmal ein Riese, der machte sich auf den Weg, ob er Einen fände, der ihm an Muth und Stärke gleich wäre. Er kam auf einen Berg, und wie er da zur Kurzweil einen schweren Stein ab der Felswand brach und ihn in die Tiefe schleuderte, begann von unten herauf Einer zu brummen; und alsbald erhob sich ein gewaltiger Kerl, den hatte der Riese am Kopf getroffen und aus dem Schlaf geweckt; da aber der Stein ihn sonst an Haut und Haar nicht verletzt hatte, wurden die Beiden auf der Stelle gut Freund und waren Beide froh, daß sie Ihresgleichen gefunden hatten. Wanderten also wohl= gemuth zusammen weiter und kamen bald zu einer Nagelfluh= wand, an welcher sie ihre Kraft erproben wollten. Der Erste nahm einen Anlauf und putschte mit dem Kopf ein Loch in die Wand, daß er den halben Kopf drein verbergen konnte. Der Andere aber putschte sich so tief hinein, daß er seinen Kopf nicht mehr herausbrachte und verzappeln mußte. Da ward der Erste zornig, daß er seinen Kameraden schon so bald wieder verloren hatte, und schwur, den Tod desselben an dem Ersten Besten, der ihm begegnen würde, rächen zu wollen. Nicht lange, so lief ihm ein armer Schneider in die Hände. „Du kommst mir ge= rade recht!" rief der Riese und streckte die Hand nach ihm aus.

Aber der Schneider war nicht faul, that einen kühnen Seiten=
sprung und prahlte: „Potz tausend, mit wem meinst Du, daß
Du's zu thun habest? Wollen wir wetten, ich bin stärker als
Du?" Das nahm den Riesen doch wunder. „Nun," sagte
er, „auf eine Probe kann man's ja ankommen lassen; mach's
nach!" und damit hob er einen zentnerschweren Stein vom Boden.
„O ich kann noch viel mehr, ich kann den härtesten Kiesel mit
meinen Fingern zerreiben," sagte der Schneider, that dergleichen,
als ob er einen Kieselstein ergriffe, langte aber dabei unvermerkt
in seinen Schnappsack, worin eine Balle Zieger lag, und zer=
rieb diese, daß das Wasser heraustroff. Davon bekam der Riese
gewaltigen Respekt vor dem Schneider; er nahm ihn zu seinem
Kameraden an, und sie liefen mit einander fürbaß und kamen
in eine große Stadt, wo der König seinen Palast hatte.

Allein statt Lust und Freude fanden sie allda nur Trauer
und Herzeleid; denn gerade an diesem Tage sollte des Königs
einzige Tochter einem Drachen zur Beute werden, der schon seit
Langem in der Nachbarschaft hauste. Tag für Tag hatte man
ihm einen Menschen zur Speise hinausschicken müssen, und wenn
man es einmal unterließ, so kam der Drache herein und wüthete
so arg, daß die Leute froh waren, statt vieler nur Ein Opfer
zu verlieren. Wen das Loos traf, den mußten sie ausliefern;
so hatten sie's bei Ehr und Eid ausgemacht. Nun hatte es ge=
rade die Königstochter getroffen, und der König ließ noch eilig
bekannt machen: „Wer den Drachen tödte, der solle die Königs=
tochter zur Frau bekommen und über das Reich regieren." Das
vernahmen der Riese und der Schneider und hatten nicht übel
Lust, ihr Glück zu versuchen. „Du hast die List und er den
Leib," dachte der Schneider, „zusammen mag wohl etwas aus=

zurichten sein." Also meldeten sie sich bei dem König an und verlangten, um den Drachen zu tödten, einen Hammer und eine Zange. Damit machten sie sich zusammen auf den Weg nach dem Drachennest. Als sie da angekommen waren, hielten sie Kriegsrath und kamen überein, daß der Schneider vorne bei dem Eingange bereit stehen sollte, um den Drachen mit der Zange zu packen; der Riese aber sollte von oben mit dem Hammer das Ungethüm aus dem Nest jagen. Gesagt, gethan. Aber als der Drache unter den Schlägen des Hammers aus dem Nest fuhr, schnappte er den Schneider sammt seiner Zange im Fluge weg und verschluckte ihn. Indessen war der Riese gleich hinter ihm drein und schlug dem Unthier den Hornschädel ein, daß es niederlag und verendete. Hierauf schnitt er ihm den Leib auf und ließ den Schneider herausschlüpfen. Aber die Königstochter zusammt dem Reich wollte er nun für sich allein haben und schimpfte noch überdies weiblich auf den Schneider, daß er ihm bei einem Haar die Sache verdorben hätte. „Was?" rief der Schneider, „Du Prahlhans! hättest Du mich nur machen lassen; mit Fleiß bin ich dem garstigen Kerl in den offenen Rachen geschlüpft; denn von Innen heraus wollte ich ihn umwenden, wie man einen Handschuh umwendet." Also konnte der Riese es nicht verhindern, daß der Schneider auch seinen Antheil an der Erlegung des Drachen haben wollte, und sie kamen Beide mit einander zum König. Der König war jedoch in Verlegenheit, welchem von ihnen er nun seine Tochter zusammt dem Reich geben sollte. Da sagte der Schneider zum Riesen: „Was meinst Du? Wer von uns Zweien mehr Reispappen essen kann, der soll der Glückliche sein." Deß war der Riese höchlich zufrieden, denn er aß nichts lieber als Reispappen; und auf Befehl des

Königs stand bald vor ihnen der Reispappen, wie ein Berg so hoch. Nun begann das Wettessen. Der Riese aß und aß, und der Schneider hielt tapfer Schritt; denn er hatte unter seinem Wamms einen Sack angehängt, in den ließ er allen Reispappen heimlich hinunterfallen und that nur zum Schein, als ob er mit= esse. Da er nun nie aufhören wollte zu essen, der Riese aber enblich zum Zerspringen voll war, gab der Riese sich für be= siegt und mußte dem Schneider die Königstochter und das Reich abtreten. Das konnte er indessen leichter verschmerzen, als daß er im Essen besiegt worden war. Deshalb bat er den Schnei= der zuletzt noch, er möchte ihm sagen, wie er es angefangen habe, um so viel Reispappen zu bewältigen. „Guck,“ sagte der Schneider, „die Sache ist sehr einfach; da hab ich mir halt den gefüllten Bauch heimlich aufgeschlitzt und dem Uebermaß seinen Paß gegeben.“

Das schrieb sich der Riese hinter die Ohren, und aus lauter Neugierde machte er sogleich die Probe, und das war das letzte Mal in seinem Leben, daß er Reispappen aß.

42.
Die Schlüsseljungfrau.

Es war einmal ein Schustergeselle, den nannte das ganze Dorf einen Sonderling; denn so oft Abends die Vesperglocke läutete, legte er sein Handwerksgeschirr auf die Seite und begab sich auf seine einsamen Spaziergänge, ohne sich um Seinesgleichen zu bekümmern. Damit verhielt es sich aber so: Dem Gesellen war das Leben in dem abgelegenen Dorfe schon lange verleidet, und er sann hin und her, wie er es anfangen könnte, um bald ein Meister in einer großen Stadt zu werden.

Eines Abends nach Sonnenuntergang gieng er in den Wald hinter dem Dorf und klomm dort einen Hügel hinauf, auf welchem vor undenklichen Zeiten ein Schloß gestanden hatte, von dem jetzt nur noch ein verwitterter, viereckiger Wartthurm dastand. Da kam von oben herunter eine Jungfrau in fremder Tracht; die sah gar seltsam aus; in der einen Hand hielt sie einen Schlüsselbund, in der andern eine schlanke Gerte, und auf dem Haupte trug sie eine prächtige Glaskrone, in welcher ein großer Goldschlüssel steckte. Der Geselle verbeugte sich unterthänig und gieng vorüber; aber die fremde Jungfrau rief ihn an und sagte: „Bist

Du in hiesiger Gegend daheim?" „Mit Vergunst," antwortete
der Gesell, „ich bin nur beim Schuhflicker drunten im Geding."
„Nun," sagte die Jungfrau, „dann kannst Du mir doch wohl

ein Paar Schuhe machen; aber bis nächsten Samstag müssen sie fertig sein." „Das will ich meinen, kann ich's," antwortete er und zog schon das Maß aus der Tasche. „Hinten müssen die Schuhe rothe Stöckchen haben," sagte die Jungfrau, „und vornen rothe Laschen, aber das Vorgeschühe bleibt ungewichst." „Alles zu dienen," erwiederte der Gesell, „so seid nur so gut und setzt Euch nieder, daß ich sie Euch anmessen kann." Im gleichen Augenblick ließ sich von dem Schloßthurm her eine Nachtigall hören. „Es ruft mir Jemand," sagte die Jungfrau, „ich muß schnell gehen;" und verschwand hinter den Bäumen.

Am Samstag trug der Gesell die Schuhe nach dem alten Wartthurm hinauf; er war selber in seine Schuhe verliebt, so fein und sauber sahen sie aus. An der gleichen Stelle wie das erste Mal war wieder die Jungfrau; sie hatte schon auf ihn gewartet und war jetzt wohl zufrieden mit seiner Arbeit. „Ueber acht Tage," sagte sie, „sollst Du mir aber noch Deine Bürste mitbringen, damit Du mir noch das Vorgeschühe wichsen kannst; hier hast Du einstweilen ein Drangeld." Damit gab sie ihm ein blankes Goldstück; da schlug wieder vom Schloßthurm herab die Nachtigall, und die Jungfrau verschwand. Als er am näch=sten Samstag mit der Röthelbürste herauskam, saß sie an einer Erle und hieß ihn zu sich sitzen und sagte: „Du hast mir mit den Schuhen zweimal einen großen Dienst geleistet; ich bin in den alten Wartthurm verzaubert; sobald ich aber dieses Paar Schuhe durchgelaufen habe, so bin ich erlöst. Zum Dank will ich Dir bis dorthin beistehn, so oft Du in Nöthen geräthst. Wenn Du mich brauchst, so komm allemal am Samstag hie=her, da wirst Du ein Pfeifchen finden; und wenn Du darauf bläsest, so werde ich erscheinen; ich werde freilich nicht mehr

reben können; mußt Du aber nothwendig einen Rath von mir
haben, so drehe nur den Schlüssel an meiner Krone um; dann
werde ich die Sprache wieder bekommen." Das schrieb sich der
Gesell redlich hinter die Ohren; und es gieng keine Ewigkeit,
so fand er sich wieder auf dem Waldplatz ein; da lag richtig
das Pfeifchen; und als er darauf blies, lag an der Stelle, wo
er es aufgehoben hatte, ein Goldstück. Und so trieb er's nun
so oft er's mochte und hatte immer vollauf Geld. Aber er ließ
es auch immer drauf gehen und strich den reichen Bauerstöchtern
nach; er lebte wie der Spatz im Hanfsamen und wollte nicht
mehr arbeiten. Der Meister jagte endlich den Faulenzer fort;
aber weil er in seinem Saus und Braus schon lange jede Woche
noch ein dickes Stück mehr Schulden gemacht hatte, als das
Goldstück bertrug, so wollte ihn der Amtmann einstecken lassen.
Da mußte er sich entschließen, der Jungfrau seine Bedrängniß
zu klagen und sie um Hilfe anzuflehn. Er machte sich also
auf den Weg; und als er auf der Pfeife blies, erschien die
Jungfrau diesmal selber. Da griff er nach dem goldenen
Schlüssel in ihrer Krone und wollte ihn umdrehen. Aber kaum
hatte er ihn berührt, so verwandelte sich der Schlüssel in eine
feurige Schlange, die ihn umschlang und fast erdrückte. Mit
Schrecken rannte er davon und war froh, daß er nur mit einer
verbrannten Hand unten im Dorfe ankam. Hier lief er gerade
dem Amtmann in die Hände; der setzte ihn an den Schatten
und da war's aus mit den reichen Bauerstöchtern und mit dem
Meister Schuhmacher in der großen Stadt.

43.
Der Wanderbursche auf der Tanne.

Zwei Wanderbursche waren schon einen ganzen Tag mit=
einander gelaufen und hatten noch kein Dorf erreicht; da blieb
ihnen keine andere Wahl, als im Walde zu übernachten. Der
Eine erkletterte eine Tanne und band sich mit seinem Strumpf=
bändel zum Schlafe fest; der Andere legte sich dahinter in's
Gesträude. Um Mitternacht kam aber eine Schaar Hexen zum
Baum gefahren und hielten ihren Tanz. Und als sie hernach
noch einen Schmaus abhielten, erzählten und schwatzten sie, wie
sie die Königstochter krank gezaubert hätten und Eine sagte:
„So lange man nicht den Schimmel schlachtet, an dem kein
graues Haar ist, und nicht die Königstochter in die frische Roß=
haut einschlägt, kann die kein Mensch mehr gesund machen."
Hierauf, als sie sich satt gegessen und geplaudert hatten, fuhren
alle wieder davon. Der Bursche, der nebenan in den Stauden
lag, schlief so fest, daß er von alle dem nicht erweckt wurde;
dagegen Der auf der Tanne droben war wach und hatte sich
die Worte der Hexen genau gemerkt. Als es anfieng zu tagen,
stieg er vom Baum herunter, weckte seinen Kameraden und
forderte ihn auf, mit ihm sogleich dem Königsschlosse zuzugehn,
um diese Neuigkeit dort zu melden. Dieser aber glaubte von
Allem nichts, lachte ihn aus und zog, als der Wald zu Ende
war, allein seiner Wege. Der Andere dagegen gieng in's Schloß

und verrieth da dem König das Heilmittel für seine kranke
Tochter. Man sendete hinaus auf die Weide, ließ den Schimmel
einfangen und schlachten und wickelte die Prinzessin in seine
frische Haut hinein; und auf die Stunde war die Prinzessin
wieder genesen.

Nun war Alles voll Jubel; das ganze Land erzählte von
der fröhlichen Begebenheit; der Handwerksbursche durfte für
immer in dem Schlosse bleiben und wurde gehalten wie das
Kind im Haus.

Als sein Reisegefährte auf allen Straßen von dieser Geschichte reden hörte, ärgerte es ihn, daß er nicht mit auf das
Königsschloß gegangen war. Aber nichts schien ihm leichter,
als sogleich eine ebenso gute Nachricht zu erfahren und sie dem
König zu überbringen. Er kehrte also um und suchte im Wald
die Tanne, auf der sein Kamerad einst gesessen hatte; da kletterte er hinauf und erwartete die Nacht und den Hexenzug.
Abermals begann der Tanz und der Schmaus unter dem
Baum, und die Hexen schwatzten und erzählten sich, daß die
kranke Königstochter geheilt sei, seitdem einst ein Horcher ihre
Gespräche unter diesem Baume belauscht habe; und Eine rief
plötzlich: „Dort sitzt ja der Andere auf der Tanne!“ Da klet-
terten die Hexen hinauf und zerrissen ihn in tausend Fetzen.
Und am andern Morgen kam noch eine andere in's Schloß
und verlangte mit dem jungen Menschen zu sprechen, der sich
hier aufhalte; sie habe ihm eine Nachricht aus der Heimat mitzutheilen. Der König aber ließ die Hexe ergreifen und foltern,
bis sie Alles eingestanden hatte; und dann wurde sie einge-
mauert, daß sie elendiglich umkommen mußte. Dem Burschen
aber gab er seine Tochter zur Gemahlin.

44.
Die lindi Wolla.

Buren sind ze oброst uf am Thyn gstannu und heind ze undroft scheene wiße Nebol gsehn. Duo heind schi gmeint, es sigi wißi Wolla. Duo het's Eine gwagt, ambryn z'springun, denn er het gseit: „Es cha mer nyt Leids gschehn, d'Wolla ist ja lindi, da spring ich dry wie in as weichs Bett." Da er ambryn ghyn ist, het er gibrochni Tschebini ghan und us dum Nebol ambruf griefu: „O wie blind!" D'Obru heind verstannu: „O wie lind!" Da heind'sch mu d'Wolla nit wellu alleinig la und sind alli nah gsprungu.

45.
Der Figesack.

En König het im ganze Land lo ustrumpete, wenn ihm
Eine an der Wienecht chönn grüeni Fige bringe, so geb er ihm
sis einzig Töchterli zur Frau. Das het mängem junge Burscht
im Land es wässerigs Mul gmacht, so ne richi, schöni Prinzessi
gwinnt me nit a jederm Gruenhag. S'isch au ne nuevere,
aschicklige Dorfschnab d'Lust acho, s' Königs Tochterma z'werde.
Aber die grüene Fige? Die het er gluegt überzcho. Si Brueder isch Waldbrueder gsi wit hinde in ere Einödi, het mit Bäte
und Finkeflechte welle der Himel verdiene, und nebezue d'Gärt-
nerei tribe haudentisch und allerhand bekannti und unbekannti
Chrüter und Gmüeser erzoge uf sim Pflanzblätz. Zu dem het
er Zueflucht gno und cha emel es ganzes Reisseckli voll Figen
übercho und goht gradeswegs dermit uf's Königs Schloß los.
Der Weg füert ihn dur ne große Wald, und do chunnt un-
verhofft es Herdmannli gegen ihm glaufe und frogt ihn, was
er i sim Sack heig. Der Jung isch chli meisterlos gsi, het
denkt, das gang dä Höck nüt a, und git zur Antwort: „Roßchugeli!" „Nu, nu," het das Herdmannli gseit, „so sellsch denn
dere ha!" und isch wider eismols verschwunde, wie's cho isch.
Der Chnab het das nüt gachtet; er het der Chopf am en andere
Ort und chunnt zu's Königs Palast und seit zum Portner, er

bring do die Fige, wo me s'Königs Töchterli dermit chönn ver=
diene; er sell ihn go amälde. Das isch gscheh, und er het fast
nit möge gwarte, bis er het dörfe si Sack uf's Königs Tisch
usleere. Aber potz Wetter wille, wie het der König es paar
Auge gmacht, d'Nase zäme klemmt und euse Brutwerber a=
gschnauzt: „Wart Du Saperlots Bueb, i will Der!" und het
de verblüfft Chnab lo in d'Chefi spere.

Paar Tag spöter, wo der Waldbrueder denkt, si Brueder
chönnt jetz de gli einisch zrugg si, vernimmt er, si heige ne im
Schloß nümme use glo. Do macht er der Vorsatz, go uszkund=
schafte, wie's ihm gange sig, nimmt au e Sack voll Fige und
reiset. Si Chutte het er deheime glo und e neue veieliblaue
Chlopfer mit gelbe Chnöpfe agleit und isch derno e staatsschöne
Burscht gsi. Chunnt uf der Reis au in de groß Wald und
do erschint ihm das Herdmannli und frogt ihn, was er do
im Büntel träg. „Grüeni Fige" — seit er. „Nu nu, so sellsch
dere ha!" seit s'Herdmannli; „und wil D'ufrichtig gsi bisch, so
chunnsch de nit is Loch wie Di Brueder, und ig verehre Der
do no es Pfiifli. Verlür's nit; me cha nit wüsse, vilicht cha's
Der spöter einisch no wohl cho." Seit's und pfödelet i d'Stu=
den ihe. Dä Einsiedler chunnt zum König und schüttet sini
grüene schöne Figen uf de Tisch use und het aghalte, si selle
ihm doch au s'Königstöchterli zeige. „Das wei mer Der scho
zum Gfalle thue," seit der König; „aber — aber überdas los,
Junge, gäb Du's überchunnsch, muescht mer überdas no nes
Meisterstück mache. Dunden im Höfli han ig hundert Hase;
mit bene muescht i Wald use z'Weid fahre; aber gwahr Di,
aß mer si z'Oben all ufs Dürfi wider zrugg bringsch; über=
das süst macht me Di um e Chopf chürzer — überdas!" Euse

Figema het aber si Chopf dra gsetzt: Die well er und kei An=
deri, und erklärt: „I fahre z'Weid und wenn's mi s'Lebe choft.“

Am Morge früe tribt er si Heerd us und chunnt afangs
im Wald zum ne Bäramslenest. Do befiehlt er sine Hase, si
selle Sorg ha und usse dra dur laufe, aß si die Bäramsle nit
trampe. Das het der Ambeisekönig gfreut, danket em und seit:
„Wil D'mis thätig Völchli so achtisch und sorgfältig mit ihm
umgohsch, so wei mer Der au dankbar si derfür; wink nume,
wenn D'is bruchsch.“ Sobald die Hase gmerkt hei, si sige jetz
uf ihrer Weid, isch eine hüst, der ander hott use, und in paar
Augeblicke het me keine meh dervo gseh. Der Hirt isch der ganz

Tag i Prinzessine-Himel verzückt gsi; an d'Hase het er nümme
denkt, bis s'Besperglöggli im Schloß obe lütet und d'Waldvögel
ihri Nester si go uffueche. Jetz won er sett heifahre und kei
Nagelsgroß vom e Has gseht, seit er zuen ihm selber: „Han
ig nit es Pfiifli im Sack? Wer wei luege, was das chönn,"
nimmt's as Mul und het es luftigs Stückli gspielt. Gseht ihr
jetz, wie die Hase us alle Egge chöme z'springe und s'Männli
mache um ihre Hirt ume! Si hocken uf ihri Stumpe, hei
s'Tälpli hinter's Ohr und lose uf d'Musig schärpfer als hüttigs-
tags mängisch d'Kampfrichter. Jetz fahrt er mit ne im Schloß
zue; alli hundert si schön kanntsam vorweg spaziert. Der König
het es chrumms Mul gmacht, won er bim Abzelle findt, es
fehli keis Bei, und seit: „Du nuescht si mörndrisch no einisch
go hüete überdas, süst gilt's nitt."

Der Prinzessi z'lieb wär der Waldbrueder dur 's Füür dure
gsprunge und het ohni Murre die Hase mörnderisch wider z'Weid
tribe. Derno schickt der König heimlig e schöni Magd, si sell
em mit Geld und guete Worte go ne Has ablöckle; s'werd ihm
denn wohl vergoh, alli wider zum Thor iztribe. Die Magd
het ihres Verlange mit süeße Worte vorbrocht und schlimm derzue glächlet. Derno seit der Hirt, er well ihre ne Has gä,
wenn si'm es Schmützli gäb. Si het si derzue lo verstoh und
er git ihre derno en Has is Fürtech ine. Wo si es Schützli
mit dermit glaufe gsi isch, pfiifts und de Has was gisch was
hesch zum Fürtech us und staubvombobe zu sine Kamerade zrugg.

Z'Obe isch der König wider gar nit zfride gsi und befiehlt:
„Morn überdas fahrsch nog emol! Ueberdas es mueß goh
wien ig will." Das het der Hirt scho gmacht; aber der König
isch derno selber als Jäger verchleidet i Wald use gange mit

eme Gwehrli und eme Waidsack und het bi dem Hirt dergliche
tho, er schäm si, als Jäger ohni Has vo der Jagd hei z'cho;
es sig hüt wie verbannisirt; der Wald grobli vo Hase und doch
chönn me keine schieße; der Hirt sell doch so guet si und ihm
eine z'chaufe gä, chost er was er well. „Jo,“ seit der Hirt,
„i will Der eine gä, wenn D' dört däi stettig Esel, won unden
am Bergli stoht, uf e Gipfel ufe stoßisch.“ Gern oder ungern,
der König isch an d'Arbet gange und het sis eige Volch us=
gspottet und en Esel a d'Spitzi gstellt und isch derno richtig
mit eme Has und zwei längen Ohre belohnt worde. Mit dem
Has isch der König hei und enanderno i d'Chuchi, für ihn
z'metzge, aß er emel nümmen entrünn; s'Chuchimeitli het ihn
müeße ha, bis der König s'Messer gwetzt gha het. Plötzlig
pfift's im Wald uffe, der Has schüttlet sis Stümpli und fahrt
mit sine Chläile der Jumpfere über e Buch abe und uf und
furt zum Schüttsteiloch us. Der König het so guet gwetzt gha,
jetz isch nüt meh z'mache gsi as e längi Nase.

Z'Obe wo der Hirt hei chunnt, seit der König: „Jetz,
Junge, muesch mer morn no es anders Meisterstuck mache, eh
und bevor mis Töchterli überchunnsch. Uf em Estrig obe isch
e Hufe Frucht, bi zwei hundert Säcke, und Alls überdas un=
derenander: Chorn, Rogge, Gerste, Haber. Rob Di! Wenn D'
b is morn z'Obe nit alli Sorte bsundert hesch, so chunnsch ume
Chopf.“ Was mache? Mi Hirt goht usen i Wald zum Bär=
a msleKönig, won ihm versproche gha het, mit Glegeheit dank=
bar z'si, und chlagt ihm si Noth: „Guete Fründ, i bi i der
Chlemmi, d'Sach stoht so und so! Wottsch mer nit Dis Völchli
öppen e Tag schicke zum Gmeinwerke?“ Der Ambeisekönig het
versproche z'cho und isch us Gselligkeit no selber go ordiniere,

und uf dem Estrig het's do der ganz Tag gwimmslet und groblet und gchrüschlet i dem Fruchthufen ume, aß 's e Freud gsi isch zuezluege. Wo der König z'Oben isch cho d'Nase ihe ha, für z'gseh wien es großes Hüfli afen erlese sig, isch Alles i der Ornig gsi.

Jetz het's ihn afe dunkt, dä Blaurock well und müeß si Tochterma werde, do helfe keini Kniff und keini Lugene meh. Aber einisch het er's doch no welle probiere, dä hartnäckig Brut-werber abzschüffele. Seit derno zuen em: „Du channsch mis Töchterli ha überdas, wenn d'mer e Sack voll Woret channsch säge." „Es blibt derbi, wenn's denn ume guetet," seit der Waldbrueder. Do befiehlt der König e Sack z'mache, der chönet ech selber abschätze, wie groß er gsi isch: sibenezwänzig Schni-der hei sibenezwänzig Tag lang dra z'näje gha und keine het der ander möge gseh derbi. Eine vo's Königs Hundert-Schwizere het ihn derno greicht, und won er ihn über d'Achsle schlingget, het's so schröckli gchutet, aß die Schnider alli hei müeße d'Noble i Bode stecke und sich am Fade ha, süst hätt si der Wind wit furt treit. Jetz isch derno im Brüttigam sis letscht Meisterstück agange. De grüslig Sack mit Worheite z'fülle, das wird Oeppis welle heiße. Wie het er's ächt agstellt? Er foht a zelle: „E König het es schöns Töchterli gha. Isch das e Woret?" „Jo, s'isch eini." „Also in Sack ine mit ere!" befiehlt der Chnab und zellt witer: „Wer das Töchterli well, het der König lo säge, dä müeß grüeni Fige bringe; do het Eine Roßchugeli brocht und der Ander Fige. Si das Worheite?" „Ueberdas jo!" „Also in Sack ine mit ne. Dä mit dene Roßchugeli isch in d'Chefi cho und der Ander het müeße hundert Hase hüete. Si das Worheite?" „Bi nüt

bergege überbas!" „Also i Sack ine mit ne. Für en einzige
Has het es Meitli en Liebesdienst tho und het en Jäger en
Esel uf e Berg ufe gstoße. Si das nit Worheite?" „Doch,
doch überbas!" „Also ine mitnander!" komidirt der Brut=
werber. „Nei nei," het jetz der König gseit, „s'isch jetz über=
bas gnue; i glaube Der's, Du brungsch de Sack voll; mis
Töchterli isch vo hüt a Dis ehlich Gespons. Ueberbas wirsch
denn Freud an ihm ha.".

Wem's bi der ganze Historie am leidste gangen isch, das
isch dä arm Schelm, wo's Herdmannli agloge het. Er isch
berno frili e riche Prinz worde, aber er het doch i sim Lebe
mängs hundertmol gseit: „Hätt i doch d'Fige nie verleugnet!"

46.
Der Söubur.

Es ist emol en Ma — es thuet em jezig kein Zah meh weh — zum e riche Bur cho und hät em sin ganze Staal voll Söu abgchauft, so Prachtstuck sind's gsi. Aber nid vergäbis. En ganze Hufe Föufliber hät er defür müese füremache. Nu, er isch's nid gröuig gsi, bis er mit dene mordsebigfeiße Säume dorfshalbe tribt und si bo grad vor em Dorf zue wott über de Stäg schöucke gus! gus! Aber jo, wie ist do de Ma ver=schrocke! Schlegel a Wegge sind si Söu in Bach abe trohlet eini hinder der andere bri; und wo de Ma abe lueget, so sind's — de Gugger soll di hole, wänn's nid wohr isch — luter Strauwäle gsi und sind de Bach ab gschosse häsch mer's niene gseh! Zersten ist de Ma halt schüli vertotteret; aber es ist kei Stund gange, so seit er zuen em selber: „Hol's der Daniel, de Bur mueß mer ane ha!" Goht starregangs won er härcho ist und trifft zerst d'Büri a, wo grad i der Chuchi Härdöpfel präglet hät zum Imbiß, und surret ase wild anere verbi. Won er i d'Stuben ie chunnt, se lit de Bur de lange Wäg über der Ofen ie und schloft und schnarchlet wie en Chabisschnider. De Ma futteret und regiert, daß d'Schwarte hettid möge chrache; aber der Bur rodt si nid und thuet wie wänn er wett ebig verschnufe. Uf das wird de Ma erst fuchswild; er nimmt de

Bur am Bei und wott en ab em Ofen abe zehre — Do loht bigoftlig s'Bei und blibt em i der Hand wie en uszehrts Söu=schwänzli. Tufig Gottswille, wie hät de Ma fi zäpft! Gsprungen ift er und gsprunge was gifch was häfch, und hät nümmen ume glueget, bis er diheim gfi ift. Jä es hät amig öppedie no e Nafe gha, e rächtfchaffeni Sou und — en pfiffige Bur z'ver=wütfche.

47.
Die zwei Brüder und die vier Riesen.

Vor vielen hundert Jahren, als es noch Riesen gab, waren einmal zwei Brüder; die mußten für ihre Eltern gar hart arbeiten, und bekamen fast Nichts zu essen, aber viele Schläge. Das verdroß sie, und da sie einst im Walde waren, Holz zu sammeln, da beschlossen sie, fortzugehen in die weite Welt. Bei einer großen Eiche sagten sie sich Lebewohl, und versprachen einander, sich nach Monatsfrist dort wieder zu treffen.

Der Jüngere gieng muthig in den dichten dunkeln Wald hinein. Gegen Abend kam er zu einem Baume, auf welchem vier Riesen ihr Nest aufgeschlagen hatten. Das sind in den alten Zeiten gar grausame und gottlose Leute gewesen, und haben auch Menschen gefressen. Doch davon wußte der Junge Nichts; er stieg hinauf und legte sich unter das große Bette; denn es war ihm zu hoch. Nicht lange so kamen die Riesen und legten sich neben einander auf ihr Lager; der drunten rührte sich nicht und lauschte auf ihre Reden.

Der Erste sagte: „Ich weiß eine Mühle, nicht weit von hier; dort liegt im Bett ein Mädchen und das will ich fressen."

Der Zweite sagte: „Und ich weiß einen Baum, bei dem steht ein Holzhacker, und zu unterst unter der Wurzel liegt ein großer Schatz; den will ich holen."

Der Dritte sagte: „Und ich weiß ein Haus; da müssen die Leute das Wasser weit her tragen; aber dicht dabei ist ein Stein, auf dem ein Frosch sitzt; da drunter ist eine Quelle, die will ich aufdecken und viel Geld damit gewinnen."

Der Vierte sagte: „Und ich weiß ein Schloß, da ist ein König, und dem seine Tochter ist krank, daß kein Doktor ihr helfen kann; aber mit einem Apfel von diesem Baum kann ich sie gesund machen, und sie soll meine Frau werden."

Darauf schliefen die Riesen ein. Der Junge aber kroch leise unter dem Bette hervor, brach einen Apfel vom Baum und kletterte behend hinunter. Spornstreichs eilte er zu der Mühle, weckte den Vater und sagte zu ihm: „Paßt heut Nacht auf; der Riese will kommen und Euer Kind fressen." Dann kam er zu dem Holzhacker, der fällte einen Baum; und er hieß ihn nachgraben bis zur untersten Wurzel. Da fand er einen großen Schatz und wollte ihn mit dem Jungen theilen; der nahm aber nur so viel davon, als er glaubte, daß ihm zugehöre. Darauf eilte er zu dem Hause, wo die Leute kein Wasser hatten; denen zeigte er den Stein mit dem Frosch und deckte die Quelle auf; aber zum Lohn nahm er nur ein paar Kreuzer an. Endlich kam er auf's königliche Schloß; da war Alles in tiefer Trauer wegen der kranken Prinzessin. Aber der König, ihr Vater, hatte eben heute eine Botschaft ausgehen lassen in alle Länder: wer ihre Krankheit heilen könne, dem wolle er sie zur Frau geben. Da ließ sich der gute Jüngling zu ihr führen und machte sie gesund mit dem Apfel. Da war große Freude im Schloß und im ganzen Lande. Und der König und die Königin stellten ein großes Fest an und luden all ihre Freunde und Bekannten dazu ein, und wurde da die Hochzeit herrlich und in Freuden gefeiert.

Und als nun der Monat um war, da stieg der jüngere Bruder hernieder von seinem Schloß, und machte sich auf in den Wald und zu der großen Eiche. Da war auch der Aeltere wieder; dem war es schlecht ergangen. Und er erzählte ihm all sein Glück, und wollte ihn zu sich auf's Schloß nehmen. Aber der Aeltere gedachte es noch besser zu machen, gieng hin zu dem Riesenneste und verbarg sich unter dem Bette, in der Hoffnung, neue Geheimnisse zu hören und schnell reich zu werden. Da kamen die Riesen eben mißmuthig zurück von ihren Fahrten; denn sie waren überall zu spät gekommen. Nur Einer fehlte, der das Kind hatte fressen wollen; denn dem hatten die Müllersleute aufgepaßt und ihn todtgeschlagen. Und als er nicht kam, da wurden die drei Andern sehr zornig. „Da muß Einer gelauscht haben," sagten sie, und fiengen an, das ganze Nest zu durchsuchen. Der unter dem Bette drückte sich ganz an die Wand hin; aber sie fanden ihn doch, zogen ihn hervor und fraßen ihn auf.

Der andere Bruder aber gieng auf sein Schloß zurück zu der schönen Königstochter, und lebte mit ihr vergnügt und herrlich bis an sein Ende.

48.
Bur und Landvogt.

Uf eme Schloß, me het em gseit Gilgeberg, het zu=n=ere Zit e Landvogt glebt, der's gar wohl mit de Bure het chönne. De isch e Mol spaziere gange und trifft uf em Feld e Bur a, wo g'achret het. Grüeßt ihn: „Guete Tag, Nochber! Wie goht's, wie stoht's?" „Hin und her!" seit der Bur und süst nüt; er het's ebe druf agleit, der Landvogt chibig z'mache. Der Landvogt denkt: „Dä Bur mueß me schint's bi men anderen Ohr packe, sust redt er nit" — und macht der Vorsatz, er wel ihn s'nöchst Mol gattliger arede. Paar Tag spöter chöme si richtig wider zäme und der Landvogt seit: „Flißig, flißig, Noch= ber? D'r•heit doch do zwei scharmanti Roß!" „S'si aber au zwei schöni Füli gsi!" macht der Bur, und het si kei Auge= blick i sir Arbet lo störe.

„Wart nur," denkt der Landvogt, „i will di lehre mit der gnädigen Obrigkeit rede, du Pflegel du!" und sott a studiere, wie=n=er ächt de Bur einisch chön empfindlig zwicke. De Bur het's aber meh us Meisterlosigkeit tho gha als us Bosheit und het nebezue doch der Landvogt grespektiert — s'wird si bald zeige.

Bim Chleene findt er einisch e schlofede Has und cha ne
lebendig foh; denkt, das gäb jetz es schöns Presänt in's Schloß
ue. Er leit deheim de Sunntigchittel a und nimmt dä Has in
b'Buese ie und trampet so i der beste Meinig der Schloßweg
uf. Im Schloßhof under de höche Schattebäume ergoht si der
Landvogt und gseht do so ne schwäre, chäche Ma der Hübel uf
walke. Seit zuen em selber: „Was wil ächt dä vo mir?"
Bald het er do gseh, das es dä grob Bur isch und hitzt ihm
bigopp all Schloßhünd a, und die si halt b'r Berg ab uf ihre
Ma los wie Drake. Selbi Zit si b'Schloßhünd i großem Ansehe
gstande und be Bur wär frei erschrocke, won er si gseht cho,
wenn er z'erschrecke gsi wär. Aber er isch z'mitts uf em Weg
bockstill gstande, het nume vorfer si groß Chittelchnopf ustho
und der Has lo zu der Buese=n=us springe. Jetz si b'Hünd
was gisch was hesch dem Has no und hei der Bur nümmen
agluegt. Der Landvogt gseht's mit Verdruß, wie die ganzi
Chuppelen i Wald ihe schießt, chunnt oben abe z'pfödele und
frogt: „E—e! E—e! Wem springen au die Hünd noh?"
„Denk dem wo vorewegg springt!" seit der Bur und het nit
emol s'Gsicht verzoge.

Jetz isch der Landvogt fast versprützt vor Täubi und het si
schier nümme gspürt, het aber nit vil lo merke und seit derno
zum Bur: „Chumm uche is Schloß, de muesch eis z'trinke ha."
Dä Bur het b'Flabig gar nit abgwise und im Ufestige erzellt
er derno: was ihn do uche tribe heig und was er ihm heig
welle bringe. Aber der Landvogt isch z'häfti ertäubt gsi und
het keis Mitlide meh gha mit dem Bur. Winkt ime Chnecht
und treit em uf, er soll mit dem Gast i Cheller abe und en
fülle, aß er eberecht gnueg heig und e be gottsvergessen ab=

drösche. Der Chnecht thuet wie's em bifohle gsi isch, und der
Bur het si in erste Theil ordli chönne schicke. Won er afe ölf
oder brizeh Chännli voll versorget gha het, aß em der Wi afe
d'Pelzchappe lüpft, butteret's em, d'Metti chönnt jetz de gli
agoh, gseht uf dene große Fäßeren obe so nes chlis Bolerli
ligge und seit: „Dorin mueß gwüß no nes guets Tröpfli si,
mer wei ne versueche, i ha süst glaubi us eme njedere Faß e
chli gha;" und schloht mit der Fust der Hahnen us. Der Wi
chunnt z'springe bogeswis und der Chnecht au und levitet:

„Du Sürmel, was machſch au?" und ſtoßt gſchwind der Finger
is Loch. Der Bur het der Hahne gſuecht, findt en, und wie's
der Chnecht bifiehlt, ſteckt er em e nebene Finger ihe und pauf!
mit em Hammer druf. Jetzt iſch der Chnecht halt a das Fäßli
agnaglet gſi und ſchreit gar erbärmlig. Der Landvogt voruſſe
het ſcho lang uf die Muſig gwartet, und endlig, won er lang
gnue gluſteret gha het und der Lärme jetz agoht im Cheller,
het er denkt: „Aha, jetz gerbt er ihn einiſch, dä Singel" —
und rüeft zum Ueberfluß no i Chäller abe: „Triff ihn nume!
Verwix ihn! Hau=ne recht ab!" Der Bur iſch als e ghorſame
Diener ſcho a der Arbet gſi und haut do ab eme ſchöne Lim=
merechäs es ganzes Viertheli, nimmt dä Bitz vorfer i d'Bueſe,
wo vorher der Has gſi iſch und thuet der Chittel bis oben i.
So gwagglet er mit überſchlagene Arme d'Chellerſtägen uf, het
es Gſicht gſchnitte wie vorfärndrige Holzeſſig, ſuri Auge gmacht
und der Chopf lo hange wie=n=en arme Sünder. Z'oberſt em=
pfoht ihn der Landvogt mit herzliger Schadefreud, lachet und
ſeit: „Gäll, Bürli, du häſch dä Rung di Theil erwütſcht für
dis bös Mul!" „Allweg han i," antwortet s'Bürli: „Herr
Landvogt, ig und mis Fraueli hei emel es Vierteljohr dra
z'chäue!"

D'r gſeht, grad under d'r Chellerthür iſch die Gſchicht us.

49.
s'Einzig Töchterli.

S'isch einisch e riche Ma gsi, dä isch König gsi. Dä König het scho sibe Söhn gha und no kei Tochter. Das het er bitter ungern gha, und er het mängist Kalender gmacht und gstunet, was er ächt au mües astelle, as er einisch au es Töchterli über-chömm. Do verschwört er si, wenn er emol s'Glück heig mit eme junge Töchterli, so well er d'Söhn allsäme derfür opfere, all sibe müeße sterbe. Dä Schwur isch au der Königin z'Ohre cho und het ihre schröcklig Chummer gmacht, d'ihr chönet ech das ibilde. Wo d'Zit bald noche gsi isch, het si heimlig ihri Söhn versammlet und ne erleit, wie betrüebt aß es stang mit ihrer Zuekunft; aber si well ne helfe s'Lebe rette, und seit ne: „Chin-der, ganget jetz abe vor's Schloß, verberget ech in d'Stube, aß ech niemer gseht, und betet. Und wenn's denn en Prinz git, so wei mer e rothe Fahne under s'Fenster stecke; git's aber e Prinzessi, so soll ech e schwarze Fahne am glichen Ort s'Zeiche si, d'ihr sollet flieh, so wit ech d'Füeß träge." Die Prinze mache's so und zu ihrem Schrecke erschint derno en schwarze Fahne im Schloßfenster. Do hei die sibe Herre mit nasse Auge und große Schmerzen Abschied gno vo ihrem schöne Heimet, breche uf und göi wit furt, wien e's d'Mueter befohle gha het.

Nach re müesame Wanderfahrt chöme si hungrig und voll
Staub wie armi Handwerksbursche in e wildi Gebirgsgeged.
Jetz wo si so Mangel hei müeße lide und mit Trüebsal zrugg
denkt hei a die alti Herrlichkeit im Königsschloß, het ne s'Lebe
fast welle verleide, und me darf ne's au nit zürne, wenn me
denkt, wie's Unglück uf ne gritten isch. Do findet aber eine
am Fueß vom ne Felse nes niders hölzigs Thürli und obedra
nes Hämmerli, und derbi isch gschribe gsi:

> An d'Thüre drümol schloh,
> s'Wird nanderno ufgoh.

Si chlopfen a und dä Felse het sich gspalte, s'Thürli isch
sperangelwit ufgange, die Prinze treten i und chöme in e länge
finstere Gang, und das Gwölb het si immer tiefer in Berg ine
gfüert. Am End chöme si in e wunderschöne heitere Saal vom
ene Zauberschloß; drin isch e Pracht gsi wie im helle Himel
obe. D'Süüle vom finste Marmelstei, der Bode vo Hälsebei
und goldigi Zierate drin, a de Wände si Chränz und Zöddeli
ghanget vo luter Diemantsteine, die hei mit de schönste Farbe
gschimmeret, no schöner als Büülharz uf em stille Wasser, und
a der Decki si luter goldigi Rose an gläsige Stöcklene ghanget,
so vil aß si Niemer hätt chönne zelle. Aber mitts i dem Saal
isch e Tisch gstande, e deckte, dä het no meh z'luege gä als die
andere Sache alli. Mit de finste Spisen isch er belade gsi, wo's
cha gä, und mit dem allerbeste Wi. Jetz wo die hungrige Prinze
Spis und Trank so nöthig aluege und doch nit dörfen arüere,
wil si frömd gsi si i dem Palast, so chunnt en schneewiße Geist,
der i das Schloß verbannisirt gsi isch und seit: „Mini liebe
Herre, sit nit so schüch, die Sache si grad für Euch grüstet,
sitzet Ihr zweg und grifet zue. Und wenn dr mer nur no weit

e große Gfalle erwise, so löt nur das Füür nie lösche, wo dört
an der Wand im Chemi ewig wird müeße brönne; sunsch wenn
dr's löt lösche, so sit dr mit mir' unglücklig."

Druf isch dä Geist wider verschwunde. Bo selb a hei die
Prinze das Füür bständig unterhalte; eine het derbi gwachet,
die andere hei ihn i der Reihe noh abglöst. Sechs von ene
hei de mittlerwil gspielt und gschlofe, gesse und trunke oder au
gar nüt tho — so Künst cha ne Prinz alli. Aber mit der Zit
isch ne die Berzauberung doch ase läftig worde, und sie wäre
gern wider i der Welt überobe gsi, wo's Kumediantelüt git
und Rößlispiel, Jägereien und anderi Churzwil. Do hei si
zrugg denkt, worum aß si jez au so müeßen einsam do ibschloffe
si und immer Holz alegge; und d'Antwort isch gsi, es Fraue=
zimmer sig einzig Schuld dra; das heb ne die Stör angereiset.
Do hei si d'Füüst gmacht und gschwore, wenn es si sott er=
eigne, aß es Frauenzimmer zuen ene abechömm, so welle si i
sim Bluet ihri Händ wäsche.

Deheimen im Königsschloß isch das einzig Töchterli notsno
zum e liebeswürdige Fräuli ufgwachse und het heimlig vo siner
Mueter vernoh, aß sibe Brüeder wegen ihm in d'Verbannig
hebe müeße. Derno het's grüsli Bedure gha mit ene und
s'Herzli isch em all Tag weicher worde und s'Augewasser isch
em cho, wenn's anderi schöni Prinze i der Nöchi gseh het, und
sini eigene Brüeder der Himel weiß wo. Derno fasset's der
Entschluß, si ufzsueche, und wenn's laufe müeß bis ans End
der Welt, bis dörthi, wo zwee schneewißi Engel mit Federe us
Sankt Michels Fäckte d'Erdchugele salbe. Z'Nacht um Zwölfi
het si heimlig chönne us em Schloß etrünne, reiset i d'Welt use
und chunnt nach ere müeselige Wanderschaft endlig au a das

Felsepförtli. Der Gwunder het's plogt, was ächt au inne dra
sig, und uf die glichi Art, wie sini Brüeder, isch's derno au i
de Zauberpalast ine cho. I dem wunderbare Saal het's enanderno dä Herretisch erblickt mit sine schöne Sache; und wil
der Hunger nit chli gsi isch, so grift's zue, nimmt aber bi jeder vo dene sibe Portione nume öppis Wenigs, aß Niemer nüt
merk. Wo's wider will use, het's der Weg nümme gfunde, isch
derno in der größten Angst si go verberge, so guet als s'het
möge gsi. D'Prinze, wo si erwache und wei esse, finde derno,
aß bi jedem Gedeck öppis Wenigs gschmarotzet worde sig, und
hei sich d'Sach nit chönne erkläre. Was isch do z'mache gsi?
Si hei gröthiget das und diesers und am End het Eine gseit,
me müeß halt luege, und die Andere hei gseit, jo dä müeß
luege, wo's ewig Füür z'bewache heig. Der Nöchst wo druf
an d'Reihe chunnt, het ufpaßt wien e Häftlimacher, gseht richtig
die schöni Prinzessi zum Tisch wandle, gseht si s'Müli spitze,
gseht ihres Herzli angsthaft othme, und do isch's em ganz zit-
terig d'Hemlisbuesen uf und über d'Achslen use gange und a's
Mörde het er mit keim Höörli meh denkt. Er fasset doch Herz,
goht zun ihre ane und seit: „Fräuli, s'isch mer leid, i mueß
Ech das und das säge; mer si denn bie und bie; machet
aß dr furt chömet!" Do isch em die Prinzessi um e Hals
gfalle, het brigget vor Freuden und sich z'bchönne gä und
gseit, si sig eben usgange, für ihri Brüeder ufzsueche. Was
meinet ihr, wien er wird es Gsicht gmacht ha, won er das
ghört? Er het hurti das Meiteli in en Egge ihe verborge
und isch's de Brüedere go achünde und seit: „Freuet ech und
frohlocket: i ha das Bützeli gfange, won ab euse Pastete gschlecket
het! Wenn dr en Eid thüijt, dr wellet ihm nüt z'leid thue,

will ig ech's zeige." Das hei si gmacht, und derno füert er
ne ihri Schwöster i d'Arme und s'het e grüsligi Freud und
es Jubilieren abgsetzt. Aber zu dem Zauberberg us hei si jetz
doch nümm chönne, wil Niemer meh der Weg gfunde het, wenn
er einisch so fürwitzig gsi isch, ine z'trampe. Jetz het das Fräuli
au ihre Brüedere ghulfe der Reihe noh das ewig Füür bewache.
(Gät jetz Acht, Chinder, und hebet d'Bei uf d'Bänk ufe, s'chunnt
Deppis!)

Wo si emol mitts i der Nacht bi ihrem Füür gsessen isch
und Stöckli agleit het, chunnt gechlige ne Drach dur's Kamin
abe und forderet ihri Hand. Das het so nes zarts Wibsbildli
schröckli ertatteret; si folget enanderno, lengt em d'Hand, und
der Drach het ihre derno Bluet us em Zeigfinger gsoge, bis
si müed und matt gsi isch, und goht wider. Am Morge gseh
die Prinze ihrer Schwöster d'Angst und Schwachheit a und
froge, was ihre fehli; aber si het sich nit traut z'bekönne, was
für en schuderhafti eckligi Visite aß si gha heb. In der folgede
Nacht, wo si wachet, chunnt der Drach wider und sugt ihre
Bluet us em Mittelfinger, bis si todtebleich wird und nur in
ere schweren Ohnmacht der Morge mag erlebe. Derno finde
si d'Prinze halbtodt ligge und vernehme nach langem Froge,
was Schreckligs das Fräuli erlebt heb. Jetz hei si mitenander
usgmacht, si welle d'Sach nit lang lo astoh und dä Drach luege
z'tödte, s'mög choste was es well; mit dem sig gwüß de no
fertig z'werde. In der dritte Nacht, wo der Drach wider
ds'Kamin ab chunnt und rabauzisch befiehlt: „Läng mer d'Hand
ufe!" do jommeret das Fräuli gar bedurlig: „O i cha's nümme
und ma's nümme, chumm Du zue mer abe!" Der Drach chunnt
abe und lit würklig bi dem Füür nider und will das unschuldig

Chind am Goldfinger fasse. Jetz springe die Prinze us ihrem
Versteckis füre, über de Drach her und hei ne i hundert Stücki
verhaue. Nachher wäsche si derno all i dem vergoßne Bluet
ihri Händ, und hei also ihre Schwur ghalte: d'Händ im Bluet
vo ihrer Schwöster z'wäsche.

Sobald der Drach tödtet gsi isch, erschint der Geist, wo
vom Drach i de Zauberpalast bannet und verurtheilt gsi isch,
das ewig Füür z'bewache, und seit: „Chinder, dr heit es guets
Werk a mer tho, jetz bin ig es Chind der Seligkeit; der Zauber
ist glöst, wo mi und Euch hieher gfeßlet het; ich will Ech derfür dankbar si. Nehmet do vo mine Schätze, was Jedem am
besten i d'Auge sticht, nehmet's, bhaltet's und heit Sorg derzue." Im gliche Augeblick het der Bluetstrom vom über-
wundene Drach das ewig Füür usglösche; en bläulige Dunst
het de Zaubersaal erfüllt, d'Wänd si afo flieh nach alle vier
Weltgegede, immer witer und witer, d'Wölbung isch in d'Höchi
gstigen immer höcher und höcher, und nach wenigen Augeblicke
hei die verzauberte Königschinder über sich statt goldige Rose
nur no paar Sterne gseh glänze wit am Himel oben uf blauem
Grund; ringsum aber, statt de Süüle mit Chränze vo Diemantsteine, rings um und um het en saftige Wald im Morgethau
ne entgegezwitzeret und i der Ferni d'Morgesunne dur sidigi
Wülchli über d'Berge gschimmeret. De Tisch mit sine fürst-
liche Spisen isch breiter und länger worde vor ihren Auge; si
hein ihn nümm möge glu ege bis an's End und si halber verzückt mitts zwüsche Spis und Trank inne gstande — doben uf
der schönen Erde. Und der Geist, dem si allesammt d'Retter gsi
si us siner Verzauberung, het si unsichtbar begleitet zum väter-
liche Schloß, ihri Eltere z'erfreue und us der Verzwiflung z'rette.

50.
Der Glasbrunnen.

Auf einem Schlosse wohnte eine Jungfrau, die war so schön,
man konnte auf der Welt nichts Schöneres sehn. Sie hatte
dunkelbraune Haare, und ihre Augen waren so glänzend schwarz,
daß man fast so wenig darein blicken konnte, wie in's liebe
Sonnenlicht. Die Jungfrau hatte aber ein hochmüthiges Herz,
und alle Freier, die auf das Schloß kamen, wies sie schnöde
von hinnen; und wenn es die reichsten Grafensöhne waren, so
wurden sie doch nur eine Zeit lang zum Besten gehalten und
dann unter Hohn und Spott verabschiedet wie die Andern, auf
Nimmerwiedersehen. Das gieng nun so, so lang es gieng. Eines
Tages kam ein Jüngling, der gefiel der Jungfrau heimlich über
die Maßen wohl. Ihr stolzes Herz ließ ihr aber nicht zu, daß
sie es gestanden hätte; und so ließ sie ihn Geschenke auf Geschenke, eines prächtiger und reicher als das andere, auf das
Schloß bringen und wies ihn jedesmal mit künstlichen Worten
ab, so oft er sie bat, daß sie jetzt seine Braut werden möchte.
An einem Abend saßen die Beiden beisammen im Walde nahe
bei einer Quelle, die tief aus einem moosigen Felsen heraus-
sprudelte. Da sagte die Jungfrau zu dem Jüngling: „Ich weiß,
Ihr könnt mir keinen Fürstenthron zum Brautschatz schenken;
gleichwohl will ich Eure Braut sein, wenn Ihr mir an der

Stelle des Dorngebüsches, das hier diese Quelle verdeckt, ein
Wasserbecken von Edelsteinen herrichtet, die so rein sind wie
Glas und so lauter wie das Wasser, das darein fließt."

Nun fügte sich's, daß die Mutter des Jünglings eine Fee
war; und als er ihr noch am gleichen Tag erzählte, was die
Jungfrau auf dem Schlosse von ihm verlangte, da erstellte sie
über Nacht ein Brunnenbecken in dem Wald, das überstrahlte
in Blau und Gelb und Karmesin alle Blumen. Des andern
Morgens sagte die Jungfrau zu dem Jüngling: „Etwas habt
Ihr gethan; es ist aber noch nicht Alles, was ich billig ver=
langen kann. Zu dem Brunnenbecken gehört ein Garten; den
müßt Ihr mir noch an die Stelle des Waldes setzen, sonst kann
ich Eure Braut nicht sein." Das sagte der Jüngling wieder=
um seiner Mutter; und als am Abend die Jungfrau an dem
Brunnen saß, da sproßte es rings um sie her veilchenblau und
rosenroth auf, und in einem Augenblicke war der ganze Wald
ein Garten; der Boden war mit Millionen Blumen übersäet
und in den Büschen sangen und hüpften wilde und zahme Vögel,
daß es eine Freude war. Der Jungfrau lachte bei diesem An=
blick das Herz, und als nun der Jüngling herzukam, so wäre
sie ihm beinahe um den Hals gefallen und seine Braut gewor=
den; allein auf einmal fielen ihre Augen auf ihr Schloß, das
sich nun gar alt und seltsam ausnahm neben dem prächtigen
Garten mit dem funkelnden Glasbrunnen. Da sagte sie: „Der
Garten gefällt mir; es ist aber noch nicht Alles, was ich billig
verlangen kann; an die Stelle des alten Schlosses müßt Ihr
mir eins von Rubin und Perlen erbauen, sonst kann ich Eure
Braut nicht sein." Als der Jüngling diese Rede seiner Mutter
wieder hinterbrachte, da wurde die Fee von Zorn erfüllt; im

Augenblick war der schöne Garten verschwunden und das alte Waldgestrüppe wucherte wieder fort; nur der schimmernde Glas=brunnen blieb, und daran saß jetzt die Jungfrau alle Abend und wartete mit Sehnsucht auf den Jüngling; aber dieser blieb fort, denn seine Mutter hatte ihm das stolze Herz der Jung=frau geoffenbart; und wenn sie nicht gestorben ist, so sitzt sie noch dort.

51.
Der schlaue Bettler und der Menschenfresser.

Es war einmal ein Bettler, der verirrte sich im Walde und kam zu einer Höhle. Da wohnte ein Riese, der war ein Menschenfresser. Seine Frau aber, die er einst aus dem Dorfe geraubt hatte, war ein gutes Weib, der es leid that, daß ihr Mann so böse war. Sie war allein zu Hause, als der Bettler kam, und sie gab ihm zu essen und zu trinken, so viel er wollte. Als er sich's am besten schmecken ließ, da hörte man plötzlich vom Eingang her ein erschreckliches Schnaufen und schwere Tritte; das war der Menschenfresser. Der Bettler zitterte am ganzen Leibe; aber die Frau hieß ihn schnell unter das Bett kriechen, wo er sich versteckte. Der Riese kam herein und warf das Holz, das er für den Herd gesammelt, auf den Boden, daß die ganze Höhle erbebte und dem Bettler Hören und Sehen vergieng. Dann spürte er überall herum und sagte dabei in Einem fort: „Ich riech' Menschenfleisch, ich riech' Menschen= fleisch." Nicht lang, so hatte er den armen Mann gefunden und zog ihn hervor. „Den sollst Du mir heut Abend braten," sagte er zu seiner Frau. „Aber vorher sollst Du mich noch zum Imbiß bedienen, kleiner Kerl," fuhr er fort, „zeig her, was Du kannst." Da mußte ihm der Bettler zuerst die Stiefel ausziehen, dann das haarige Gesicht waschen, darauf den Kopf

vom Ungeziefer reinigen, und zuletzt kochen. Das verstand er;
denn er hatte sich immer selber sein geringes Essen bereitet;
und er kochte dem Menschenfresser eine großmächtige Schüssel
voll Nudeln. Die schmeckten dem Riesen; denn er hatte der=
gleichen noch nie gegessen; er wurde ganz freundlich und hieß
den Bettler mithalten. Dem war's aber nicht um's Essen; er
that nur dergleichen, und schüttete jeden Löffel voll in seinen
Bettelsack, den er vorn um den Hals gebunden hatte. Als die
Schüssel leer war, sagte der Riese: „Ich möcht' noch mehr.“
„Ich möcht' auch noch mehr,“ sagte der Bettler. „Schaff her!
oder ich fresse Dich!“ schnarchte der Menschenfresser. „Ich wüßt'
einen Rath,“ meinte der listige Bettler; „wir müssen uns die
Bäuche aufschneiden, so können wir noch einmal von vorn an=
fangen.“ Der Andere war's zufrieden, wenn der Bettler es
zuerst thäte. Dieser holte ein Messer in der Küche, schnitt seinen
Bettelsack auf und schüttete die Speise in die Schüssel; der Riese
fiel sogleich drüber her und hatte sie — was gibst was hast —
verschlungen. Da fieng er wieder an: „Ich möcht noch mehr.“
„Ich auch,“ sagte der Bettler. „So ist's an mir,“ sprach der
dumme Riese, nahm das Messer und schnitt sich den Bauch auf
von unten bis oben, so daß er sogleich todt hinfiel. Und der
Bettler hat ihn nicht verbunden, sondern ist froh gewesen, daß
er so gut davongekommen ist. Die gute Menschenfressersfrau
aber dankte dem lieben Gott, daß sie den Unmenschen los war,
und sie gab dem Bettler alle Schätze ihres Mannes, und er
nahm sie zu seiner Frau. Sie zogen darauf in's Dorf, kriegten
noch Kinder und Großkinder, und wenn sie nicht gestorben sind,
so leben sie noch.

52.
Der Haarige.

Es war einmal ein König auf der Jagd. Da kam er zu
einem hohlen Baum, an dem wollten die Hunde nicht vorbei;
sie bellten und sprangen herum und waren nicht wegzubringen;
und als der König herzusah, da saß in dem hohlen Stamm
eine wunderschöne Jungfrau, die war ganz nackt und blickte ihn
erschrocken an. Da nahm er seinen Mantel, warf ihn über die
Jungfrau und that einen Pfiff, und auf den Pfiff kamen alle
Diener des Königs herbei; denen zeigte er die Jungfrau und
fragte sie: „Hab ich nicht ein schönes Thier gefangen?" Dann
pfiff er zum andern Mal, und da kam eine Kutsche gefahren,
in diese setzte er die Jungfrau und fuhr mit ihr heim in's
Schloß und heirathete sie. In dem Schloß lebte aber noch die
alte Königin, des Königs Mutter; die war der jungen Königin
gram und that ihr alles Herzeleid. Ueber eine Zeit mußte der
König in den Krieg ziehn. Unterdessen bekam seine Gemahlin
einen Sohn; da braute die alte Königin einen Kaffee und gab
ihn dem Neugeborenen zu trinken; davon ward derselbe am
ganzen Leib haarig, und die böse Alte schrieb dem König:
„Deine Frau hat ein haariges Thier bekommen, man weiß nicht,
ist's ein Hund oder eine Katze." Diese Nachricht versetzte den
König in großen Zorn, und er befahl, daß man seiner Gemahlin

das Neugeborene auf den Rücken binden und sie Beide zu=
sammen fortjagen solle. Also wurde die junge Königin mit
ihrem haarigen Sohne aus dem Schlosse verwiesen und kehrte
wieder zu dem hohlen Baume zurück, wo sie der König zuerst
gesehn hatte. Da lebte sie nun wieder wie zuvor. Aber dem
Haarigen schlug das Leben im Walde so gut an, daß er alle
Tage um einen Schuh größer wurde und endlich in dem hohlen
Baume mit seiner Mutter gar nicht mehr Platz fand. Da gieng
er eines Tages hinaus und raufte ein Bündel Siebziger Tannen
(70 Zoll im Durchmesser) aus, die brach er über's Knie und
baute für sich und seine Mutter eine bequeme Hütte. Nicht
lange darauf sagte er zu seiner Mutter: „Nun sage mir auch
einmal, wer mein Vater ist." „Ach," antwortete die Mutter,
„Dein Vater ist der König, den wirst Du Dein Lebtag nimmer
zu sehn bekommen." „Jetzt will ich ihn grade sehn," sagte der
Haarige, und riß eine Tanne sammt den Wurzeln aus dem
Boden; und damit machte er sich auf den Weg und ruhte nicht,
bis er das königliche Schloß gefunden hatte. Der König saß
gerade bei Tische und hatte eine große Menge köstlicher Speisen
vor sich stehen. Der Haarige that, wie wenn er hier zu Hause
wäre, stellte sich vor den König hin und sagte zu ihm: „Da
bin ich auch, ich bin Dein Sohn und will mit Dir speisen von
Deinem Tisch." Da erschrack der König und hätte es ihm gerne
gewehrt; aber der Haarige langte ohne Weiteres zu und griff
mit seinen haarigen Händen gerade in des Königs Teller und
Schüssel; und Niemand getraute sich, etwas zu sagen; denn des
Königs Leute entsetzten sich auch alle und mußten es ruhig ge=
schehen lassen. Als der Haarige Stück für Stück von dem Tische
genommen und verzehrt hatte, sagte er zum König: „Jetzt will

ich gehen, aber morgen komme ich wieder." „Wart," dachte
der König, „ich will Dir's schon verleiden, daß Du mir nicht
wieder kommst." Schnell ließ er fünfhundert Soldaten auf=
bieten, die mußten sich dicht vor dem Schloß aufstellen und
hatten den Befehl, auf den Haarigen zu schießen, sobald er sich
blicken lasse. Des andern Tags, als derselbe mit der Tanne
wieder auf des Königs Schloß zugeschritten kam, da gaben die
Soldaten alle miteinander Feuer auf ihn. Aber der Haarige
las alle Kugeln ruhig von seinem Leibe ab und warf sie, je
fünfzig um fünfzig, auf die Soldaten zurück, bis er sie alle zu=
sammen zu Tod geworfen hatte. Als er in das Schloß kam,
saß der König wieder bei Tische und wollte eben Mahlzeit
halten. Da sagte der Haarige zu ihm: „Aber, Vater, was
machst Du für Sachen? Da liegen Deine Soldaten allesammt
erschlagen von ihren eigenen Kugeln! Ich bin ja Dein Sohn
und will mit Dir von Deinem Tisch essen." Und also langte
er wieder mit seinen haarigen Händen in des Königs Teller
und Schüsseln, und hörte nicht eher auf zu essen, als bis Stück
für Stück von der Tafel verschwunden war. „Jetzt will ich
gehen," sagte er endlich, „aber morgen komm ich wieder und
bringe meine Mutter mit." „Halt," dachte der König, „das
wirst Du bleiben lassen." Alsogleich bot er zehnhundert Sol=
daten auf, und schärfte ihnen ein, daß sie sich vor das Schloß
stellen sollten, die eine Hälfte in den Schloßhof, die andere rings
um's Schloß herum, und daß sie den Haarigen beileibe nicht
herein lassen dürften. Folgenden Tages kam derselbe und führte
seine Mutter an der Hand; und als die Soldaten auf ihn
schossen, stellte er sich vor seine Mutter hin, las alle Kugeln
wieder von seinem Leibe ab und warf je hundert um hundert

zurück, bis alle Soldaten todt lagen. Hierauf trat er in's
Schloß, und als er zu dem König kam, sagte er zu ihm:
„Aber, Vater, was machst Du wieder für Sachen? Da liegen
Deine Soldaten alle mausetodt von ihren eigenen Kugeln! Geh,
sieh nur selber!" Da faßte er ihn an der Hand, und alsbald
flog der König in den Schloßhof hinunter; und als er ihn zum
zweiten Mal anfaßte, flog der König wieder zum Fenster her=
ein; aber zum dritten Mal fiel er zu Boden und war todt.
Sogleich kam nun die alte Königin herbei; die mußte gar
freundlich thun, damit der Haarige sie am Leben lasse; und
mußte ihm auch versprechen, daß sie ihm die garstigen Haare
wieder vom Leibe schaffen wollte. Da braute sie ihm wieder
einen Kaffee; davon vergiengen ihm alle Haare an Rumpf und
Händen, und von Stund an hatte er auch nicht mehr Kräfte,
als die andern Menschen. Aber das Königreich gehörte fortan
ihm, und er regierte mit seiner Mutter in Freude und Herr=
lichkeit.

53.
Der Wittnauer Hans.

———

Der Wittnauer Hans war noch ganz klein, als sein Vater in einem Steinbruch sich zu Tode fiel; und nicht lange darnach starb auch seine arme Mutter, die ihr liebes Leben lang sich mit Spinnen abgearbeitet hatte. Sie hatte aber dem Hans noch einen guten Rath gegeben, bevor sie die Augen schloß, und den führte er auch gleich an dem nämlichen Tag noch aus, da sie die Mutter beerdigt hatten. Er machte sich auf den Weg und gieng zu einem reichen Vetter, der droben auf dem Berg ein großes Bauerngut besaß. Aber da kam er zuerst übel an. Denn der Vetter war ein alter, mürrischer Kauz und der größte Geizhals weit und breit. Weil jedoch Hans nicht nachließ mit Bitten und Beten, daß er ihn doch in seinen Dienst nehmen möchte, da er nun so ein armes Waislein sei, der auf der Welt nichts habe, so sagte der Alte endlich brummend: „He so nu so denn! Wenn Du mir den Herbst über das Vieh hüten und Dich gut halten willst, so kann man's ja mit Dir probiren." So war der Hans außer Sorgen. Alle Morgen in der Frühe, Sonn= und Werktage, fuhr er mit den acht Kühen und zwei Kälbern des Vetters auf die Weide den Berg hinan und hatte jedesmal seine größte Freude, wenn er drunten im Thal den Rauch aus seinem alten Heimatdorf aufsteigen sah oder die

Kirchenglocken von dort heraufschallten. Mit der Zeit aber
wurde ihm schwer um's Herz, so oft er dort hinunterblickte,
und es war ihm, als sei er schon eine Ewigkeit fort, und hatte
keine Ruhe mehr, bis er endlich wieder einmal heim durfte.
Er gab also eines Tages seine Heerde dem Schäfer in die Hut,
der neben ihm auf dem Berge die Schafe hütete, und gieng
hinab nach der Kirche, wo sein Vater und seine Mutter begraben waren und feierte andächtig den Gottesdienst der Ge-
meinde mit. Und dies wiederholte er noch mehrmals. Aber
als er einmal am Sonntag Abend des Vetters Heerde nach
Hause trieb, und der Vetter schon von der Hausthüre aus zu
seinem Schrecken sah, daß dem Hans nur neun Stücke zur Hand
waren und das schöne rothe Kalb fehlte, da gieng ein anderes
Wetter über's Land. Grimmig fuhr der Vetter auf Hans los;
der aber merkte, wie viel Uhr es geschlagen, und nahm einen
Satz auf die Seite nach dem Stall zu, wo gerade der Knecht
einen großen Haufen Heu aufgeworfen hatte; da hinein bohrte
er sich mit dem Kopf, daß alsobald nur noch die Füße heraus-
guckten. Da packte der Vetter in der Wuth die Heugabel und
stach hinein; aber Hans war mittlerweile vollends hineingekrochen
und die Gabel kitzelte ihn nur hinten an der Ferse, daß kaum
ein Tropfen Blut daran hängen blieb. Als nun der Vetter
das Blut sah, da vermeinte er aber nichts anderes, als daß er
den Hans erstochen hätte. Er entsetzte sich, warf das Mord-
werkzeug weg und lief heulend zum Thor hinaus und in's
Weite. Als Hans merkte, daß der Vetter fort war, besann er
sich nicht länger, kroch hervor und rannte gleichfalls so schnell
davon, daß in dem Schrecken um den Meister Niemand auf
dem Hof ihm nachsah. Spornstreichs lief er zu dem Schäfer

auf den Berg und fragte ihn nach dem verlornen Kalb. Allein
der hatte nichts von dem Thier gesehen und gehört; doch er=
zählte er ihm, wie heute ein Trupp Diebsgesindel gerade da,
wo Hans sonst weidete, sich zu einem leckeren Mahl gelagert
habe; wer weiß, ob es nicht just das Kälblein zum Schmaus
gestohlen hat. Das leuchtete dem Hans ein; er ließ sich von
dem Schäfer die Richtung zeigen, welche die Diebe genommen
hatten und setzte ihnen unverzüglich nach. Bald sah er auch
hellen Feuerschein durch die Tannen schimmern; vorsichtig schlich
er näher, und richtig: da lagerte die Räuberbande zechend um
ein großes Feuer, und an einem Baume in der Nähe hieng
das rothe Kalbfell. Da gieng dem Hans ein Stich durch's
Herz, denn das Kälblein war sein Liebling gewesen; und leise
wollte er zurückschleichen; da knackte ein dürrer Ast unter seinem
Fuß; die Räuber sprangen auf und ergriffen ihn; und ohne
weiteres wurde er in ein leeres Faß gesteckt und da lag der
arme Hans und hörte nur noch, wie die Gesellen ein Hohn=
gelächter verführten und den Deckel zuschlugen.

Jetzt war guter Rath theuer; hätten die Räuber nicht be=
reits den Spunten aus dem Faß geschlagen gehabt, so hätte
Hans ersticken müssen. Unterdessen hatte sich aber ein schweres
Gewitter am Himmel zusammengezogen; der Wind pfiff durch
die Tannen, und durch die Schluchten rollte der Donner; und
Hans merkte, daß nach und nach das Knattern des Kochfeuers
aufhörte und das Gespräch und der Lärm der Räuber ver=
stummte. Diese hatten sich davon gemacht und ein Obdach unter
den Heuscheuern der untern Bergmatten gesucht. Eben als Hans
aus dem Faß kriechen wollte, kam jedoch einer von ihnen wie=
der hastig heraufgerannt, um das Kalbfell zu holen, das sie

richtig vergeſſen hatten. Schon hatte er die Hand darnach aus=
geſtreckt, da kam ein Blitz und ein Schlag, daß der ganze Baum
in Flammen zu ſtehen ſchien. Der Räuber war zu Boden gefallen, Hans hörte ihn keuchen und ſah zum Spuntloch hinaus,
wie er ſich aufſammelte und verblendet gegen das Faß tau=
melte — krach! fieng das Faß an zu rollen und rollte ohne
Aufhören bergunter von Satz zu Satz, die Reifen fuhren ab,
die Dauben platzten, und Hans war befreit. Unten in der Tiefe
ſprängen die Trümmer klingend an eine Felswand; aber Hans
blieb ſitzen, gerade hinter der letzten Sturzklippe. Das Sauſen
und Dröhnen im Kopf vertoste, der Schmerz in den zerſchla-
genen Gliedern gab allmälig nach; aber jetzt war erſt guter
Rath theuer! Ringsum die rabenſchwarze Nacht, auf ſchwind=
ligen, unwegſamen Felſen in der Nähe das gefährliche Geſindel
und daheim der wüthende Meiſter! Um ſich wenigſtens vor
den Räubern zu retten, kletterte Hans endlich durch die ſcharfen
Felſenrunſen und über die Bergwaſſer hinunter, bis er den
Boden eines engen Waldthales unter den Füßen hatte. Da
ſah er von fern ein Licht ſchimmern; darauf gieng er los; denn
das war der Waldhof, an dem er öfters ſeine Heerde vorbei=
getrieben hatte; und da das Unwetter eben noch einmal los-
brach, ſo machte er keine Umſtände, ſondern ſchlich hinter dem
Haus in die Obertenne, um ſich da in's Stroh zu verkriechen;
aber kaum hatte er angefangen, einige Garben zum Nachtlager
auszubreiten, ſo drang durch den ſchlecht gebretterten Boden
wieder ein Lichtſchimmer zu ihm herauf; und da ſah er mit
Schrecken die Räuber alle wieder beiſammen; die zechten und
lärmten da von Neuem, und es ſchien Hans, als hielten ſie
erſt jetzt die eigentliche Mahlzeit von ſeinem armen rothen Kälb=

lein; er hörte so was von Tellerklappern und Gabelstochern. Das mußt' er doch wissen; also kroch er behutsam zu dem Garbenloche und wollte sich da zum Zusehen bequem auf 'ein Strohbündel der Länge nach hinstrecken — rutsch! rutsch! Da gieng's plötzlich kopfüber und Hans schoß pfeilschnell aus dem Garbenloch mitten unter das Diebsgesindel hinab, wie das Brod in den Ofen. Eine mächtige Garbenmasse stürzte hinter ihm drein und eine mitfahrende Staubwolke verhüllte den Hans und die Garben dazu; und der Luftstoß hatte das Feuer ausgelöscht. Voll Schrecken stoben die Räuber auseinander, und da war Hans wieder allein und fühlte sich die Knochen, die zum Glück alle ganz und heil geblieben waren. Rasch blies er das Feuer wieder an; da sah er nun auch, wie die wilden Gesellen gewirthschaftet hatten. So eine Mahlzeit hatte er noch nie mitgehalten: Braten und Wein die Hülle und Fülle. Hei! das ließ er sich schmecken. Tapfer griff er's an und hörte nicht auf, bis er draußen die Räuber zurückkommen hörte, die sich allmälig von ihrem blinden Schrecken erholt hatten. Eilig schlüpfte er zur Hinterthüre hinaus und versteckte sich in einen leeren Bienenkorb, den er in dem Bienenstand hinten im Baumgarten fand. Mittlerweile waren die Räuber ihrerseits wieder über den Braten und Wein hergefallen. Nachdem sie sich aber gesättigt hatten, lüsterte ihnen nach einem süßen Nachtisch. „Zu diesen Ankenschnitten hier," rief Einer, „gehört auch Honig; kommt, wir wollen Honig holen." Alsbald giengen ihrer Zwei hinaus in den Garten zum Bienenhaus, und lüpften Korb um Korb, um den schwersten und ausgiebigsten herauszusuchen; und da griffen sie natürlich bald denjenigen an, in welchem der arme Hans saß. Der Eine trug hinten, der Andere vornen am

Brette, worauf der Korb stand. Aber der Eine behauptete, links gehe der Rückweg zur Scheune; der andere dagegen meinte, rechts müsse man sich halten, um nicht finsterlings im Baumgarten anzurennen und den vollen süßen Korb auszu=schütten. Dem Hans schien dieser Streit ganz ergötzlich; und dieweil es stockende Finsterniß um sie herum war, so konnte er nicht anders, es juckte ihm in der Hand, er langte also oben zum Schlupfloch heraus und stupfte den Vordermann heimlich

in den Rücken. „Setz ab," sagte der zum Hintermann, „was hast Du mich zu stupfen?" Während der noch redete, zupfte Hans den Hintermann am Bart. „Und was hast Du mich zu zupfen?" schnauzte dieser entgegen. Nun war das Wort wieder am Andern; aber der ließ jetzt das Brett fallen und gieng auf den Kameraden los und die Ohrfeigen flogen nach allen Seiten. Während sich die Beiden aus Leibeskräften zerwalkten, nahm Hans seine günstige Stunde wahr, hob den Korb über sich ab und sprang unbemerkt davon. Er lief und lief, und da nach solchen Abenteuern die Furcht vor dem Meister viel kleiner geworden war, so lief er gradaus nach dem Hof des Vetters. Als er nahe herzu kam, nahm es ihn Wunder, warum Alles so früh auf sei; die Weiber rannten hin und her, und die Knechte lärmten; die Hofthüre stand offen und alles Gesinde feierte. Ein Knecht sah ihn zuerst und rief: „Herr Gott, bist Du's, Hans? Wir alle glaubten, der Meister habe Dich erstochen und verscharrt. Ihn selber haben die Schulkinder im Walde erhängt gefunden, er hat sich selbst gerichtet, der Schinder und Schaber."

So wurde Hans aus einem armen Küherbuben ein reicher Bauer; denn er war der einzige Erbe des geizigen Vetters; und er lebte lange und glücklich und die Armen waren's wohl zufrieden.

54.
Der Drachentödter.

Es war einmal ein König, der hatte drei Söhne, die ließ er alle auf gleiche Weise kleiden, und gab jedem ein Schwert und viel Geld und sagte: nun sollten sie auf Reisen ihr Glück versuchen und in der Welt sich umsehen. Ja, dazu waren auch die drei Brüder sogleich bereit und zogen mit einander fort in die weite Welt hinaus. Wie sie nun schon ein gutes Stück gewandert waren, beschlossen sie sich zu trennen, und steckten ihre Schwerter zusammen in eine Tanne; wenn dann Einer von uns zurückkommt, so kann er gleich sehen, ob wir noch alle am Leben sind, sagten sie; hat das Schwert einen Rostflecken, so ist Einer von uns todt. Dann gieng der Eine zur Rechten, der Andere zur Linken; der Jüngste aber gieng gradaus und kam bald in einen großen Wald.

Wie er nun so allein seinen Weg dahin gieng und eben an nichts dachte, kam ihm mit Einemmale ein Bär entgegen. Da griff er flink nach seiner Flinte und legte an und wollte ihn todt schießen; der Bär aber rief: „Tödte mich nicht, es wird Dein Glück sein!" Da ließ er ihn leben, und dann kam der Bär ganz freundlich heran und war zahm und begleitet ihn durch den Wald.— Als er eine Strecke weiter gegangen war, kam plötzlich ein großer Wolf daher gesprungen, so daß er erschrak und gleich seine Flinte anlegte und ihm eine Kugel auf den Pelz schicken wollte. Der Wolf aber rief schnell: „Tödte mich nicht, es wird Dein Glück sein!" Da ließ er ihn auch leben und nun zog der Wolf mit dem Bären hinter ihm her. — Als er abermals eine Strecke weiter gegangen war, spazierte ein Löwe daher; den wollte er auch erst todt schießen; weil aber der Löwe sagte: „Tödte mich nicht, es wird Dein Glück sein!" so schenkte er ihm gern das Leben, und nun zog auch der Löwe mit dem Wolf und dem Bären hinter ihm her und alle drei Thiere wichen nicht mehr von ihm.

Nachdem der Prinz nun eine Zeit lang mit seinen Begleitern immer gradaus in dem Wald fortgewandert war, ohne einem Menschen zu begegnen, kam er endlich in eine Stadt, in die gieng er vergnügt mit seinen Thieren hinein. Die Stadt aber hatte ein gar sonderbares Aussehen; alle Häuser waren mit schwarzem Flor behangen und die Menschen waren alle so still und traurig, daß der Prinz nur alsbald fragen mußte, was denn der Stadt fehle, daß sie eine solche Trauer anstelle? Da erzählten ihm die Leute: „Auf dem Berge dort, wo die Kapelle steht, da hauset ein Drache, der hat sieben Köpfe, und dem muß man alle Tage einen Menschen und ein Schaf zum Essen bringen, sonst ist Niemand vor ihm sicher. Nun hat er aus unserer Stadt schon so viele Menschen verzehrt, daß morgen die Reihe an die einzige Tochter des Königs kommt; deßhalb ist die ganze Stadt in so tiefer Trauer."

Da dachte der Prinz: Ei, wenn du den Drachen erlegen könntest! und nahm sich vor, daß er es mit seinen Thieren versuchen wollte und begab sich am folgenden Tag zu der bestimmten Stunde auf den Berg nach der Kapelle, wo der

Drache sich immer zeigen sollte. Er hatte ein gutes Schwert mitgenommen und seine Thiere begleiteten ihn. Wie er nun zu der Kapelle kam, gieng die Prinzessin eben hinein, um zu beten, und winkte ihm mit der Hand zu, daß er fortgehen möge. Er aber sprach: „Sei gutes Muthes! Ich bin gekommen, Dich zu retten und den Drachen zu tödten." Darauf kniete die Jungfrau in der Kapelle nieder und betete; und alsbald kam der siebenköpfige Drache ganz wild angeschossen und drang auf den Prinzen ein; während der nun sein Schwert zog, kämpften der Wolf und der Löwe mit dem Drachen und jeder riß und biß ihm drei Köpfe ab; den siebenten und letzten Kopf hieb ihm dann der Prinz mit seinem Schwerte ab, also daß das Unge- heuer überwunden und todt war. — Da kam die Prinzessin aus der Kapelle und dankte ihrem Retter und nahm eine gol- dene Kette, die sie getragen, und vertheilte sie unter die Thiere und hieng einem jeden ein Stück davon um den Hals. Dem Prinzen aber sagte sie: „Du hast mich erlöst, nun mußt Du auch König werden und mich heirathen." Ja, das wollte der Prinz wol gern, denn sie war schön, wie er noch nie eine Jungfrau gesehen hatte. „Aber erst muß ich noch reisen und in der Welt mich umsehn; über Jahr und Tag komme ich wieder und dann wollen wir Hochzeit halten!" sagte er. Darauf schnitt er noch aus den Drachenköpfen die sieben Zungen heraus, wickelte sie in ein Tuch und steckte das ein; dann nahm er Abschied von seiner Braut und zog mit seinen getreuen Thieren auf gut Glück in die weite Welt hinaus.

Sobald er fort war, nahm der Kutscher, welcher die Prin- zessin zur Kapelle gefahren hatte und der sie jetzt auch wieder heimfahren sollte, die sieben Drachenköpfe in den Wagen und

zwang unterwegs die Prinzessin durch Drohungen dazu, daß
sie daheim sagen mußte, er habe den Drachen getödtet. Dem
Drachentödter aber hatte der König schon lange seine einzige
Tochter zur Gemahlin versprochen, deshalb wollte der Kutscher
auch alsbald Hochzeit mit der Prinzessin halten; allein sie wußte
bald unter diesem, bald unter jenem Vorwande es dahin zu
bringen, daß die Hochzeit aufgeschoben wurde. So trieb
sie es ein ganzes Jahr lang, dann mußte sie nachgeben und
that es auch williger, weil sie hoffte, daß der rechte Bräutigam
sich jetzt wohl wieder einstellen werde.

Und richtig: Nachdem der Prinz sein Geld verzehrt hatte
und das Jahr bald um war, hatte er sich auf den Weg zu
seiner Braut gemacht. Da kam er in die Stadt, als eben noch
ein einziger Tag an dem Jahr fehlte. In der Stadt aber
gieng's überall lustig und lebendig zu. Da fragte er den
Wirth: „Was gibt's denn hier? Vor etwa einem Jahre war
die ganze Stadt mit Trauerflor behangen; heute dagegen sehe
ich überall fröhliche Gesichter und die ganze Stadt wie zu
einem Feste geschmückt.“ Da erzählte ihm der Wirth, daß mor=
gen die Tochter des Königs Hochzeit habe mit dem•Kutscher,
der sie vor einem Jahr von dem Drachen erlöst habe.

Am andern Tage nun gab der König ein großes Gastmahl.
Wie der Prinz, der als Jäger gekleidet war, nun allein im
Wirthshause war, sagte er zu dem Wirthe: er solle ihm doch
eine Flasche Wein holen, wie die Braut im Schlosse ihn trinke.
Ja das könne er nicht, meinte der Wirth. „Dann muß ich
wohl meinen Wolf hinschicken,“ sagte der Prinz und schickte ihn
hin zu der Prinzessin: Ein Herr lasse um eine Flasche von dem
Weine bitten, den sie selbst trinke. Da dauerte es gar nicht

lange, so kam der Wolf auch richtig damit zurück, daß der
Wirth sich nicht genug verwundern konnte. „Jetzt will ich auch
von dem Braten haben, wie die Braut ihn ißt," sprach der
Prinz und schickte den Bären auf's Schloß; der brachte alsbald auch ein Stück von dem allerbesten und feinsten Braten.
„Nun muß ich auch Brod haben, wie die Prinzessin es ißt,"
sprach der Prinz und schickte den Löwen hin, der es auch nach
kurzer Zeit ihm brachte. Die Thiere nämlich hatten durch
nichts sich abhalten lassen und waren bis in den Saal zu der
Braut vorgedrungen; die hatte sie sogleich erkannt und ihnen
Alles gegeben, was sie für ihren Herrn forderten.

Da nahm endlich der König seine Tochter bei Seite und
sprach: „Was hast Du denn mit den wilden Thieren vor?"
Da erzählte und entdeckte sie ihm, daß der wahre Drachentödter
jetzt da sei und daß sie den und keinen andern heirathen werde.
Darauf schickte der König sogleich eine Ordonanz in's Wirths-
haus und ließ den Herrn der wilden Thiere zur Tafel laden.
Da kam er. Endlich, als alle vergnügt waren, sagte der König,
jetzt solle auch ein Jeder seine Lebensgeschichte erzählen, und da
kam denn zuerst die Reihe an den Bräutigam, der den Drachen
besiegt haben wollte; der hatte die sieben Köpfe auf einen Tisch
hinstellen lassen und erzählte nun, wie er sie dem Drachen abgeschlagen habe. Als er fertig war, forderte der König den
fremden Mann mit den wilden Thieren auf, daß er jetzt doch
auch seinen Lebenslauf erzählen möge. Das that er denn auch
gern und erzählte, wie er die treuen Thiere bekommen und
wie sie ihm geholfen hätten, einen siebenköpfigen Drachen zu
überwinden und eine Königstochter zu erlösen und wie er darauf noch ein Jahr lang in der Welt herumgezogen sei. In-

dem er alsdann die sieben Drachenköpfe betrachtete, sprach er weiter: „Jedes Thier hat sonst doch eine Zunge; aber die da werden keine haben." Und als man nachsah — nein, da hatten alle sieben Drachenköpfe keine Zungen. Darauf zog er die Wahrzeichen aus der Tasche, und die Zungen paßten ganz zu den abgeschnittenen Enden im Rachen der Drachenköpfe, also daß die Arglist des Kutschers an den Tag kam. Sodann fragte der Prinz noch die Prinzessin, ob sie die goldene Kette am Halse der Thiere wohl kenne? „O gewiß," sagte sie, „die kenne ich sehr gut. Ich selbst habe sie ja den Thieren umgehängt, weil sie Dir so treu und tapfer bei der Erlegung des Drachen geholfen hatten." Und nun war die Braut froh, daß der rechte Bräutigam da war; den hat sie dann geheirathet und er ist König geworden. Dem falschen aber wurde der Kopf abgeschlagen.

Was nun aus den beiden Brüdern des Prinzen geworden ist, ob sie heimgekehrt sind oder noch in der Welt herumwandern, das hat mir Niemand sagen können. Wenn ich aber an den Tannenbaum komme, will ich doch nachsehn, ob sie noch am Leben sind oder ob die Schwerter Rostflecken bekommen haben.

55.
D's Liecht im Häfeli.

Es syn iinisch o zwoa Schweschtri g'syn. Di iint ischt as miserablig as böß, gittigs Wyb gsyn, aber darzua ggrusem a rryhi; d's Summer het si a schwera Tschuppa Veh u dde vum fürnämsten, wo ddu choast g'sien, z'Bärg g'haben, ggruuß Trächli darzua, u d's Winterszit g'wüß föf ol säz G'hirt in de Stäälen umha. Da ischt a Keena nienaby soa rryha g'syn. Di ander hinggägen, vun de g'ringlochtigsten iis, wo's nadischt nummen o Mueteni git, het och e kes gotzigs Dingeli g'häben: kes Gvichtli, ke Spys, kes G'wendi, weder iis noch a kiis. So het si's o ggrad schiergar nit vermögen sälbe z'liechten. Drum ischt sia den aalben zwüscht Tag u Liecht mit der Chochla d'Matten embryn z'bisarra ggangen, für bi=n=ihru Liecht zspinen, daß si emel o chiennti es Tröpfi Oel erhusen. Di Rryhi hetti 's nadischt liechtlig mögen b'salen, 'rru appartig a Tägel z'gien; aber niiniggwüß! dua si in iru Verbooscht niemme=n=nüt hed mögen gönen, su het si 'rra nidnummen a keena vor sia sund= rig darthan, si het bim Sapperlilott noch iru iigat Liecht g'noan u het ses in as Häfeli inhithan, daß si ja nüt sellti darvoa gsien. Das het di Armi streng b'chrenkt; aber g'siit hetti sia nüt, si wie mu denn dóch no z'stolzi g'syn. Aber am Morgen, wennd's

12

g'luuteret het u b'Sunna hinder den Bärgen embruuf choan ischt, da het si al g'schrien u g'siit:

> O du mi lieba, liechta Tag,
> Dä=n=niemmer i b's Häfeli schließen mag!

U jetz, miner Chind, machet's — b'hüet mi Ggott! — nid och a soa wie di Rryhi. D's Widerspiel! Gönet enand, was er hiit; u=n=abchunt uch as arms Mendi ol Wybli, su gät mu ggäre, was's mangleti u was er chiänt!

56.
Die beiden Hirten.

Es waren einmal zwei Hirten, die trieben ihre Heerden auf ungleiche Weiden. Der Eine ließ sein Vieh nur auf steinigem, unfruchtbarem Boden grasen, damit es nicht im Ueberfluß muth= willig werde und ihm das Hüten erschwere. Das ertrugen aber die armen Thiere nicht lange; sie magerten und schwach= ten so ab, daß sie ihm endlich einmal auf dem Flecke liegen blieben. Dafür ward der Hirte zur Strafe in einen Wiede= hopf verwandelt, der muß nun in Einem fort hüp! hüp! schreien, um sie wieder heim zu bringen. Der andere Hirte dagegen trieb sein Vieh auf lauter fette Weide, denn er wollte es vor der Zeit fett haben. Davon wurden aber die Thiere wild und übermüthig und sprangen rechts und links aus; und nun warf er ihnen Steine und Stöcke nach, wie's ihm eben in die Hand fiel, und warf manche von ihnen krank und lahm. Da ward er zur Strafe in eine Rohrdommel verwandelt, die ruft nun unaufhörlich Oha! um die Davongelaufenen zum Stehen zu bringen. Wer Ohren hat, der hört's.

57.
er Ma im Mond.

Weisch, wer dört oben im Mond lauft? Das isch emol en
usöde Ma gsi, de het nid umegluegt ob's Sunntig oder Wärchtig
gsi isch; goht einisch am ene heilige Sunntig is Holz und fangt
a e Riswälle zsämestäle; und won er fertig gsi isch, und die
Wälle bunde gha het, nimmt er si uf e Rügge und isch e heim=
lige Wäg us, won er gmeint het, das ihm kei Mönsch be=
gägni. Aber wer em do begägnet, das isch der lieb Gott sälber
gsi; dä het em scho lang zuegluegt, wie er der Sunntig gschändet
het und verbotni Wäge gangen isch, und het du dänkt, er wel
em emol zeige, wos dure göng. „Ghörsch,“ seit er zuen em,
„du bist jetz scho en alte Sünder und hättisch weigger d'Hell
meh als verdient; i will der aber no lo Gnad für Rächt er=
goh und lone der d'Wahl, ob de welisch i d'Sunne go schwitze
oder i Mond go früre.“ Uf das het der arm Schölm dänkt:
„Ehe so mär i d'Hell as i die brünnig Sunne“ — und seit
emel stante beni: „He se nu se de, wenn's doch si mueß, so

wil i's mit dem Mond versueche." „'s'Blibt derbi," seit der lieb Gott; und sider isch de Ma im Mond und treit alli Obe si gstolni Riswälle uf em Rügge hei, wil's em gar grüseli chalt macht dört obe und er gärn es Fürli miech. Lueg nume gnothi ob's nid wohr isch.

———

58.
Der Gugger.

Der Gugger isch vor Alters es gizigs Wib gsi, e rechti Batzechlimmere, und het mit Wegge ghandlet. Chunnt einisch ase es arms hungrigs Büebli zuenere und wott eren es Weggli abchaufe. „Wie thür so nes Weggli?" frogt er. „He," seit si," se vil Chrüzer chost's as i mag uf di blutt Hand glegge." „s'Söll gälte", seit s'Büebli und längt si Hand dar. Aber do het de Gitznäper nie welle fertig werde mit dem Chrüzerlegge; wo numme no=n= es munzigs Blätzli vo der Hand füre güggelet het, do het si no gwüßt e Chrüzer ine z'zwänge und het das Büebli gar grusam gängstet und glangwilet, bis em am End aller Ende d'Geduld ase usgangen ist. „Flüg uf und rüef Guggu!" seit's i sim Hunger und Berdruß — und bim Wätterli! chum het's es duße, sen isch das gizig Wib en Gugger worde und isch en Gugger blibe bis hüttiges Tags.

59.
D's Chuerejes Ursprung.

Vor Zyten ischt uf der Bahlisalp aalben en Hirt z'Bärg gsyn, mu het mu nummen der Res g'seit. U=g=gägenüber, änetnahi dem teuffe=r=Runs, won si under der Weid düürziet, hät uf der Seealp — ier b'chjänat sa wohl, es ischt da es chlys Seweli — sy's Rösi g'wont u g'hirtet, a tolli, gäbigi Tächter, die=n=är syn toll g'liebet hät. Am Aben, wenn d'Sunna nider ischt, het är alla z'wäg 'rru dür d'Bola noch en Grueß besüberha g'rüeffen u g'juuzed, choascht nid a soa. Sys G'sang isch zwar ruuchs un ug'schlachts g'syn (mu het drum dannzumalen noch nüüt von der schöne Jodlerwys gwüffen); aber är hät notti no g'sinet, glatt übel wieris nit, un em Röseli g'fielis g'wuß glych, wenn das Meitli si schoa so stolzes u sprods steli.

So geit er hütt emel o na sym G'juuz zum Stafel yn, stoßt der Saren vor, räblet zum Gasteren uehi u=l=leit si uf d'Lischen. Im Gidanken a sys Röst schlaft är bal rüewig yn. Aber nit für lang. Uf einischt g'hört mu d's Füür sprätzlen.

Aer glähig uuf u=g=gugget. Her Jent Jent, was mues är g'sien! Stahn da bigoschtlig drüi=b=Burschen um d'Füür= grueben um u=s=syn mu am Chiesen. — „Was het die frömbi Burtja da z'gwärben?" wollt är grad chriegen, due g'siet är erſcht, was das für Kärliſſa ſyn. En=g=groẞa, ſchwera Maan as wie=n=a=r=Ries un aggleit wie=n=a Chüjer, treit us em Buur bi groaẞen Gäpſi dürha u=l=liert d'Milch i d's Chieſſi. „Da wierib's Schwinge troges,“ ſinet Res. E chlyndra bleiha, mit ſchniewyẞem Gſicht, mit falwen Haaren u=h=himelblawen Augen, hilft mu ärſtig aalds rüſchten, bis d's Chieſſi volls iſcht u=ſ=ſi den Turen über b's Füür trejen, daẞ's ſy chroſet u chrachet, as müeẞti b's Dach oha. Der Dritt, in em grüenen Chittel, mit 'ner Jegertäſchen ann un mit 'nem groaẞen Schmuz, ſitzt uf der Platten, gugget i b's Füür u ſchoaltet mu, ſo ſtreng är mag.

Da wird ünſa Res, wen er ſchoa ſuſcht grad chlupfiga nit g'ſyn iſcht, doch ſchier gar übla, due=n=er g'ſiet, as das nid aalds richtigs chiennti ſyn. Wo's nämlich Zyt iſcht, d'Milch z'dicke z'legen, nimmt der Grüenrock ſi=g=Gutter fürha u=ſ=ſlützt bim Tüfeli=ſchieẞ ganz bluetroats Chasleb dryn, u=b=der groaẞ Chüejer rüert mit dem Brächer. Underwyhlen aber geit bä Bleich=g=gägen bi Thür — die tuet ſi van mu ſälben uuf — u für b's Stafel uus. Bal g'hört jetz Res Tön u Wyſen un es G'ſang u G'hojuuz, wie=n=är ſi Läbetag nie a keis a ſoa het ghört u ſes grad gar nid hetti für mugli g'haalten. Hoholihu, holiheh, hoholiloben! tönt's an de Schöpfen u=b=baalet's von de Flüenen bal höi, bal teuff, bal hübſchelich u=b=bald lunt, aẞ's wyt dürha vom Glätſcher widerhalet un mu=g=glaubt hetti, es wieren iru en ganza Tſchuppen, won=b=da ſingen. As ob aals z'ringſetum aſiengi z'holeien, ſoa iſch g'ſyn. Druufanhi chunt der Wyẞ wider inha, ergryft es langs, g'wundes Horen, das är da in em Egg g'haben hät, ſteelt ſi noch einiſcht für b's G'mach u l=loat noch eis di glychi Whs ergaan, aber ditz

Mal dür b's Horen. Da schalet's u=j=juuzet's u=m=macht's, g'schauit, i cha's nit sägen wie=s=seltsem u=sch=schön. D's ehnder Mal het's than u zitteret, wie wänn der Bysluft dur d'Schindli suusset, b's aftermal, wie we's z'Chilche lüüteti, ol as ob da an ganzi Häärd Veh mit Gloggen und Trüchlen binandra wieren. Wie jetz Res no g'hört, daß d'Chüe si baaß gäge b's Stafel zuehi lan u=l=losen, da ergryst's nen, as wetti 's mu b's Härz zersprenggen, en groaße Thran rünnt mu b'Backi ab u= n=är ruunet vor si: Jetz hör glychanhi uf, ol i mueß wäger grynen!

Derwylen was der Leng g'räch worden, züücht den Brässel uuf u=sch=schüttet b'Sirbenen in drü Gäpsi — gugg! da isch b'Milch in einarra ganz roathi, in der andren grüeni un in der dritten schniewyßi. Jetz gugget är osig u=r=rüefft Resen: „Gläbig chum abbha u=w=wähl, was b'wolltifcht!" Resen wurd's glatt weich, b's Bluet g'steit mu fascht in den Adren. Da chunt aber grad der bleich Jodler inha u zwingget mu fründlige zue. Res wurd b'härza u=ch=chunt.

„Us einarra von diesen Gäpsen muescht du trähen," seit der Groaß. „Hie g'siehscht di=r=roathi. Wolltischt darvoa, su würscht du starha für dy=l=Läbetag, daß Keina nie der wider= steit. Du=m=magscht sen all un nimscht niit G'waalt, was du willt, un niemmen chan der eppis derfür thuen. U=d=drüberyn= g=giben der noh hunderg roth Chüe." — „„Das wieri g'müß syn eppis!"" sinet unsa Res, „„aber la g'sien! was isch' mit der grüenen Gäpse?"" — Due seit dä Schnutzbärtig: „Bischt du nid scho starha g'nueg? u=w=was wolltischt mit hunderg Chüenen? Chunt eini der Bräschten, so choast bal mit der läschte z'Märit. J=g=giben dier, daß b'ru no=m=mea choascht

chauffen u han, grab was b'willt, u=b=der Rychscht follt syn
im ganze G'lend. G'schau! da nimm Silber u=g=Guld sovil
b'magst!" U=b=barmit liert er en Sack volla uus, we's nummen
mys wieri! — Das het üns arm Hirtli an allen Haaren
g'schriffen. „Neinisgwüffe: d's Würschischta wieri das nätt!"
däächt är, „da wellti mym Rofi es Huus buwen, as keis a
foa im Thälti ischt." U=b=bi=n=em Haar hetti är grab a Schöpf
trohen. — Da fallt mu aber yn, was der Dritt mu ächt
wellti gien. Dä steit, a d's Alphore g'lenet, glatt verloren im
Dohel, as ob är troomti. Wo Res ne fragt, wärden mu
b'Backi züntroathi wie Bärgrofen u d'Auge lüüchten u=m=mit
ner Stimm fo rein wie=n=as Glöggli feit är: „Was ich dier
z'gien han, schynt gar a chlynni Gab, 's ischt wäder Chraft
no=r=Rychthem no üüßra Glantz, ich han bier nüt, als was du
g'hört hescht: my Stimm, mys G'fang u=m=mys Horen. Aber
das macht der d's Härz b'stendig z'fribes u=g=guten Muets,
du hescht gnueg u=b=bigärscht berna nüt Anders mea. Wär di
g'hört fingen u fpilen, dä g'fröwt's; du wirscht Gott und
alle=l=Lüüte lieb fyn."

Nit lang het Resli g'wärweißet u=f=fi b'funen. „Mis Röst
het bißthar fo gruufam zimpfer than," feit är, „nüt chan im
d's Härz erweihe as föligs G'fang; jetz würd's mys Wyb;
i wollt di dritti Gäpfe!" Flingg fetzt är an u träächt. Ver=
schwune fyn wie uf ei=fch=Schlag di Drü, u=r=Res schlaft umhi
bißt am Morge. Aber wie d's G'stiren erbleihet, wie d'Sunna
chunt u d'Vögel pfyffen, ischt är flugs uufa mit fym Horen.
U=w=wie=n=är's probiert, gäb luut ol lys, är cha fingen u
j=johlen u d's Alphorn blafen, prechs wien der Blawäugig het
chiänen. Dür Bärg u Thal u=f=funderbar zur Seealp uber

tönen jetz bi prächtigischten Whsen; Resli u=r=Rösli hein si bal zwienstimmig g'sungen, u b's Glüüt von iru Veh het si=g=gar lieblich barzua uusgnaan.

So isch der Chuerejen entstanden. U=s=sydethar hein b'Sennen die Whs u=b=bas Juuzen u Spilen nie meh verlehrt.

60.
er Fuchs und die Schnecke.

Meister Fuchs hatte sich einmal an einem warmen Sommertag in der Schwägalp gelagert; da erblickte er neben sich eine Schnecke. Der trug er flugs eine Wette an: wer von ihnen beiden schneller nach St. Gallen laufen könne. Topp! sagte die Schnecke und machte sich ohne Verzug auf den Weg — zwar ein wenig langsam, denn das Haus auf dem Rücken nahm sie Gewohnheits halber auch mit. Der Fuchs hingegen lagerte sich allfort gemächlich, um erst am kühlen Abend abzuziehen, und so schlummerte er ein. Diesen Anlaß benützte die Schnecke und verkroch sich heimlich in seinen dicken Zottelschwanz. Gegen Abend begab sich nun der Fuchs auf den Weg und war verwundert, daß er der Schnecke nirgends begegnete. Er vermuthete, sie werde einen kürzern Weg eingeschlagen haben. Als er aber vor dem Thore von St. Gallen noch immer nichts von ihr sah, da wandte er sich stolz um und rief höhnisch: Schneck, kommst bald? Ich bin schon da! antwortete die Schnecke; denn sie hatte sich unvermerkt aus seinem Schwanz losgemacht und schlich gerade unterm Thor durch. Da mußte der hochmüthige Fuchs die Wette verloren geben.

61.

s'Wiehnechtchindli.

Es isch emal es fromms fromms Chind gsi, das sine Eltere
nie Verdruß gmacht het und nie mit sine Gschwüsterti zangget
und nie briegget het um nüt u wider nüt. Und alli Chinder
hei's gar lieb gha, u wenn es eim het chönne e Gfalle thue,
so ist das si gröfti Freud gsi. Da het einisch e bösi Schlang
sich um vili vili Chinder gliret u het si alli welle fräffe. Da
isch das Chind grad vo Witem derzue cho u het gseh, wie die
Schlang ds Mul uftha het u wie's ere wie=n=es Für us den
Auge gfahre isch. Da het das fromm Chind gar es grusams
Erbarme gha mit dene Chindere und ist gleitig z'springe cho
u het gschroue: „Friß, Schlang, friß mi, aber la di andere gah!"
Da het sich plötzlich die Schlang ufgliret, het die andere laufe
la und isch uf das Chind zuegsprunge mit wit wit offenem
Mul und fürige Auge groß wie Pfluegsredli. Und das Chindli
het d'Händ gfaltet u ds Walt Gott betet, u het d'Auge zue=
tha u gmeint, die Schlang heb's in Eim Schluck verschlunge
und laufi jetz dervo oder fliegi mit em dür d'Luft. Da het's
endlech bin em selber denkt, es well doch d'Auge ufthue und
luege wie's im ene Schlangebuch eigetlech usgfäch. Aber da
isch es heiter u hell um ihns gsi und e Sunne het gschine,

aber e vil schöneri als die wo bi=n üs schint, und es isch emene
Engel i den Arme gläge, und der Engel het gar hold und
fründlech ihns aglechlet u gseit, es soll nume ja nit Angst ha,
er well's an es schöns u guets Ort füere, wo's Freude ha
wärd wie no nie und wo kei bösi Schlang sig.

U bernachet isch es wit wit mit ihm gfloge; gäng der schöne
Sunne zue, so daß das arm Hüdeli vor luter Glast d'Auge
wider het müeße zue thue. Da het's endlech der Engel ab=
gstellt im ene gar herrliche Garte, wo luter Sache gst fi, won
es nie gseh gha het, und won es Maje gseh het, die fi so schön
gsi wie ds Morgeroth u ds Aberoth, u hei wit wit gschine
wie Sunneschin u Mondschin zsäme. U vil tused Engeli sin em
zuechegsprunge u hein em b'Händ gä und hei gsunge so schön,
so schön, daß es es dücht het, der lieb Gott müeß die selber ha
lehre singe. Aber under alle dene Engeli isch keis vo dene
Chindere gsi, won es vo der Schlange=n errettet het, keis ein=
zigs, won es gchennt hetti. Da het's agfange briegge u gjam=
meret, es wöll doch zu sine chline Chindere, sunst chönnti ja
vilicht die Schlang se doch no fräße. Da het es e Stimm
ghört, die het nid vo dahär und nid vo derthär gschine z'cho,
sonderen us jeder Blueme, us Aberoth u Morgeroth, us Sunne=
glast u Mondschin, u die Stimm het ihns gfragt: Aber säg,
gfallt es der de hie nid, isch es de hie nid schön? „Ja," het
druf das Chind gantwortet, „es gfallt mer gar wohl hie, aber
i mueß doch zu mine Brüederli u Schwöfterli u den andere
Chindere; was sölle die afange, wenn fi mi nümme hei? Aber
wenn i die mitbringe darf, de wil i mit ihne cho u mi recht
freue; o wie schön wär das!" Da het die Stimm wider tönt
und het gseit: Das cha no nid si. U da het's wider gar grüfeli

briegget, daß me hätt chönne d'Händ under ihm wäsche. „Liebs Chind,“ het du die Stimm gseit, „briegg mer nid, hie obe darf nid briegget wärde; aber we du nümme briegge witt, so wil i dr erlaube, daß du allbeneinisch abe darfsch zu den andere Chindere, u denn darfsch du chrame Läbchueche u anderi gueti Sache, aber nume dene, wo o lieb si; u alli die, wo du ne s'Briegge chasch abgwöne, die will i de o hie ufe näh, u de channsch du ja gäng bi=n ene si u dihr söllet mer alli lieb si.“

So het die Stimm gseit und das het du dem Chind so wohl tha, daß es nie meh briegget het u schön worden isch wie die andere Engeli. Dernachet isch es uf d'Wält gange u het de Chindere gchramet u gäng meh nume dene wo nit briegge; u eis Chind na em andere het chönne zue=n em ufe u isch de o es Engeli worde.

Aber es het gäng wider Chinder uf der Wält gäh u gäng meh, u alli die het es lieb gha u het se welle zue sich füere i si schöne schöne Garte, wo Himel heißt. Da het's müeße=n es Eseli astelle, um all dä schön Chram z'bringe, u wil es zu so vile Chindere mueß, so chan es nume=n einisch im Jahr zu eim cho; aber won es vo Witem briegge ghört, da springt ds Eseli mit em witer was gisch was hesch. U allbeneinisch ma=n es elei nümme cho an alle=n Orte, wenn es gar vili Chinder z'bsueche het oder es vil Schnee ist, daß ds Eseli nid rächt düre cha. Da nimmt es de vo dene Chindere mit, die ihm die liebste Engeli worde si, u git im ene jede es Eseli u e Chram derzue; u die gange=n o sine Chindere nah u brichte=n ihm, wo si gueti u wo si bösi Chinder atroffe hei und weli einisch i sin schöne Garte cho wärde.

Drum, liebi Meitscheni, sit lieb, de chöme di Engeli o zu euch, bringe=n ech Chram Jahr um Jahr, u näme=n ech einisch mit i de schön Garte.

62.
er Schmuzli.

S'isch einisch es böses Chind gsi, das het der Mueter nie
welle folge. Keis Warne het battet und keis Strofe, bis d'Mueter
emol gseit het, wenn's jetz nid besseri mit dem Setzchopf, so gäb
si's bim Tünel z'nächste Wiehnachte dem Schmuzli, dä wärd em de
scho der Meister zeige. Guet; d'Wiehnecht isch cho, do seit si heim=
ligerwis dem Chnächt: Los, Hans, mach du jetz der Schmuzli und
gang use vor's Fenster und wenn i der de s'Chind use reiche, so
nimm mer's ab und schmeiz es und gib em e Denkzedel, das es der
Schmuzli siner Läbtig nümme vergißt und mer einisch wüße, gäb
das wüest Chind nid einisch well brav werde. Nume gredt! seit
der Hans und goht starregangs i d'Chuchi, wil er no gschwind het
welle si Pfiiffen azünde. Unterdesse het aber d'Mueter das Chind
scho gno und zum Fenster use gstreckt und rüeft: „Bist do,
Schmuzli?" „Jo!" machts dusse; d'Mueter lot ihres Chind los,
und wo der Chnecht mit der brönnige Pfiiffe voruse chunnt, so isch
das Chind furt gsi und kei Mönsch uf der Welt het meh chönne
säge wer's gholt het.

63.

Der Schweinehirt.

————

Vor hundert Jahren war in einem großen Königreich ein kleiner Schweinehirt; der saß eines Mittags müd am Feld und sah in der Ferne die Pflüger sitzen beim Imbiß, wo sie fleißig löffelten und abschnitten und einschenkten, derweil er selbst einen gewaltigen Hunger empfand und doch vor Abend nichts kriegen sollte. Da sprach er zu sich selbst: „O daß ich doch ein Bauer wäre gleich Diesen, wie zufrieden wollt ich sein." Und siehe da! plötzlich, wie wenn er's nur so träumte, war die ganze Gegend rings um ihn her verändert. Ein Baumgarten stand an der Stelle des gepflügten Feldes, der grenzte an einen hablichen Bauernhof, und hier, mitten unter dem Hühner= und Taubenvolk, das im Hof herumspazierte, stand er selber, der arme Schweinejunge, als stattlicher Bauer und war ganz in Gedanken versunken, weil er gerade den heutigen Ertrag seines gesammten Wiesen= und Ackerlandes noch einmal überschlug. Da ritt ein Kornhändler vor dem Hofthore vorüber, der weckte den Bauer aus seinen Gedanken auf; denn er hatte sich ein Räuschchen getrunken, war lustig und klimperte nur so mit der Geldkatze: „He Bäuerlein, wie theuer das Mäs?" Der Bauer antwortete: „Kann's nicht wohlfeiler geben, hab's Euch schon gesagt; wir gehen zu Grunde, wenn's nicht bald um das Halbe mehr gilt." Der Kornhändler aber strich sich höhnisch das dicke Bäuchlein, verbeugte sich mit Spott im Gesicht und ritt unter Singsang davon.

„O daß ich doch so ein Kornhändler wäre," seufzte der Bauer hinter ihm drein, „wie zufrieden wollt ich sein!"

Da saß er plötzlich vor einem eigenen vollen Kornmagazin und riß sich die Haare vom Kopf und kratzte sich hinter den Ohren bis auf's Blut. Jetzt eben war der Krieg auf's Höchste gestiegen und das Heer litt Mangel. Dem Wucherer hatte das Korn noch nicht gegolten, was er verlangte, und gerade brach ein Rudel Soldaten mit Gewalt in das Magazin, trug Sack um Sack auf bereit stehende Wagen, gab dem Kornhändler bald Scheltworte, bald Püffe, und zog unter dem Befehl eines dickbäuchigen, rothbäckigen Obersten, der zu Pferd saß, jauchzend und hohnlachend davon. „O daß ich doch so ein Kriegsoberst wäre, wie zufrieden wollt' ich sein!" rief der Kornhändler.

Stracks stand er als Oberst vor einem Kriegsgerichte, wo der Minister des Königs ihm das Urtheil lebenslänglicher Gefangenschaft sprach, weil er gewaltsam wider Recht und Billigkeit verfahren und dem eigenen Volke sein heiligstes Eigenthum entrissen habe. Es half nichts, daß der Oberst einen außerordentlichen, aber im Felde verlorenen Befehl zur Rechtfertigung anführte und sich auf den schuldigen Gehorsam berief. Der Minister hieß ihn durch die Schergen abführen und blickte stolz auf den Verurtheilten und die ganze tief unterthänige Versammlung. „O daß ich doch so ein fürstlicher Minister wäre," rief der Oberst aus, „wie zufrieden wollt' ich sein!" Und alsbald saß er in einer elenden Kutsche mit seiner weinenden Frau und ein paar schluchzenden Kindern und fuhr durch ein düsteres Thor, während faule Aepfel und Eier zum Fensterchen hereinflogen, daß er mit Noth ihnen ausbeugen konnte. Jetzt trat ein Offizier an den Schlag, zuckte die Achseln und sagte: Ja, Herr Minister, es sind freilich nur Lügen und Ränke, mit welchen seine Majestät der König zur Ungnade gereizt wurden, aber es ist gut, in möglichster Eile davon zu jagen, und in den nächsten zwölf Jahren dieses Land nicht wieder zu betreten, da ja doch Eure Güter und Häuser nun eingezogen werden und alle Freundschaft verschwunden ist. Der König....

„O daß ich ein König wäre!" stöhnte der Minister, „dann erst wollt' ich zufrieden sein!" Aber schon lag er krank in einem königlichen Lehnsessel, den vier Heiducken mühsam eine verborgene Treppe hinunter zwängten. Der Krieg hatte fortgewährt, der König war selbst in das Feld gezogen, war krank geworden durch die ungewohnten Anstrengungen, und sollte jetzt einem nächtlichen Ueberfall des Feindes entzogen werden, indem er auf keinem Beine zu stehen vermochte und fürchterliche Schmerzen litt von der Gicht. Da schrie er ganz überlaut: „O daß ich doch der armseligste Sauhirt meines Landes wäre und nur gesund, nur gerettet aus dieser Leibesgefahr! Wie zufrieden wollt' ich sein!" Und siehe! das geschah. Plötzlich saß der König wieder als kleiner Schweinehirt am Rand des Feldes; er erkannte sich in seinen Lumpen und nahm einen tollen Freudensprung über die größte Sau hinweg, denn jetzt war er wirklich zufrieden.

Erklärungen, Zusätze und literarische Nachweise.

———

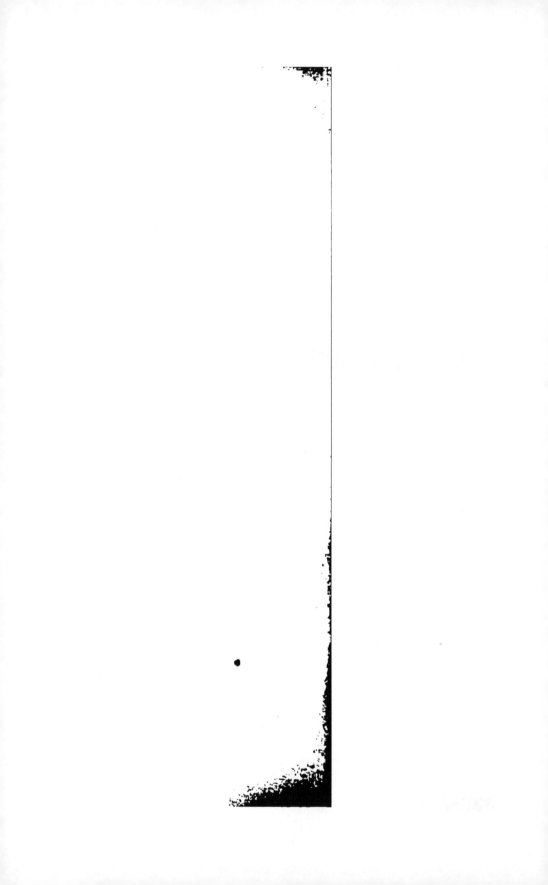

1. Das Kornkind.

Graubünden und Aargau.

Nach A. von Flugi's gleichnamigem Gedicht in: Volkssagen aus Graubünden 1844, S. 122. Eine unserm Märchen verwandte Erzählung geben Grimm's deutsche Sagen Nr. 14 unter dem Titel: „Das schwere Kind." Die Begebenheit wird dort als ein von zwei Edelleuten vor dem Rath in Chur deponirtes Faktum in das Jahr 1686 gesetzt; und darnach erzählt wol „Das Wunder im Kornfeld" in A Kopisch's Gedichten dasselbe Märchen nicht vom Bauer, sondern vom Ritter. Aus dem Aargau liegen zweierlei Ueberlieferungen desselben Sagenstoffes vor. E. L. Rochholz, Schweizersagen aus dem Aargau 1, 273 „Das schwere Kind am Seckenberge" erzählt: „Sommers findet man in blühenden Kleefeldern manchmal ein feinlockiges, engelschönes Kind auf schneeweißen Windeln bloß daliegen. Will man's aufnehmen, so wird's immer schwerer; und gerade während man sich darum ängstiget, es ja nicht aus der Hand fallen zu lassen, ist es auch plötzlich verschwunden. Man deutet es auf einen besonders fruchtbaren Jahrgang." Und C. Kohlrusch, Schweizerisches Sagenbuch S 322 weiß von zwei lieblichen Kindergestalten, einem Knaben und einem Mädchen, welche ehemals zusammen segnend über die Halme dahin schwebten; ihrem Erscheinen folgte regelmäßig ein außerordentlich fruchtbares Jahr; das Volk nannte sie die Kornengel. —

Das Kornkind — mit seiner übernatürlichen Körperlichkeit und mit der Gabe der Weissagung echt elfenhaft gedacht — scheint nichts Anderes zu sein als die Personifikation der jungen Halmfrucht selbst, welche die ihr entgegenkommende Gesinnung freudiger Dankbarkeit und Sorgfalt reichlichst vergilt. Neben Kornmann und Kornmutter taucht nämlich, wie W. Mannhardt „Die Korndämonen" 1868, S. 28 zeigt, in den Acker- und Feldgebräuchen auch ein Kornkind auf: „Die Halmfrucht wird als ein Kind gedacht, das dem Schooß der

Erde entsteigt und im Kornschnitt von der Mutter gelöst wird." Deutlich erhellt dies aus vielfachen Bräuchen und Redensarten, die Mannhardt aus polnischen, westpreußischen, norddeutschen, englischen und angelsächsischen Quellen aufweist, mit denen wir hinwieder folgende schweizerische zusammenhalten: Die letzte Garbe, die häufig den durchschnittlichen Umfang nicht mehr erreicht, nennen die Schnitter in den Kantonen Zürich und Aargau bald Banket (Bankert), bald Wiege, und necken theils die Schnitterin, welche den letzten Halm oder den letzten Arvel (Armvoll) dazu schnitt, theils den Bauer, in dessen Dienst sie stehen. Bleibt aus Versehen ein Häufchen Getreide auf dem Feld liegen, so geht die Rede, eine von den Personen, welche geschaufelt haben, müsse „Windeln bereit machen." Möglich, daß mit der zu Grunde liegenden Vorstellung auch die noch manchen Ortes in der Schweiz bestehende Uebung zusammenhängt, daß jeweilen das jüngste Kind des Bauers die neun letzten Halme schneidet und zu dem sog. Glückshämpveli (Handvoll) zusammenbüschelt.

Vgl. die Programmarbeit der bündnerischen Kantonsschule 1872: „Zwei Churersagen und die altgermanischen Götter Frey und Balder — ein mythologischer Versuch von Dr. Ferd. Vetter," welcher S. 6 „das schwere Kind" in Uebereinstimmung mit unserer Erklärung als „Personifikation des Sommersegens" deutet und die Erzählung „eine Variation des großen Jahresmythus" nennt, „der in allen Mythologieen auftritt und das Kommen und Schwinden des Sommers und seiner Gaben zum Gegenstand hat."

2. Goldig Betheli und Harzebabi.

Luzern.

Nach A. Lütolf: Sagen aus den V Orten Luzern, Uri, Schwyz, Unterwalden und Zug S. 82. Gehört in den Mythenkreis von Frau Holle gleich der nach dieser selbst betitelten Erzählung in Grimm Kinder- und Hausmärchen Nr. 24 (III), woselbst eine reiche Literatur dazu aufgezeigt wird.

3. Die Geisterküche.

Aargau.

Nach E. L. Rochholz: Schweizersagen aus dem Aargau 1, 166. Unter mehreren deutschen Varianten, welche Rochholz aufführt, steht unserer Erzählung am nächsten: Der Meßmerssohn bei Zingerle, Tiroler Kinder- und Hausmärchen 1, 117.

Ein anderes Seitenstück verzeichnet Zingerle ebendaselbst, 2. Aufl. Gera 1871, S. 248: „Das Todtenköpflein" (zuerst mitgetheilt in Wolf's Zeitschrift für deutsche Mythologie 4, 151 mit dem Druckfehler in der Ortsangabe „Schweiz" statt „Schwaz").

4. D' Brösmeli uf em Tisch.

Aargau.

Aus dem Wanderer in der Schweiz 1835, S. 132. W. Wacker= nagel, der in dem Programm für die Rektoratsfeier der Universität Basel 1867 seine Abhandlung Voces variae animantium mit dem Wortlaut unseres Märchens eröffnet, nennt es ebendaselbst ein „im Aargau einheimisches Kindermärchen, das er zuerst im Jahre 1843 nach der Mittheilung eines damals noch jungen Freundes aus jenem Kanton veröffentlicht habe."* Unsere Quellenangabe berichtigt diese Irrung. Passend erklärt dagegen Wackernagel: „Dies Märchen gibt mit den Worten, die es schließlich den Hühnern und ihrem Hahn beilegt, ein ganz anmuthiges Beispiel unter den vielen, wie der noch kindlich dichterische Mensch die Laute, die aus der unvernünftigen und leblosen Welt um ihn an sein Ohr anklingen, in artikulirte Menschenrede umsetzt, der Art, daß zwar das Gehörte mit größerer oder geringerer Treue nachgeahmt, zugleich aber der Nachahmung, sei es auch nur durch den Zusammenhang, in welchem sie auftritt, ein charakteristischer Begriffs= und Gedankengehalt verliehen wird. Die Märchen=, Spruch= und Liederdichtung der Kinder und des Volkes ist reich an solchen Scherzen."

In der That hat sich zu einer ähnlichen Erzählungsform noch manche traditionelle Thier=, namentlich Vogelrede ausgebildet; so in unserm Märchen von den beiden Hirten Nr. 56; so auch in den zwei folgenden, von Rochholz in der „Schweiz" 1865 aus dem Aargau mitgetheilten:

Spatz.

Es het emal e Frau gseit zum Ma, wo sie em alli Chnöpfli (Knödel) eweg g'gässe gha het: Der Spatz dert uf em Sims heig se gfrässe, sie well ne aber derfür gradewegs fah und em d' Fäcke abstumpe. Gseit und tho. Do ist dänn ame de arm Spatz d' Stuben uuf= und abghümperlet und het der Frau nüt anders meh gseit weder: Dieb! Dieb!

---

* Und zwar in Haupt's Zeitschrift für deutsches Alterthum 3, 36; von daher in die Sammlung der Brüder Grimm Nr. 190 aufgenommen.

Eule.

(Strix aluco, schweizerisch Wiggle, Gwiggli, Gwiggsi, Wiggsi, Chlewitt, Todtevogel.)

Es isch emal e Wiggle vor nes Hus cho, drinn si zwee alti Lütli gsi, en Ma und si Frau. Do het der Vogel gäng gseit: „Gschwind! Gschwind! Witt! Witt!“ „J wott aber nit,“ het em d’ Frau zur Antwort g’ge. Do het d’ Wiggle non emol grüeft: „Du muest use und Der mueß use!“ Und do sind sie alli Beidi gstorbe. —

Letzteres gründet sich auf den weitverbreiteten Glauben, welchen das schweizerische Sprichwort in die dreifache Reimformel zusammen-faßt: Wenn der s’ Wiggli schreit, wirst bald use treit. Der Aegerst verkündet Strit; schreit s’ Wiggli, ist der Tod nid wit. Schreit e Wiggle bim e Hus, so gits’ e Todfall drus. — Schon in der indischen Märchensammlung Pantschatantra (Benfey 2, 133) kommt in der Fabel zu dem Schwan „der sein Ende bringende Tod in Gestalt einer Eule.“ — Zürcherisch heißt die matte Stimme der Eule — wegen ihrer Aehnlichkeit mit dem Seufzen eines Kranken und des damit verbundenen Glaubens — „Gruchsen,“ während ihr heller Ruf vielmehr auf einen Geburtsfall gedeutet wird und „Gschweigen“ heißt. Den Trauerboten pflegt man bisweilen dadurch abzu-wehren, daß man vor das Fenstergesimse eine Bibel legt.

Noch andere volksthümliche Deutungen des bekannten Eulen-rufes sind: Zur Ruh! Zur Truh! Geh mit!

Nachtrag. In der zweiten Ausgabe der oben erwähnten Schrift (Basel 1869) bringt W. Wackernagel nachträglich ein Seiten-stück zu unserm Märchen. Es lautet in zürcherischer Mundart: „s’Isch emal en Güggel gsi, be het sibe Hüendli gha, und fäht do emal a und lockt ene: „Chumm chumm, mer wend in Siberg use; chumm chumm, mer wend in Siberg use!“ Te Siberg ischt aber en schöne Wingerte gsi, und s’isch do grad gegem Wümmet zue ggange, und do hend si ebe au solle ga ge Trube bicke. Aber die Hüendli hend nüt welle dervo wüsse und hend gseit: „Nei nei, de Fur nimmt is, be Fur nimmt is!“ Aber der Tusigs Güggel het’s nu usgla-chet, was si für Fürchtibutze seigid, und het halt nit na=e=gla, bis baß’s zletscht ggange sind. Und wo si do eben afähnd Trube bicke, so chunnt be Fur und thuet denn so recht hübscheli mit ene und seit zun Hüenere: „Das isch iez au brav von eu, ihr liebe Hüener, baß ihr emal zu mir use chömed;“ und seit zum Güggel: „Chumm i will der e Schmützli ge, Güggel“ — und bißt em grad be Chopf ab. Aber die Andere, die sind do gloffe wie d’ Schölme und grennt und gflaberet de Berg ab und hend überebigs lut grüeft: „Han i’s nit gifiggifagt, han i's nit gifiggifagt, be Fur nimmt is?" Do ifch es aber z'fpat gfi.

5. Müsli gang du zerft.

Bafel und Aargau.

Aus der Jugendbibliothek von Kettiger, Dula und Eberhard 1862, I, 1, S. 107. Mit der zufolge mündlicher Auskunft des erstgenanten Herausgebers als basellandschaftlich konstatirten Quelle unseres Märchens stimmt fast wörtlich eine zweite handschriftliche aus dem Aargauischen Freienamt, die wir E. L. Rochholz verdanken. Ein Theil desselben steht in Grimms Kinder= und Hausmärchen Nr. 18 als: „Strohhalm, Kohle und Bohne." In der Form ver= wandt ist auch ebendaselbst Nr. 30: „Läuschen und Flöhchen". Die Literatur dazu (III Nr. 18) weist den Kern unseres Märchens nach in Lateingedichten des Mittelalters, in elsässischen, wendischen und siebenbürgischen Erzählungen. Am nächsten entsprechen unserer Fas= sung E. Meyers „Hähnle und Hühnle", Volksmärchen aus Schwaben Nr. 80; und Simrocks „Kätzchen und Mäuschen", Deutsche Mär= chen S. 171.

Gehört zu den Häufungsmärchen, deren bekanntestes das vom Joggeli, das schon Fischart Garg. cap. 25 citirt: „Der Bawer schickt sein Jockel aus." Inhaltlich näher als Letzteres kommt dem unsrigen der von Fr. Staub, Das Brot im Spiegel schweizerdeutscher Volks= sprache und Sitte 1868, S. 55 mitgetheilte Kettenspruch der Kinder im Wallis:

Ds Herli steht im Gässi, das hat mir mi Huet und Hubun. Es will mir mi Huet un Hubun nit gän oni ds warm Brötli. Ich gan zum Pfister, der will mir ds warm Brötli nit gän oni ich geb mu ds Chornli. Ich gan zum Acher, der will mir ds Chornli nit gän oni ich geb mu ds Buwli (Dünger), und so weiter zum Eselti (Deminutiv von Esel), welches sich ds Heuwji ausbedingt u. s. w.

Auch im Kinderspiel kehrt dieselbe Formel wieder; so lautet ein Appenzeller Spielreim, der an unser Märchen anstreift, nach handschr. Mittheilung:

Anneli Anneli witt mi ha? Bin e guete Zimmerma; Will der e Hüsli bue, E Städele nebe zue, Daß du chast e Chüele ha:

s' Chüele gett e Milechle,
s' Milechle gett e Römmele (Rahm),
s' Römmele gett e Schmälzle,
s' Schmälzle gett e Chüechle,
s' Chüechle cha mer esse —
Ond mosch es nid vergesse.

6. Die drei Raben.

St. Gallen.

Nach A. Henne's Gedicht „Schön Frida" in: Lieder und Sagen aus der Schweiz 1827, S. 103. Einer schriftlichen Mittheilung des hochbetagten, seither verstorbenen Dichters zufolge wurde ihm das Märchen in seiner Kindheit von seiner Mutter erzählt. Die erste Hälfte desselben entspricht dem Anfang des Märchens von den sieben Raben bei Grimm Nr. 25, die zweite Hälfte dem Schluß in Grimms „Die zwölf Brüder" Nr. 9, der sich hinwieder berührt mit demjenigen in Grimms „Sechs Schwänen" Nr. 49. Eine ähnliche dreifache Verschlingung desselben Märchenstoffes verzeichnet Grimm zu den „Sechs Schwänen" aus Deutschböhmen.

„Häufig fliegt ein Märchen in das andere über und trennt sich dann wieder, und der Volks= und Kindermund paart die Märchen, gleichwie Vogelfreunde Stieglitze und Kanarienvögel paaren und von ihnen prächtige Abwandlungen erzielen." L. Bechstein, Mythe, Sage, Märe und Fabel 2, 227.

Die Idee ist klar — sagt zutreffend Bogumil Golz, das deutsche Volksmärchen und sein Humor (Vorlesungen 2, 252), indem er von den „Sieben Raben" spricht: Durch Ergebung, Arbeit und Schweigen löst sich der Fluch eines frevelhaft voreiligen Wortes.

7. Junker Prahlhans.

Zürich.

Aus J. Staub: Kinderbüchlein 6. Heft. Klingt an viele Einzel= züge deutscher Märchen an und streift auch an den prahlenden Schnei= der in „Der starke Schneider" Nr. 30 und in „Der Schneider und der Riese" Nr. 41. Eine unterösterreichische Erzählung bei Ziska, Oesterreichische Volksmärchen S. 9 verbindet — mit Anlehnung an Grimms „Der Riese und der Schneider" Nr. 183 — in der That das Wesentliche unserer Nummern 23, 27 und 40: Das Schneider= lein in des Riesen Dienst soll einen Krug Wasser holen und ver=

spricht den Brunnen sammt der Quelle zu bringen; es soll einige Scheite Holz herbeischaffen und will den ganzen Wald abhauen; es soll ein paar Wildschweine schießen und schneidet dem erschrockenen Riesen alle weiteren Aufträge mit der Frage ab: Warum nicht lieber gleich tausend auf Einen Schuß und dich dazu?

Der „Prahlhans" parodirt im Grunde den „starken Hans," Nr. 21.

8. Der Bueb mit dem ifige Spazierstecke.

Aargau.

Nach handschriftlicher Mittheilung von E. L. Rochholz. Eine Variante des von Grimm aus Basel erzählten Märchens „Der starke Hans" Nr. 166. Eine weit verbreitete Ueberlieferung liegt zu Grunde. Grimm weist sie nach als elsässisch, schwäbisch, holsteinisch, lausitzisch, walachisch, slavonisch. Der Zug mit Schwert und Flasche kehrt in der Formel: Wer diese Flasche trinkt und dieses Schwert regiert, der zwingt den Teufel — namentlich wieder in E. Meyers schwä= bischen Volksmärchen Nr. 1: „Der Schäfer und die drei Riesen".

9. Aschengrübel.

V Orte.

Nach Lütolf Sagen 493: „Aschengrübel und Erdmännchen". Lütolfs Erzählung schließt mit einem bekannten Sagenzug: „Wie nun der Bund gesegnet war und die Neuvermählten auf das herrschaft= liche Gut der Frau reisten, begegnete ihr auf dem Wege wieder das gute Männchen und sagte, daß er ihr noch ein Geschenk in die Schürze zu legen habe. Was that er hinein und hieß sie sorgsam darauf Acht haben? Sie durfte es den Begleitern nicht sagen, um nicht ausgelacht zu werden, und ließ auch die Sache unvermerkt aus der Schürze fallen; es waren ja nur Roßballen. Nur etwas Weniges blieb davon hängen. Wie sie später nachsah, da war es blankes Gold".

Die Brüder Grimm theilen ihr Märchen „Aschenbuttel" Nr. 21 nach drei Erzählungen aus Hessen mit und machen auf die Ver= wandtschaft mit „Allerleirauh" aufmerksam. Wie sehr sie Recht haben, wenn sie sagen: Dies Märchen gehört zu den bekanntesten und wird aller Enden erzählt — geht schon aus seinen vielfachen Na=

men hevorr: oberdeutsch Aschenbrödel und Aescherling; schwäbisch Aschengrittel, =gruttel, =grusel, Eschenfidle; tirolisch Aschentaggen; niederdeutsch Aschenpüster, Askenböel, Askenbüel; pommerisch Asch= puck; holsteinisch Aschenpöselken, Sudelsöbelken; dänisch und schwedisch Askefis.

10. Der Schneider und der Schatz.

Basel und Aargau.

Nach Hans Rudolf Grimm's Schweizerchronik S. 215 und einem Gedicht in den Alpenrosen 1825, S. 88. Eine von schweizerischen Chronisten oft wiederholte Anekdote. Vgl. Brüder Grimm deutsche Sagen, 1, 17: „Die Schlangenjungfrau", wo der Held unsers Mär= chens geradezu „ein um das Jahr 1520 zu Basel lebender Schweizer heißt, mit Namen Lienhard, sonst gemeiniglich Lienimann ge= nannt, eines Schneiders Sohn." Ein Seitenstück aus dem Aargau bietet Rochholz, Naturmythen, S. 160: „Die verwünschte Jungfrau zu Oeschgen".

11. Der einfältige Geselle.

Bern.

Nach des Bonerius mhd. Gedicht im Edelstein (1461): Von drien Gesellen, von kündiger einvaltekeit. Nr. 74. Zu vergl: Simrock, Deutsche Märchen Nr. 42: „Die drei Träume." Ganz ähnlich lautet ein Schwank, welchen Franz Pfeiffer in Frommanns „Deutschen Mundarten" 2, 11 nach dem von ihm in das 15. Jahrhundert versetzten Buche „Der Seelen Trost" erzählt. Hier sagt der eine Träumer (in der alten kölnischen Mundart): „Mich doicht, dat ich seisse bi unsem leven goide in dem himelriche", Der Andere: „Mich doicht, dat ich seisse bi unser leifer frauwen, der soisser moder Marien." Darauf sagte der Dritte: „Ich sach uch da wail sitzen und sach wail, dat ir des broits da neit enbehoift, und do as ich das broit." Die Gesta Romanorum ferner, welche im 14. Jahrhundert aus verschiedenen Quellen ihre theils historischen, theils anekdotenhaften Erzählungen sammeln, enthalten in der Nummer 106 der lateinischen Ausgabe von 1489 einen Schwank von drei Hungrigen, welche zu= sammen ein Brod finden und übereinkommen, daß es Demjenigen gehören solle, der den besten Traum haben würde; während hierauf Zwei von ihnen schlafen, ißt der Dritte das Brod auf und erfindet dazu seinen Traum. Es ist unzweifelhaft, daß die Erzählung in „Der Seelen Trost" und diejenige des unbekannten Verfassers der Gesta Romanorum gleich derjenigen unseres Berner Fabeldichters ihren gemeinſchaftlichen Urſprung in einer mündlichen Ueberlieferung haben. Th. Benfey, Pantſchatantra, 2, 493 hält die Traumgeſchichte der drei Reiſenden für unzweifelhaft orientaliſch und vielleicht durch die indiſche Erzählung „Je gelehrter, deſto verkehrter," Pantſch. 1, 332, geradezu veranlaßt. Bemerkenswerth erſcheint jedenfalls auch eine Legende, welche angeblich nach dem Sephes=Toldos=Jeſchu erzählt, wie Jeſus in Geſellſchaft von Simon Barjona und Judas Jskariot auf einſamer Wanderung in der Landſchaft Nazareth vom Hunger gequält endlich eine magere Gans findet; da höchſtens Einer von ihnen ſich daran ſatt eſſen könnte, ſo ſoll Derjenige ſie bekommen, welcher, nachdem ſie ſich erſt zur Ruhe gelegt, den ſchönſten Traum erzählen kann. „Jch," berichtet dann Petrus, „habe geträumt, daß ich der Statthalter Gottes ſei." „Jch," ſagte Jeſus, „habe geträumt, „daß ich Gott ſelber ſei." „Und ich," ſagte Judas Jskariot, „habe geträumt, daß ich mich während eures Schlafes ſtill erhob, in die Küche hinausgieng, die Gans vom Spieße nahm und aufzehrte."

12. Der Hellhafe.

Aargau.

Nach Rochholz, Schweizerſagen 2, 303. Der Hellhafen, wofür auch öfters Rollhafen gehört wird, bezeichnet den tiefſten Grund der Hölle; er wird als ein Keſſel voll ſiedenden Waſſers gedacht, in welchem die Verdammten ihre Qualen beſtehen. Vgl. „s' Tüfels Erbsmues" Nr. 24. Er entſpricht dem rauſchenden Keſſel Hwergel= mir der nordiſchen Mythologie, jenem unterſten Grund von Hels Wohnung. Hellekeſſel iſt ein gegenwärtig noch lebender Familien= name. Rollhafen hieß, nach Schlatters Erklärung im Großätti aus dem Leberberg XI, der eiſerne Hafen von rundlich bauchiger Form, der ehemals über dem Feuerherde an der Hehle, der eiſernen Kette, aufgehängt wurde; das Wort iſt zuſammt der altväteriſchen Herd= einrichtung aus der gewöhnlichen Sprache verſchwunden. — Jene brennende Hand der Mutter gehört in denſelben Vorſtellungskreis, wie die ſprichwörtliche Redensart: Er iſt i be Himmel cho, wo d'En= geli Schwänzli träge und d' Oepfel uf em Sims brote — eine Formel, die bereits in Pauli Schimpf und Ernſt 1542 Bl. 52 lau= tet: „Darum ſo faren ſie dahin in nobis hauß (abyssus), da der Flamm zum Fenſter auß ſchlecht, da brat man die Oepffel auff dem ſimſen."

Hier möge noch eine andere Vorſtellung von dem Jenſeits Platz

finden, von welcher H. Runge in Wolfs Zeitschr. für deutsche My=
thologie 4, 178 sagt, daß sie noch „im Munde älterer Frauen im
Kanton Zürich" lebe.

Der Weg in den Himmel ist rauh und schmal und mit Dornen
überwachsen; nicht weit vom Himmelsthor befindet sich ein schreck=
lich tiefer Abgrund; über denselben führt ein Steg, ganz bestекt
mit scharfen und spitzigen Scheermessern, unter welchem ein feuriger
Drache mit aufgesperrtem Rachen liegt; über diesen Steg muß die
abgeschiedene Seele ihre Sündenbürde tragen, sie sei nun leicht oder
schwer. Manche, die viel und schwer gesündigt haben, stürzen in
den schauerlichen Abgrund und dem Drachen gerade in den Rachen
hinein. Kommt aber die Seele hinüber, so begegnet ihr ein schwarzer
Mann, der ihr auf allen Seiten den Weg versperrt und sie in große
Angst und Noth bringt. Zuletzt kommt ihr aber der Herrgott mit
vielen Engeln zu Hülfe und führt sie in den Himmel ein.

Vgl. damit Ledersack und Gusenbett in den Anmerkungen zu
dem spanischen Chasseur Nr. 15, und das Märchen „Das Wiehnecht=
chindli" Nr. 61.

13. Der junge Herzog.

Zürich.

Nach J. Stutz: Sieben mal sieben Jahre aus meinem Leben
S. 55.

Der auffällige erste Theil der Erzählung wird sich sammt dem
Uebrigen dahin erklären lassen: Der einer krankhaften Ascese
ergebene, vom vorzeitigen Verlangen nach dem Jenseits ergriffene
Jüngling wird endlich überredet, die auf Erhaltung und Befestigung
seines ritterlichen Namens und Geschlechtes abzielende Hoffnung seiner
Mutter zu erfüllen und entschließt sich zur Vermählung. Kaum be=
ginnt er jedoch seinen Entschluß auszuführen, als er, von der plötzlich
mit verstärkter Gewalt zurückkehrenden frommen Schwärmerei getrieben,
Mutter und Gemahl verläßt und einem Zustande mystischer Entzückung
anheimfällt. Als ihm dann mit dem wiedererwachenden Bewußtsein
auch die Erinnerung an sein Versprechen wiederkehrt, da ist es zu
spät: Er hat alle irdischen Ansprüche verscherzt und kann nun nur
noch büßend, mit dem Gefühl eben derselben Verlassenheit, das er
einst den Seinen bereitet hat, dem wirklichen Tode in die Arme
sinken.

Mit diesem eigenthümlichen Gedankengehalte schließt sich unsere
Erzählung an die bekannte, vermuthlich dem Orient entstammende

Sage von dem verzückten Mönch an, die sich, wie neuerlich ins=
besondere Wilhelm Hertz in der „Deutschen Sage im Elsaß" 1872
ausgeführt hat, in unzähligen Varianten durch die entlegensten Län=
der hinzieht und bei Indogermanen, Semiten und Chinesen durch=
gehends entweder das Zerrinnen der Zeit als eine Strafe des Him=
mels für den Zweifel an der Zeitlosigkeit Gottes hinstellt oder wenig=
stens die Erkenntniß veranschaulicht, daß an das Göttliche das Maß
unserer Zeit nicht reicht, daß die Zeit überhaupt nur für den Men=
schen ist. („Dies Eine aber bleibe euch nicht verborgen, Geliebte,
daß ein Tag beim Herrn wie tausend Jahre, und tausend Jahre
wie ein Tag sind. 2. Epist. Petri 3, 8 zu Ps. 90, 4.)

Am nächsten zu unserm Märchen stellt sich, und zwar mit über=
raschender Verwandtschaft in den Hauptzügen eine von Pfeiffer, Ger=
mania 9, 265 ff. mitgetheilte Variante aus Korners niederdeutscher
Chronica novella (um 1425), die wir, da sie interessante Verglei=
chungspunkte bietet, hier vollständig mittheilen:

Ein junger Graf Loringus von Benemontis begegnete im Jahre
834 auf dem Weg zu seiner Hochzeit einem ehrwürdigen Greis mit
weißem Bart und in schneeweißen Gewanden auf einem schönen
weißen Maulthier. Er nahm ihn zum Feste mit, wo die Gäste über
der wunderheitern Lieblichkeit seiner Rede alle Speise vergaßen.
Vergebens suchten sie ihn nach dem Mahle zurückzuhalten und ge=
leiteten den Scheidenden mit feuchten Augen. An der Stelle, wo er
ihm begegnet war, nahm der Alte den Jüngling bei Seite und
sprach: „Morgen früh, wenn Du aufstehst . . . wirst Du hier dieses
Maulthier finden; das wird Dich an die Stätte bringen, wo Du
bei meinem Feste sein sollst, wie ich bei Deinem war." Der Jüng=
ling sagte zu und ritt am andern Morgen auf dem Maulthier über
eine wonnigliche Wiese vor eine goldene Stadt mit Dächern von
Edelsteinen. Der ehrwürdige Vater empfieng ihn gütlich und führte
ihn durch die köstliche Stadt. Da war solche Lustbarkeit von Mann
und Weib, von Schalmeien, Posaunen und Saitenspiel und manich=
faltigen Vögeln, daß seine Ohren vor Freuden betäubt wurden und
er Alles vergaß, was er hinter sich gelassen. Der Greis mahnte ihn
zur Heimkehr. „Lieber Vater," sprach er, „laß mich noch eine Weile
bei Dir sein; es ist ja kaum eine Stunde, daß ich herkam." Aber
der Alte drängte in gütigem Ernst, und Loringus ritt zurück nach
der Stelle, wo ihn seine Knechte erwarten sollten. Da standen viele
große Bäume, welche er zuvor nicht gesehen hatte, und an der Stelle
seines väterlichen Schlosses lag ein Kloster mit einem kleinen Kirch=
thurm. Er glaubte fehlgeritten zu sein und klopfte am Klosterthor,
um zu fragen, wo er wäre. Dort hörte er vom Abt, daß ein
Graf Theobald vor 346 Jahren das Kloster gestiftet habe für sein

14

und seines Sohnes Loringus Seelenheil, der am Morgen nach seiner
Brautnacht spurlos verschwunden sei. Da begann der junge Ritter
seine Geschichte zu erzählen, und der Abt lud alle benachbarten Bi-
schöfe ein dieses großen Wunders wegen. Loringus saß müßig an der
Tafel des Prälaten: ihn lüstete weder nach Speise noch Trank; nur
auf des Abtes dringendes Bitten nahm er einen Bissen in den Mund.
Aber im selben Augenblick schwanden ihm die Jugendkräfte; sein
Haupt ward grau, sein Bart schneeweiß und lang bis zum Gürtel;
und der Abt hatte kaum noch Zeit, ihm das Sakrament zu reichen,
so rasch welkte und starb er dahin.

14. Das Knöchlein.

Glarus und Schwyz.

Nach den Alpenrosen 1838 und nach J. J. Reithards Gedicht
„Der Mord bei Ingenbohl“: Geschichten und Sagen der Schweiz
S. 260. Eine Variante bildet die versificirte Erzählung: „Der
Rabe auf der Schierser Alp“ in Vonbuns Beitr. S. 108. Verwandt sind auch die vier Sagen bei Rochholz, Schweizersagen aus
dem Aargau 2, 122 ff: Der blutende Knochen bei Baden — Der
ausgebrochene Knochen vor Gericht — Der Züriheiri von Zur-
zach — Die Fährenthaler Brüder bei Leuggern; und eine fünfte
in desselben Verfassers Naturmythen S. 55: Der Senne auf Lo-
bisey. Alle gründen sich zumal auf das altgermanische Bahrgericht,
das, wie J. Grimm Deutsche Rechtsalterthümer 2, 931 nachweist,
in der Schweiz, wie in Deutschland in verschiedenen Formen bis
über das 16. Jahrhundert hinaus gedauert hat: Wer im Verdacht
des Mordes stand, mußte an die Bahre treten und den Leichnam
berühren; bluteten dabei die geschlagenen Wunden auf's Neue,
so war der Mörder entdeckt. So übt in den Nibelungen Kriem-
hild das Bahrrecht gegenüber Hagen, denn — sagt das Lied — swâ
man den mortmeilen bî dem tôten sihet, bluotent im die wunden
(Lachmann Str. 985).

Dieses Entdeckungsvermögen kommt aber auch dem Todtengebein zu. Von der Sitte, ermordet gefundenen Leichnamen in dem Falle,
wo der Thäter sonst nicht zu ermitteln war, einen Knochen auszu-
brechen und ihn an der Gerichtsstätte aufzuhängen, handelt Rochholz Deutscher Glaube und Brauch im Spiegel der heidnischen Vor-
zeit S. 263. Man glaubte, das Todtengebein würde den Uebelthäter,

wenn er wieder hier zur Stelle käme, mit Blut überspritzen und
verrathen. Es hat deshalb unser Märchen vom Tobtebeinbli Nr. 39
die nämliche rechts= und sittengeschichtliche Grundlage.

15. Ein spanischer Chasseur.

Aargau.

Nach Rochholz Schweizersagen 2, 305: „Es Märli vom e Schni=
derli wo en spanische Chasseur gspielt het.“

Gehört zu den bekannten humoristischen Erzählungen von dem
Schneider, Grimm Märchen Nr. 35, vom Meister Pfriem ebendas.
Nr. 178, und dem Büttel in Meiers schwäbischen Sagen Nr. 18,
die theils nur durch eine List sich in den Himmel hineinschmuggeln,
theils den darin bereits eroberten Platz über ihrer unbezähmbaren
Anmaßlichkeit wieder verlieren. W. Grimm in Wolfs Beiträgen
zur Deutschen Mythologie 2, 3 ff. zeigt, wie dies lauter Abschwächungen
aus der Mythe von den Himmelsstürmern, wie die harmlosen Märchen=
gestalten ihre Ahnen in jenen den Göttern verhaßten, übermüthigen
Riesen haben, in den nordischen Jötnarn, welche Thor (im Mär=
chen überall durch Petrus ersetzt) mit seinem Donner bekämpft.
Der „Ledersack“ der Kinder= und Volkssprache versinnbildlicht
die mildeste Auffassung des Ausschlusses von dem Himmel. Er hat
seinen Namen wohl von der stockenden Finsterniß im Gegensatz zu
dem blendenden Himmelsglast, welchen die Märchen vom „Wieh=
nechtchinbli“ Nr. 61 und von dem „jungen Herzog“ Nr. 13 schildern.
Weit bedenklicher sind „das Gufenbett“, ein Bett voll starrender
Stecknadeln; und jener Rollhafen, wovon in Nr. 12 die Rede.

16. Der Bräutigam auf dem Wasser. Zürich.

17. Die Erlösung. Graubünden.

Nr. 16 nach einer schriftlichen Mittheilung von J. Senn.
Nr. 17 nach Flugis Gedicht: Volkssagen aus Graubünden S. 56.
Untreue und Treue in zwei lebendigen Bildern, von denen das
erstere insbesondere durch plastische Anschaulichkeit sich auszeichnet.

18. Die drei Schwestern.
Graubünden.

Nach Vonbun: Beiträge zur deutschen Mythologie, gesammelt in Churrhätien 1862 S. 34. Hängt mit den altnordischen Nornensagen ebenso zusammen, wie die häufigen Sagen von den drei Schwestern, von denen gewöhnlich zwei weiß, die dritte, die böse, halb schwarz halb weiß gedacht wird, und die allenthalben üblichen Kinderreime von den drei Schwestern, den drei Marieen, Nonnen, Jungfrauen, Puppen, Tocken u. s. w., worüber gründlichst literarisch und mythologisch abgehandelt wird bei Rochholz, Allemanisches Kinderlied und Kinderspiel S. 140 — 149. „Immer ist es die Eine, die ein günstig angesponnenes Geschick wieder in's Mißgeschick zu wenden droht, indem sie Chribe schnätzlet" (d. h. Verdacht anzebbelt oder den langen Faden bricht).

19. Der Vogel Gryf.
Aargau.

Nach Grimm Kinder= und Hausmärchen Nr. 165. Unsere Quelle sagt: Diese vortreffliche Auffassung verdanken wir einem Schweizer Friedrich Schmid. Sie hat einen eigenthümlichen Inhalt und gehört doch zu dem Teufel mit den drei goldenen Haaren Nr. 29. Näher verwandt ist ihm das Märchen Nr. 13 bei Müllenhoff und ein dänisches bei Etlar S. 129. In E. Meiers schwäbischen Volksmärchen entspricht Nr. 79 „Die Reise zum Vogel Strauß".

20. D's ful Geißhirtji.
Wallis.

Aus den Walliser Sagen von Tscheinen und Ruppen, Sitten 1872 S. 264. Saaser Mundart. Volksthümlich anekdotisch.

21. Der starke Hans.
Solothurn.

Nach handschriftlicher Mittheilung von E. L. Rochholz. Zu vergleichen die Einleitung in Grimm, Der junge Riese Nr. 90; in dem „Bärensohn", Serbische Volksmärchen von Karabschidsch Nr. 1, und in Birlinger, Volksthümliches aus Schwaben 1, 350 die

Sage vom Hans Bär, die durchweg verwandte Züge hat. Der Schluß streift an denjenigen unserer Nr 8 „Der Bueb mit dem isige Spazierstecke". Der Zug von Glocke und Mühlstein enthält unverkennbar Reminiscenzen an Thors Fahrt nach der Unterwelt. Vgl. Simrock Deutsche Mythologie S. 284 ff. Ebenderselbe, sowie der von jener an Lohnes statt ausbedungenen Ohrfeige kehrt wieder in J. W. Wolfs deutschen Hausmärchen „Das treue Füllchen" S. 269. Ueber „Mühlstein auf's Haupt fallen lassen" als mythische Strafe mit historischem Substrat ist zu vergleichen: Liebrecht in Benfeys Orient 2, 271. Eine sehr bemerkenswerthe Variante zu dem ersten Theil unseres Märchens erzählt E. Looser in der Berner Sonntagspost, schweiz. Wochenschrift Nr. 19, 1870 mit folgendem historischen Hintergrund:

Auf dem im Jahr 1100 von Bischof Burkhardt von Basel erbauten Schloß Erlach meldete sich einst bei dem gestrengen Burgherrn, der wegen seiner Härte gegen die Dienstboten besonders in übelm Rufe stand, ein landesfremder Knecht an. Der Herr maß die große, breitschulterige Gestalt vom Kopf bis zu den Füßen. „Bist du auch stark genug?" fragte er ihn. „Laß sehen, vermagst du diesen Stein da in die Höhe zu heben?" Und hiermit wies er auf ein gewaltiges, über drei Centner schweres Felsstück hin, das neben der Schloßmauer lag. Der Fremde lächelte hämisch, ergriff den Stein mit beiden Händen und schleuderte ihn mit der größten Leichtigkeit hoch in die Luft, sodaß er tief in den Boden zurückprallte. Mit Erstaunen nahm es der Burgherr wahr. „Topp, du sollst bei mir bleiben und es bei mir gut haben!" sagte er dann zu Jenem. Er nahm ihn sogleich in Dienst und behandelte ihn Anfangs wirklich gut; bald aber übte er auch an ihm seine eingewurzelte Bosheit aus. Einst schickte er ihn mit vier stattlichen Pferden in den nahen Boverenwald, um ein großes Fuder Holz zu holen. Der Knecht belud dort den Wagen gehörig; aber kaum war er von der Stelle gefahren, so standen die zwei vorderen Pferde plötzlich still und waren nicht vom Platze zu bringen. Da spannte er sie aus, band sie hinten an den Wagen und zog an ihrer Statt an dem Gespann, so daß es munter vorwärts gieng. Dies Alles nahm sein Herr von der hohen Burg aus mit Verwunderung gewahr. Kaum war aber das Fuhrwerk innert dem Thore der Altstadt, da, wo der Weg erst recht steil und holperig zu beginnen scheint, so waren auch die zwei andern Pferde nicht mehr von der Stelle zu bringen. Was that nun unser Knecht? Er spannte sie sogleich aus, band sie auf das Fuder und führte so die ganze Last, daß noch heute deutliche Spuren, tiefe Rinnen, in der eigenthümlichen Stadtgasse davon zu sehen sind, in Einem Zuge ganz allein bis zum Schloß hinauf. Das war dem

Herrn doch zu viel; er sperrte Mund und Augen auf und hatte
Mühe, seine geheime Furcht zu verbergen. Schon am folgenden Tag
befahl er darum seinen Knechten und Frohnleuten, einen Sodbrunnen
zu graben; Tag und Nacht wurde daran gearbeitet und besonders
dabei der fremde Knecht in Anspruch genommen. Als die Tiefe
schon ziemlich bedeutend und dieser am Grunde derselben eben be=
schäftigt war, befahl der Herr den oben stehenden Leuten, einen
großen, schweren Stein in die Grube hinunter zu schleudern; aber
siehe, der Stein flog augenblicklich wieder zurück, und von unten
erscholl es mit höhnischem Spott: „Ha ha! ihr wollt mir Sand in
die Augen streuen? Laßt das bleiben!" Erschrocken fuhren die Ar=
beiter auseinander; der bestürzte Burgherr entfloh blaß und zitternd
und ward zusammt dem seltsamen fremden Knecht nie mehr gesehn.

Den Kern unseres Märchens bildet unstreitig eine Reminiszenz
aus der Sigfridssage: Sigfrid in der Schmiede und sein Kampf
mit dem Lindwurm.

22. Die drei Töchtere.
Bern.

Aus der „Schweiz" 1859, S. 232. Ein Gegenstück zu dem
Schwank in Pauli Schimpf und Ernst, Augsburg 1542 Bl. 4: Der
Vater will eine seiner drei Töchter verheirathen; die soll's sein, deren
Hände zuerst trocknen, wenn er sie allen Dreien gleichzeitig mit
Waſſer begoſſen; indeß die Andern hoffen und harren, „verwirft"
die jüngste die Hände mit dem beständigen Ausruf: Ich will keinen
Mann, ich will keinen Mann! Gerade davon werden aber ihre Hände
zuerst trocken, und so ist sie die Glückliche. (In E. Meiers Volks=
märchen aus Schwaben S. 52 neu erzählt nach mündlicher Ueber=
lieferung.)

Eine Variante unseres Märchens gibt Simrock Deutsche Märchen
1864 S. 268 (bereits abgedruckt in Nieritz' Volkskalender 1853) unter dem
Titel „Die drei Schwestern und das seltsame Brautpaar"; hier spinnen
die Schwestern und sollen schweigen; da verliert die Eine den Draht
(Faden) und ruft: „De Daht be bricht!" Worauf die Zweite: „Töt
an!" (knöt = knüpf an), und die Dritte unwillig: „Woder sab, wi
solle nich peken (sprechen), peken alle De (Drei)!" Da machte sich
der Freier davon.

23. Die dumme Grethe.
Aargau.

Mündliche Ueberliefernng. Gehört zu Grimm Kinder= und
Hausmärchen Nr. 104 „Die klugen Leute", wo die Literatur ver=

zeichnet ift. Wir fügen dieser noch hinzu: Die mit eigenthümlichen
Zügen ausgeftattete Variante „Der Bote aus dem Himmel" in My=
then, Sagen und Märchen aus dem deutschen Heidenthum, Leipzig
1855 S. 148. Pauli Schimpf und Ernft 1542 Bl. 84: „Von einem
fahrenden Schüler", nach welchem Hans Sachs seinen gleichbetitelten
Schwank gedichtet hat. Jörg Wickram Rollwagenbüchlein 1555
(Ausg. v. Kurz S. 179): „Von einem armen Studenten, so auß dem
Parabyß kam, und einer reychen Beürin."

24. $' Tüfels Erbsmues.

Aargau.

Nach Rochholz Schweizersagen 2, 224. Wie Schraubftock, Wunsch=
käftlein und Erbsengericht unseres Märchens auf Wuotan und Do=
nar deuten, führt unsere Quelle S. 227 aus. Im Uebrigen vgl.
die Anmerkungen zu den Nummerm 12 und 15: Der Hellhafe und
Ein spanischer Chaffeur.

25. Vom Brodäffe.

Aargau.

Mundartlich nach Rochholz Schweizersagen 2, 318. Eine hu=
moriftische Parodie desselben täglich sich wiederholenden Hausftreites
der Kinder unter einander, von welchem die zürcherische Tischzucht
des 17. Jahrhundert (Fr. Staub, das Brot S 43) in den pedanti=
schen Versen abmahnte:

Nimm nimmer von dem Brot die Rinde nur allein,
Zerschneid auch nicht zu viel, und laß das Höhlen sein.

Der vorherrschenden Neigung für das Linde am Brod, für die
„Mutsche", sucht das schweizerische Sprichwort zu begegnen, daß der
„Rouft" oder das harte Brot „roti Bagge und ftarchi Lüt" mache.

26. Der faule Hans.

Aargau.

Nach Rochholz Schweizersagen 2, 317. Unsere Quelle fügt hinzu:
Der Starke, der sich nicht anders wehrt, als wenn er zuvor warm=
geprügelt, ift ein echter Zug deutschen Charakters, den unsere Helden=

fage bereits fchildert. Der Nibelungen Hagen ift verwundet worden, da ruft er der feindfeligen Kriemhilt zu, 1494: Ich bin erfte erzürnet, wan ich lüzel fchaden hân. Siehe auch altbân. Helden= lieder S. 313 und 533: Dietrich von Bern muß erft von feinem eigenen Waffenmeifter gefchlagen werden, bis er fich zum Kampf im Rofengarten entfchließt; doch dann fahren ihm vor Kampfwuth Flammen aus dem Munde. Die entfprechenden Züge, die in der deutfchen Sage hiefür erfcheinen, zählt Menzel auf: Odin S. 267.

27. Der Teufel als Schwager.

V Orte und Aargau.

Nach Lütolfs Sagen aus den V Orten S. 195. Die Aargauifche Variante lautet:

Es het emol en arme Burfch mitem Tüfel e Bund gmacht. Der het gfeit, er müeß jetz fibe Johr lang fi nit meh wäfche, Hor und Bart nit meh fträhle und abhaue, b' Nägel lo wachfe und d'Nafe nit meh butze; de heig er Gälds gnue. Er macht's fo. Wo die fibe Johr bald ume find, goht er vor's Königsfchloß und frogt de König, weli vo fine drei Töchtere ihn well. Die Aelteri chunnt und feit, fi well de Schnuderi nid; die Mitleri will de Bartli au nit. Aber die Jüngeri will en, denn fie denkt: es feig e hübfche junge Kärli, und wenn er granfchirt feig, fe mach fe fi fcho. Der Schnuderi goht furt. Wo die fibe Johr ume find, fe het er do Gäld gnueg gha und kleidet fi do prächtig a und fahrt in ere herr= liche Gutfche vor's Königsfchloß. Er wird fürg'lo und die drei Töchtere werden em vorgftellt. Die zwo ältere will er nid, aber die jüngft nimmt er zur Frau. Wo er du mit finer Junge furt gfahren ift, begägnet em dr Tüfel und feit: „Schnuderi Schnuderi wie ift dr g'gange?" „Es ift mer gut g'gange: han es Königstöchterli gfange." „Und mir ifch no beffer g'gange, denn die zwo ältere find us Täubi is Waffer gfprunge."

Gehört zu Grimms „Bärenhäuter" Nr. 101. Eine neue Va= riante bietet „Baftian der Bärenhäuter" in Kurt Greß' Holzland= fagen, Leipzig 1870. Seite 24.

28. Bo der böfe Mueter und dem freine Büebli.

Zürich.

Nach J. Senn: Chelleländer Stückli 1861, S. 113. Erinnert an das ferbifche Märchen von dem Bärenfohn in den Volksmärchen der Serben von Karadschidsch Nr. 1, in welchem der Bär „Sorge für die Erhaltung des Kindes trug, ihm Nahrung brachte und sein pflegte", nachdem die Mutter aus der Bärenhöhle entflohen, in welcher sie eine Zeit lang gelebt hatte.

Das Märchen ertheilt dem Bären vorzugsweise menschliche Natur; Prinzen und Prinzessinnen sind in Bären und Bärinnen verwandelt. Vgl. Die Nr. 37 „Der Bärenprinz".

29. Der Räuber und die Hausthiere.

Zürich.

Aus E. Meiers Deutschen Volksmärchen herübergenommen (Nr. 3), wo bezüglich der Quelle gesagt wird: „Mündlich von einem Handwerker, der dies Märchen in Zürich gehört hatte." Wiederholt sich wesentlich in Grimms Märchen von den Bremer Stadtmusikanten Nr. 27, in Kuhns westphälischen Sagen 2, 229, und in J. F. Campbells galischen Märchen aus den westlichen Hochlanden Schottlands (Popular tales of the West High-lands, Edinburgh 1860): „Das weiße Schaf".

30. Der stark Schnider.

Solothurn.

Nach B. Wyß Schwyzerdütsch S. 48, verkürzt um den Zug mit dem dritten Kunststück des Schneiders in Betreff des Steinzerreibens, weil dies wiederkehrt in der Nr. 41 „Der Schneider und der Riese". Damit zu vergleichen Grimm Kinder= und Hausmärchen Nr. 20 „Das tapfere Schneiderlein".

Die Redensart „Sieben (auch Neun und Neunundzwanzig) auf Einen Streich", bezogen auf den Schneider, läuft durch die Schwankliteratur des 16. und 17. Jahrhunderts; und Anspielungen auf die übrigen Züge des Märchens weist Grimm aus der mhd. Literatur mehrfach nach, wie denn auch wahrhaft zahllose Varianten sich finden: elsässische, schwäbische, tirolische, schwedische, norwegische, holländische, holsteinische, englische, persische, lappländische.

31. Die Hennenkrippe.

Graubünden.

Nach Vonbun Beiträge zur deutschen Mythologie S. 48. Die Waldfänken hausten nach der Sage in den deutschen Thälern Präti=

gau, Schanfik, Savien und Rheinwald. Sie gehören in den Sagen=
kreis des Wilden Mannes: Die Sage schildert sie über und über
behaart und mit Eichenlaub bekränzt (Vgl. „Der Haarige" Nr. 52);
mit den Riesen theilen sie das unersättliche Gelüste nach Menschen=
fleisch. Der Name entspricht dem tirolischen Wildfank, woraus sich
der hochdeutsche Wildfang erklärt. — Unter dem Kautschenhenngatter
(Kautsche=Pritsche) findet auch in der Sage von dem Grafen Stadion
und dem Nebelmännlein bei Birlinger, Volksthümliches aus Schwa=
ben 1, 348 der Graf Zuflucht vor dem Waldmenschen, in dessen
Hütte er sich verirrt hat.

32. Die Nidelgrethe.
Bern.

Nach Vernaleken, Alpensagen 1858 S. 274 „aus Bürglen"
(Bern? Thurgau? Uri?) und Kohlrusch Schweizerisches Sagenbuch
S. 208. Letztere Quelle beruft sich auf eine Mittheilung aus Bern,
während sie den Schauplatz der Erzählung in den Kanton Uri ver=
legt. Aus Aargauisch Degerfelden erzählt Aehnliches eine Sage
bei Rochholz Schweizersagen, 2. 169. Hier heißt der Zauberspruch
der Butterhere: „Us jedem Hus en Löffel." Ein Schneider, der eben
bei ihr auf der Stör ist und den Spruch zufällig hört, wendet ihn
bei Hause an und erhält zwar ebenso reichliche Butter, theilt aber
schließlich auch das Schicksal der Here: Beide holt der Teufel, wäh=
rend nach Vernalekens Erzählung das Haus sofort unter Donner
und Blitz in den Grund sinkt und an seiner Stelle ein weißer Block,
ein „Ankenstock" emporragt, in welchem, versteinert, noch heute die
Nidelgrethe sammt dem Küher steckt. Eine deutsche Variante steht
in Pröhle's Harzsagen 1854 S. 52. — Versificirt findet sich unser
Märchen von dem Herausgeber in den Schweizer Alpenrosen 1870
S. 426; und von J. J. Reithard Ged. 235. —
Durch Melken aus Lumpen, Kleiderriemen, Strick, Besenstiel,
Holz, Nagel u. dgl. Milch aus dem Hause der Nachbarn in das
ihrige zu ziehn ist eine den Heren allgemein beigelegte Eigenschaft.
Vgl. Geilers Predigten Bl. 54, 45: „Künnent die Herssen die kü
versigen und milch aus einem alen oder einer arthelmen melken? Ich
sprich, ja durch Hilf des Tüfels; so kann der Tüfel in kurzer Zeit
milch darbringen und sie eingießen in ir Geschirr und sicht man in
nit, und so wanent die Heren, sie lauft uß der saul oder uß dem
arthelm." Der Name Nidelgreth ist daher nur eine Individualisirung
des appellativen Herenattributes Milchdiebin, Milchräuberin. Der
Ausgang unseres Märchens rückt dasselbe an Göthe's Zauberlehrling
und Lucians bekannte Lügenmärchen heran.

33. Die drei Sprachen.

Oberwallis.

Aus Grimm Kinder= und Hausmärchen Nr. 33. Unsere Quelle bemerkt dazu: Unter dem Papst ist vielleicht Silvester II. gemeint, von dem Vincent Bellov. (Spec. hist. 24, 98) sagt: ibi (zu Sevilla) dedicit et cantus avium et volatus mysterium. Aber auch von der Wahl Innocens III. im Jahr 1198 wird erzählt, drei Tauben seien in der Kirche aufgeflogen und zuletzt habe sich eine weiße zu seiner Rechten gesetzt. S. Raumer Hohenstaufen 3, 74.

34. Riesenbirne und Riesenkuh.

Allgemein.

Nach einer schriftlichen Mittheilung von H. Geßner in Lunnern. (Versificirt von dem Herausgeber in „Kornblumen," Wesel 1870 S. 28.)

Unser Gewährsmann lokalisirt die Märe von der Riesenbirne nach Zürcherisch Obfelden. „Die Obfelder führten ehedem ein wahres Schlaraffenleben. Oftmals im Herbst, wenn die Bauern von ihrem Lager aufstanden, lagen schon die reifen Birnen vor der Kellerthüre, ohne daß sie eine Hand dazu regen durften. Das war ein Dienst der Wasserniren von der Reuß, die ihnen besonders hold waren."

Zur Riesenkuh erzählt folgende Variante aus dem Berneroberländer Kanderthale Rochholz, Deutscher Glaube und Brauch S. 22: „Die großen Leute, die ehemals das Simmenthal bewohnten, haben einen Schlag von Rindern besessen, der für alle Ställe zu groß war, und man ließ daher das Vieh stets im Freien. Jede Kuh gab des Tages drei Eimer Milch, daher molk man sie, anstatt in Gebsen, in einen Weiher. Die Treppe, die zu ihm hinabführte, war aus Käslaiben gebaut, den Anken füllte man in hohle Eichbäume. Mit Anken polirte man Hauswand und Scheunenthor, mit der Milch wusch man Geschirr und Stubenboden. In einem Einbaum fuhr man auf dem Weiher, um die Nidel abzurahmen, und warf sie mit Schaufeln statt mit der Gone an's Ufer. Bei einem großen Sturmwinde trat dieser Milchweiher einmal aus und ersäufte die großen Leute miteinander." — Anderwärts lautet das Ende so: Jeden Abend mußte der Sennenbube in einem Weidling auf dem Milchweiher herumfahren und die Nidel abschöpfen. Als er dabei unachtsam gegen einen Felsen anfuhr, der ein von selbst entstandener Ankenballen war, giengen Schiff und Sennbube unter. Doch beim Ausbuttern fand man nachher seine Leiche wieder. Man begrub ihn in einer von den Bienen erbauten Wachshöhle, und jede Honigwabe darin war größer als die Stadtthore zu Freiburg oder zu Brugg. Hievon berichtet die Sage im Berner Oberland, im Freiburger Ormund, im Urnerlande, im Brugger Aarthal. Eine solche aus dem Aargau, Rochholz Schweizersagen 2, 223 fügt hinzu: „Jetzt ist von all der Herrlichkeit nichts mehr übrig als jener todbringende Ankenballen, der noch allenthalben im Jura steht, aber in einen Spitzfelsen verwandelt ist und da gewöhnlich die Hinterseite ärmlicher Sennhäuser bilden helfen muß."

Unserm Manuskript von H. Geßner entnehmen wir noch folgende weitern Ergänzungen:

Zur Zeit, als noch Riesen und Zwerge in der Welt waren, hatten die Schaffhauser ihre Freude, aber auch ihre Sorge an einer Wunderkuh. Das Thier war über die Maßen gefräßig. Einst stand es nahe am Ufer des Rheines, damit beschäftigt, den ungeheuren Haufen Grünfutter zu verschlingen, der ihm heute zur Morgenfütterung bestimmt worden war. Mitten in seiner Mahlzeit wurde es aber von den stechenden Bremsen heftig geplagt; und indem es sich nun ihrer mit dem Kopfe erwehren wollte, schleuderte es dabei in Einem Mal so viel Futter über den Rhein hinüber, daß drüben die Feuerthaler sieben große Fuder davon laden und heimführen konnten. Am meisten hatte man mit der Aufbewahrung der Milch zu schaffen. Es mußte ein förmlicher Milchteich angelegt werden. Aber was geschah? Eines Tages sprang ein entlaufenes Follen in die Milch und verschwand darin spurlos. Umsonst stellte man eifrige Nachsuchungen an. Endlich, nach sechs Tagen, als man von dieser Milch bereits Butter gesotten und „abgelaßen" hatte, fand sich das verunglückte Follen in der „Ankentruse". — Ungefähr um dieselbe Zeit muß es gewesen sein, daß den Zürchern Folgendes mit einem Riesenochsen begegnete. Ein Bäuerlein rühmte sich vor den Metzgern in Zürich, es wolle einen Ochsen nach der Stadt bringen, der so groß sei, daß er nicht durch den Eingang des Schlachthauses passiren könne. Die Metzger versprachen ihm, diesen Ochsen doppelt mit geschenktem Fleisch aufzuwiegen, wenn es sie ihn sehen lasse. Als nun das Bäuerlein wirklich mit dem Riesenochsen daher kam, war die Freude und Verwunderung der Metzger viel größer als der Verdruß über ihren Schaden. Sie giengen dem Wunderthier vor das Thor entgegen und führten es im festlichen Zuge durch die Stadt. Auf der hölzernen Limmatbrücke angelangt, bezeigte der gefeierte Ochse Durst; er streckte den Kopf über das Geländer hinunter und trank so gemüthlich aus dem Fluß. Beim Schlachthaus angelangt, mußte man ihm erst, um ihn hereinzubringen, von jedem Horn drei Fuß absägen. Nachdem er aber geschlachtet war, wurde aus dem „Netz" eine Brücke über den See gespannt zwischen Meilen und dem linken Ufer, und aus der Milz eine zweite in der Stadt selbst vom Gasthof zum Storchen über die Limmat hinüber.

(Noch heute hält alljährlich die Züricher Metzgerschaft mit dem
sog. Osterochsen einen Umzug durch die Stadt.)

Aehnlich dem Schluß unseres Märchens erzählt das E. Meiersche
„Die Rübe im Schwarzwalde" (Deutsche Volksmärchen aus Schwaben,
neue Ausgabe 1863, S. 85) von Ochsenhörnern: Wenn man zu
Martini hineinblies, kam der Ton erst zu Georgi wieder daraus
hervor.

In dieselbe Märchenreihe gehört endlich noch der Schlußzusatz
aus unserm Manuskript:

Als in Appenzell die Weberei eingeführt wurde, kannte
man noch keine Weberschiffe; da mußte denn der Weber allemal
den Faden in den Mund nehmen und so zwischen den Abtheilungen
des Zettels hindurchschlüpfen. Die Fäden aber waren so dick wie
Packseile und statt der metallenen Blätter zum Durchziehen des
Zettels bediente man sich der Tennleiterli.

35. Das Bürli im Himmel.

Aargau.

Aus Grimms Kinder= und Hausmärchen Nr. 167.

„Von Friedrich Schmid in der Nähe von Aarau auf das Beste
erzählt." Grimm. Die Erzählung stellt sich in der That mit ihrer
überraschenden Pointe als feine Satire neben den bloß komischen
Schwank in dem „Spanischen Chasseur" Nr. 42. Eine Variante, ver=
muthlich modern tendenziöser Natur, erzählt Birlinger Volksthüm=
liches aus Schwaben 1, 362: Der Reiche ist dort an das Pfäfflein
vertauscht, wie deren „nur alle fünfzig Jahr einmal eines" nach dem
Himmel kommt.

36. Das schneeweiße Steinchen.

Zürich.

Nach J. Stutz: Sieben mal sieben Jahre aus meinem Leben.
S. 114. Hier liegt ein alter weitverbreiteter Volksglaube zu Grunde.
„Unter solchem Gespräch sah ich im Schatten oder Gegenschein eines
Baumes im Wasser ein kleines Nest auf der Zwickgabel liegen, das
ich gleichwohl auf dem Baume selbst nicht sehen konnte." So
leitet Christ. von Grimmelshausen in seinem abenteuerlichen Sim=
plicissimus von 1669 cap. 23 ein von ihm und seinem Weib gemein=

schaftlich erlebtes Abenteuer ein, das völlig dem ersten Theil unseres Märchens gleicht. Und Grimm Deutsche Sagen 1, 140 „Das Vogelnest" berichtet: „Noch jetzt herrscht in mehreren Gegenden der Glaube, daß es gewisse Vogelnester, auch Zwissel und Zeißelnestlein genannt, gebe, die, selbst gewöhnlich unsichtbar, Jeden, der sie bei sich trägt, unsichtbar machen; um sie zu finden, muß man sie zufällig an einem Spiegel oder Wasser erblicken." Damit stimmen die Tyroler-Sagen, nach welchen man theils unsichtbar wird, wenn man das Nest eines Zeisigs im Sack trägt, (Zingerle, Sitten und Bräuche des Tyroler Volkes S. 52), theils unsichtbar machende Blendsteine im Nest des Hähers findet — und zu den Schlesischen, nach welchen ein solcher Blendstein, in einem Zeisignest bei sich getragen, den Träger zusammt dem Ort, wo er steht, unsichtbar macht, (Wuttke, Der deutsche Volksaberglaube der Gegenwart. S. 188.) Ein fernerer Tyroler-Aberglaube (Zingerle, S. 49) besagt: Wenn man aus einem Rabennest ein Ei nimmt, es siedet und wieder hineinlegt, sobaß es die Alten nicht bemerken, so fliegt das Männchen in das Meer und holt einen Stein, der Jeden unsichtbar macht welcher ihn trägt. Ferner: Der Rabenstein ist ein kleines, äußerst kostbares Gestein, das die Eigenschaft hat, jeden Gegenstand, der mit ihm in unmittelbarer Berührung steht, unsichtbar zu machen. Auch pflegt mit dem Besitz dieses Steines großes Glück verbunden zu sein. Wer ihn suchen will, muß vor allem wissen, daß er nicht unmittelbar dem Auge sichtbar ist, sondern nur vermittelst eines Spiegels wahrgenommen werden kann. Er findet sich in den Nestern der Raben und Elstern; allein auch diese sind alsdann dem bloßen Auge nicht sichtbar.

Die Eigenschaft des Unsichtbarmachens hat auch jener glückbringende Stein, den die sagenhafte Schlange im Haupte trägt. Vgl. die Schlangenkönigin Nr. 38. Und desgleichen der goldene Ring, welchen in Ey's Harzmärchen vom „Zauberring" (Harzmärchenbuch S. 38.) ein Bergmann in einem Apfel eingeschlossen entdeckt.

37. Der Bärenprinz.

Aargau.

Mündliche Ueberlieferung. Mit dem ersten Theil in Grimms singendem springendem Löweneckerchen Nr. 88 übereinstimmend, wo jedoch an die Stelle des Bären der Löwe tritt. Unter den übrigen Varianten, welche Grimm aufführt, scheint mit unserer Erzählung am nächsten verwandt die tirolische Ueberlieferung bei den Brüdern Zingerle Kinder- und Hausmärchen S. 391. Dem Eingang entspricht auch derjenige der „Goldgerte" in Hahns Griechischen und

Albanesischen Märchen Nr. 7; wogegen der Ausgang — der zum
Prinzen entzauberte Bär — seine Parallele hat in A. Ey's Harz=
märchenbuch 1862: „Die goldene Rose" S. 91.

38. Die Schlangenkönigin.

Bern und Obwalden.

Nach J. R. Wyß: Volkssagen aus der Schweiz 1815 S. 148.
Die vorliegende Sage, die auch in Grimms deutsche Sagen über=
gegangen ist (1, 220), setzt Grimm (Kinder= und Hausmärchen
Nr. 105) in Beziehung zu dem „Märchen von der Unke". Eine
Variante erzählt Lütolf Sagen S. 324 „Die Kronschlange" aus
Obwalden. Theilweise verwandt damit ist „Die Hausschlange im
Emmenthal" bei Rochholz Naturmythen S. 193.

Die Sage von den mit Milch getränkten und dafür Gold be=
scheerenden Schlangen wurzelt in dem ältesten Glauben der Völker.
Schon der indische Pantschatantra erzählt dieselbe (Benfey 2, 244).
Daher ihre außerordentliche Verbreitung. In Nord= und Süd=
deutschland tritt uns dieselbe Vorstellung entgegen: Die Schlangen=
krone, das „Natterkränzchen", wie man es in den Alpen nennt,
bringt Segen, mehrt Geld und Getreide. F. L. Schwartz, der Ur=
sprung der Mythologie S. 47. Daß in unserm Märchen statt der
Schlange selbst eine auf ihr ruhende Jungfrau die glückbringende
Krone bescheert, ist nur eine ausgesprochene Identificirung von Schlange
und Jungfrau überhaupt, wie sie der ursprünglichen Anschauung
selbst eigen ist.

39. s'Todtebeindli.

Aargau.

Aus dem Wanderer in der Schweiz 1835, S. 200. Ein Seiten=
stück zu Grimm Kinder= und Hausmärchen Nr. 28 „Der singende
Knochen". Schwedische, schottische, esthnische Volkslieder, polnische,
serbische, holsteinische, siebenbürgische, spanische Märchen wiederholen
denselben Stoff. „Die altdeutschen Rechtsbücher bestimmen die
Größe des an einem Knochen erlittenen Körperschadens nach dem
Klange des beschädigten Knochentheiles. Der aus einer geschlagenen
Wunde abgegangene Knochen wird die offene Straßenbreite weit
hinüber in Schild oder Becken geworfen; und wenn die Zeugen

eiblich bestätigen, daß sie ebensoweit ben Klang des hingeworfenen Knochens gehört haben, so wird der Kläger in die Buße verfällt, bie dem vorgeschriebenen Werthe des einzelnen Körpergliedes ent= spricht". Rochholz Deutscher Glaube und Brauch S. 244. Dieses Gesetz, fügt J. Grimm bei, Rechtsalterthümer S. 77, muß durch= greifend unter allen deutschen Völkern gegolten haben, so oft gedenken besselben die Rechtsbücher. — Die Vorstellungen von diesem klin= genden Knochen verwandelten sich im Märchen in die von dem singenden Knochen und der blasenden Pfeife, die zur Entbeckung des Meuchelmordes führen, womit zu vergleichen die Anmerkung zu unserer Nr. 14 „Das Knöchlein".

40. Die Käsprobe.

Bern und Zürich.

Nach J. R. Wyß: Volkssagen aus der Schweiz 1, 321 und nach einer mündlichen Zürcher Ueberlieferung. Die Brüder Grimm erzählen nach der ersteren Quelle ihr Märchen „Die Brautschau" Nr. 155 und unter Nr. 156 ein verwandtes: „Die Schlickerlinge". Entsprechendes auch in E. Meiers schwäbischen Volksmärchen Nr. 30, Müllenhoffs Sagen, Märchen u. s. w. S. 413 und 586. Eine ähnliche Probe mit drei Mädchen, von denen ein Bursche einen Strohhalm „wie sie unter dem Bette liegen" verlangt, um damit die Zähne, die ihn schmerzen, auszustochern — erzählt J. Wurth aus Niederösterreich in Wolf's Zeitschrift für deutsche Mythologie S. 25: „Schwank von Einem, der sich eine Braut suchen gieng."

Warum in unserer Erzählung gerade am Käse die Probe vor= genommen wird, erklärt sich sofort, wenn man bedenkt, welche Be= beutung dem Käse bei den Hirtenvölkern von jeher zukam. Versteht doch der Schweizer Aelpler noch heute unter Spiis geradezu aus= schließlich Käse und Brod. Von den Guggisbergern konnte Johannes von Müller schreiben, „daß in der Sprache ihrer alten Sitten jetzt noch nur Käse eine Speise und nur Vieh eine Waare" sei.

41. Der Schneider und der Riese.

V Orte.

Nach Lütolf Sagen S. 500. Siehe die Anmerkungen zu „Junker Prahlhans" Nr. 7.

42. Die Schlüsseljungfrau.

Aargau.

Nach Rochholz Schweizerſagen I, 229: „Die Schlüſſeljungfrau vom Schloß Degerfelden.“

Wie aus den Attributen der Schuhe, des Goldſchlüſſels und der Pfeife in Verbindung mit einer Menge auf die Schlüſſeljungfrau bezüglicher Sagenzüge ſich unzweifelhaft ergiebt, „daß die Schlüſſel=jungfrau die Frau Berchtha ſelbſt iſt“, dieſe Schiff und Pflug, Ackerbau und die häuslichen Künſte des Spinnens und Webens ſchir= mende mütterliche Göttin — erläutert unſere Quelle einläßlich von S. 242 — 248.

43. Der Wanderburſche auf der Tanne.

Aargau.

Nach handſchriftlicher Mittheilung von E. L. Rochholz.

Eine Variante unſeres Märchens hat Joh. Pauli Schimpf und Ernſt 1542 Bl. 87: „Von der warhait unnd der falſcheit.“ Mit dieſer berührt ſich in einzelnen Zügen ſehr nahe eine zweite bei Zingerle Kinder= und Hausmärchen S. 53: „Die zwei Hafner“. Letztere nähert ſich wiederum mehr unſerem Märchen darin, daß die Here erklärt, die Königstochter, die von einer Schlange gebiſſen worden, könne nur geneſen, wenn man ihr Pferdemiſt auf die Wunde lege. Die vom Pferde ausgehende Heilkraft führt gleich ſeiner in zahlloſen Sagen und Märchen erſcheinenden Weiſſagungsgabe und Geiſterſichtigkeit auf die uralte Verehrung dieſes dem Wuotan geweihten Thieres zurück. In Sitte und Sage erſcheinen manigfach die an Hausgiebeln und Stallthüren entweder feſtgenagelten oder aus= geſchnitzten oder auch unter das Futter in die Krippe gelegten Pferdeköpfe oder Hufe, welche jegliche Seuche und böſe Gewalt ab= wehren ſollen. In Mecklenburg beſtand die Sitte, einen Pferdekopf geradezu unter das Kopfkiſſen des Kranken zu legen. Und in Oſt= friesland kriecht der Kranke, der ſich behext glaubt, durch eine Pferdehalfter (Wuttke, Der deutſche Volksaberglaube der Gegenwart S. 160).

44. Die lindi Wolla.

Wallis.

Handſchriftlich von P. Furrer, durch Fritz Staub.

Kehrt den Schwank von den ſieben Schwaben, die ein blühendes Flachsfeld für Waſſer anſahen (ein Pinſelſtrich, der übrigens ſchon

von den Longobarden den Herulern nachgesagt wurde, Paul. Diac.
1, 20) hinsichtlich der Pointe in sein bedenklicheres Gegentheil um.
(Die indische Quelle unseres Stoffes ist von Felix Liebrecht nach=
gewiesen aus den Avadânas in Benfey's Orient und Occident 1, 129.)
An derlei Spottmären, Einfaltsstückchen, Lokalböhnchen und Lügen=
histörchen ist die Schweiz überhaupt nicht etwa ärmer als andere
Länder. Davon zeugen schon die unzähligen Spitznamen (appenzellisch
„Uschläg"), welche in den alten Gerichtssatzungen unter dem Titel
Hieb=, Stich= und Verachtungsnamen verpönt waren, gleichwohl
aber heute noch von Ortschaft zu Ortschaft mit ungeschwächter Neckerei
hinüber und herüber fliegen. (S. Die schweizerischen Sprichwörter
der Gegenwart, Aarau 1869 S. 50 ff.). Den Ruf von Schilda
besitzen in der Schweiz vorzugsweise Mund, Merlige, Naters, Birgisch
und Breyersberg (Wallis) — Gersau (Schwyz) und Hornußen
(Aargau). Hegnauer= und andere Dorfgeschichten erzählt Reithard,
Schweizerisches Familienbuch 1847. 2, 159; Merliger Döhnchen
Vernaleken, Alpensagen S. 280.

45. Der Figesack.

Solothurn.

Nach B. Wyß, Schwyzerdütsch S. 51. Varianten: Wolf's Hausmär=
chen S. 134 „Der Hasenhirt", und S. 322 „Die Mandelkörbchen".
E. Meier schwäbische Volksmärchen Nr. 5 „Der kranke König und
seine drei Söhne". Grimms Nr. 64 „Die goldene Gans".

Der Bäramslekönig entspricht dem Ameisenkönig in Grimms
„Bienenkönigin" Nr. 62, der die tausend Perlen der Königstochter im
Wald unter dem Moos hervorsucht. „Amsle" ist die Zusammenziehung
aus Ambeisle, das wieder Nebenformen hat in Amisli, Amizli, Am=
beizi, Ohnbeisli, Ohnbizli, Ohmbasle, Obasle, Hambezi, Hampetzgi,
Hambitzli, die alle zusammen zürcherisch sind.

46. Der Söubur.

Luzern und Zürich.

Nach Lütolf Sagen S. 242, und mündlich aus Zürich. Lütolf
hat denselben Schwank wiedergefunden in W. Menzels D. Dicht.
2, 187, hier von dem berühmten böhmischen Gaukler Zyto am Hof
König Wenzels erzählt — und in Birlingers Volkssagen aus Schwaben:
Vom Zauberer Eisenspiegel.

47. Die zwei Brüder und die vier Riesen.

Graubünden.

Handschriftlich mitgetheilt von Dr. F. Vetter nach der Erzählung zweier Hirtenjungen aus Scarl. Gehört mit der belauschten Riesen=Unterhaltung und deren Folgen zu unsrer Nr. 43 „Der Wander=bursche auf der Tanne" und den in den Anmerkungen dazu auf=geführten Varianten.

48. Bur und Landvogt.

Solothurn und Appenzell.

Nach B. Wyß; Schwyzerdütsch, Sitten und Sagen 1863 S. 68. Bei J. M. Firmenich Germaniens Völkerstimmen 1846, II, 658 findet sich die bezügliche historische Anekdote aus Appenzell in nach=stehender Faßung:

J Schwendi, a Stond hender Apazell, ist amol a Schloß ond im Schloß an Edilma gsi. Der ist dann allpott (oftmals) für sin Thurm ahi gseßa. An Bueb ischt do viil furbii ggange i b' Berg gi Schotta hola. Der Bueb het siba Gschwüsterni kah ond ischt gad (nur) a Brökli wiit vom Schloß dehaame gsi; im Rachatobil (Rehtobel) haaßt's. Der Vatter het dört gmalan ond bbacha. Jetz ischt amol der Bueb am Schloß fürbii gganga, ond der Edilma hed an agredt, was der Vatter ond Mueter thünid. Der Bueb hed am zer Antwort gge: „Der Vatter bacht ehggeßes Brod, ond d'Mueter macht bös of bös." Der Edilma hed o wöla wißa, was d'Red in si hei, ond do ischt er inna worde, daß der Aalt das Mehl, won er verbachi, nöd zallt hei, ond die Aalt bleß in a verschrenzts Hääß (zerrißenes Stück Kleidung) büezi (flicke). Wie do der Edilma gfrooget hed, us weßa Gronb si das thüeid, hed der Bueb gseid: „Eba daromm, daß d'iis alls Geld nehbscht". Der Edilma hed em do ddräut, er wöll d'hönd an a raaza (reizen). Der Bueb gohd hen (heim) ond verzellt do aalls mitanand. No, sin Vatter gib em a Röthli a: er söll gad an andersch mol b'Taasa (Tanse, Butte) onderschüberschi (unterst zu oberst) träga ond a Katz dri tho. Der Bueb macht's asa, ond gohd do ena Weg em Schloß zue. Der Edilma stellt a wider z'Red: „No, du Witznafa, sela, kaascht mer säga wedersch, hand d'Ageschta (Elstern) meh wiß oder schwarz Federa?" Der Bueb seid: „Meh schwarz". „Woromm?" „Wil halt d'Tüfil mit be Zwingherra meh z'schaffib hand as d'Engil." Do lohd der Edilma d'Hönd aab; der Bueb lohd d'Katz ufa. D'Hönd springib der Katz noh, ond der Bueb het amig (wohl) o möge lacha; aber

er heb ſi be gnotha Weg (eilig) s'Tobil abi gmacht. Der Edilma,
nöb fuul, iſcht em mit em Spieß noi, heb a donna öberko ond do
z'Tod gſtocha. Ma ka ſi tehnka, der Vatter vom Bueba heb do vor
Rooch völli agiret (geknirſcht) onb die ganz Puurſame (Bauerſchaft)
zämmetho. Es ſönb dem Edilma do Füeß gmacht worda onb er
heb nöb möga uf de Fehneraſtitz ni ko, ſo heb er ſcho gſeha s'Füür
zuem Schloß uus ſlacke. —

Vollſtändiger erzählt unſern Schwank eine Variante von Simrock
(Deutſche Märchen S. 248, aber bereits abgedruckt in Nieritz Volks=
kalender 1854): „Bauer und Edelmann.“ Die hiſtoriſche Darſtellung
dagegen ergänzt Vernaleken in ſeinen Alpenſagen S. 323 „nach der
Volksſage und dem Appenzeller Monatsblatt 1825“: Bis zur fran=
zöſiſchen Revolution ſtund im Tobel, wo der Knabe erſtochen ward, ein
Kreuz mit einem Täfelchen, auf welchem die Geſchichte abgemalt war.

49. s'Einzig Töchterli.

Solothurn.

Nach B. Wyß Schwyzerdütſch S. 59. Eine Variante der erſten
Hälfte von Grimms Märchen „Die zwölf Brüder“ Nr. 9.

50. Der Glasbrunnen.

Bern.

Nach dem Gedicht „der Glasbrunnen in Bremgarten“: Alpen=
roſen 1821, S. 89. Unſer Märchen findet eine ſagenhafte Ergänzung
durch die einer mündlichen Ueberlieferung entnommene Angabe in
Rochholz Naturmythen S. 136: Im Walde Bremgarten, der zur
Stadt Bern gehört und eine große Halbinſel an der Aare macht,
liegt der wegen ſeines Quellwaſſers von Spaziergängern viel beſuchte
Glasbrunnen. Das zunächſt im Boden anſtehende Grundgemäuer
deutet man auf ein einſtiges „Jagdſchlöſſli“. Die Wilde Jagd geht
mit großem Halloh um Oſtern und Weihnachten hier durch. Der
Jäger ſchleppt in grüner Schürze Geld zum Austheilen mit, ſeine
Hunde ſind dreibeinig. Allein zugleich ſpült dann eine Jungfrau
in alter Landestracht Schüßel und Geſchirr am Brunnen, alles pures
Gold und Dem zu eigen, der ſie erlöst.

51. Der ſchlaue Bettler und der Menſchenfreſſer.

Graubünden.

Handſchriftlich mitgetheilt von Dr. F. Vetter nach der Erzählung
zweier Hirtenjungen aus Scarl. Die bekannte Ogergeſchichte nimmt

hier einen neuen Ausgang, der zwar wieder an unsere Nr. 41 „Der Schneider und der Riese" anklingt, aber in Dialog und plastischer Darstellung original ist.

52. Der Haarige.

Aargau.

Mündliche Ueberlieferung. Der Eingang trifft in der Hauptsache zusammen mit Grimm's „Allerleirauh" Nr. 65. Im Uebrigen gehört die Erzählung in den Sagenkreis von den Wilden Männern und Waldfänken. Vgl. „Die Hennenkrippe" Nr. 31. Von einem Wilden Mann aus der Umgebung von Aargauisch Vilnachern, der schwarz und langhaarig ist und eine große Keule hinter sich herschleppt, erzählt eine Sage bei Rochholz, Schweizersagen I, 183. Auch in dem hochgelegenen Thale von Bündnerisch Davos gab es ehemals wilde Menschen; sie waren von gutmüthiger Art, dabei aber von außergewöhnlicher Leibesstärke; ihr ganzer Leib war behaart, um die Lenden trugen sie einen Schurz von Fellen. In der Hand führten sie statt eines Stabes eine mit der Wurzel ausgerissene junge Tanne. Rochholz Schweizersagen I, 319. Ein solch mit Eichenlaub bekränztes Bild eines Waldfänken prangte in dem Wappen des Bündner Zehngerichtenbundes. „Der Wilde Mann mit dem entwurzelten Tannenbaum in der Hand, den wir auf Wirthshausschildern und als Schildhalter in den deutschen Fürstenwappen, auch des preußischen, finden, ist tief in unsere Mythen verflochten." Simrock Mythologie S. 461.

53. Der Wittnauer Hans.

Aargau.

Nach den Wöchentlichen Blättern, Zugabe zum Schweizerboten 1864, Nr. 1. Ein originelles Räuber = Märchen, in welches die bekannte Märe „Wie Eulenspiegel in einen Bienenstock kroch" als Episode verflochten ist. Wittnau, Dorf im aarg. Frickthal.

54. Der Drachentödter.

Aus E. Meiers deutschen Volksmärchen die Nr. 58; der Herausgeber bemerkt dazu S. 314: „Der Erzähler hat dies leider nicht ganz vollständige Märchen vor 30 Jahren in der Schweiz gehört." Es stimmt in den Hauptzügen zu Grimms Nr. 60: Die zwei Brüder.

55. D's Liecht im Häfeli.

Bern.

Von Pfarrer E. Buß in Lenk, Obersimmenthal, getreu nach dem dortigen Volksmund aufgezeichnet. Für sich selbst redend, originell, in Ausdruck und Vorstellung offenbar echt volksthümlich.

56. Die beiden Hirten.

Aargau.

Nach E. L. Rochholz: Alemannisches Kinderlied und Kinderspiel aus der Schweiz S. 91. Gehört zu „Rohrdommel und Wiedehopf" in Grimms Märchen Nr. 173, wo der Wiedehopf Up Up, ruft und die Rohrdommel: bunt herum (bunte Kuh herum;). Vgl. Die Anmerkung über die Vogelsprache zu Nr. 4 „d'Brösmeli uf em Tisch".

57. Der Ma im Mond.

Aargau und Luzern.

Mündliche Ueberlieferung. Gleiches erzählt, auf aargauisch Hornußen lokalisirt, Rochholz Naturmythen S. 249, und Lütolf, Sagen aus den V Orten S. 513, aus luzernisch Ballwyl. Letzterer fügt die Variante aus dem bernischen Habkernthal bei: Ein Mann hatte einst Nachts seinem Nachbar eine Korngarbe gestohlen; er fluchte dabei dem Mond, weil er dazu leuchtete; zur Strafe ward der Korndieb in den Mond versetzt; dort muß er ewig gefangen bleiben und die Korngarbe tragen. — Nach einer Genfer Erzählung im Morgenblatt 1863 S. 343 zündete der Holzfrevler im Unmuth über den verrätherischen Mond ein Reisigbündel an und hielt es gegen den Mond, um ihn zu verbrennen, gerade wie in dem norddeutschen Märchen bei Kuhn 349, der Kohldieb aus Furcht, von dem Mond verrathen zu werden, einen Eimer voll Wasser nimmt, um den Mond auszugießen, oder in dem westphälischen (Kuhn 2, 83) der Kiltgänger, um ihn zu verfinstern, eine Dornwelle, an welcher er sich zuletzt selbst in den Mond verwickelt. Eigenthümlich abweichend ist der von Rochholz Naturmythen S. 284 verzeichnete Freiburger und Freiämter Glaube, welcher im Mond das Gesicht des Judas Ischariot sieht, wie derselbe die erstarrten Hände anhaucht, mit denen er die Wied dreht, um sich zu hängen.

Das Märchen vom Mann im Mond erscheint in zahllosen
Varianten über die ganze Erde verbreitet; (s. den Aufsatz: „Ueber
den Mann im Mond", eine ethnographische Musterung von Oskar
Peschel, Allg. Zeitung Nr. 313, 1869) ihnen allen — und dies
macht seine pantopische Natur erklärlich — liegt eine höchst ele-
mentare natürliche und sittliche Anschauung zu Grunde. Die bekannten Lichtstreifen im Monde, in welche der Volksglaube seit den
ältesten Zeiten alles Erdenkliche hineinzudeuten vermocht hat, mußten
zum Ausspinnen einer kleinen Erzählung dienen mit dem sittlichen
Hintergrund: Gleichwie die Sonne sprichwörtlich Alles an den Tag
bringt, so verräth und rächt der Mond, den die Sprache unsrer Berner
Kiltgänger Buebesunne, diejenige der Davoser Chnabasunna nennt,
alle Schuld, die sich unter dem Deckmantel nächtlicher Finsterniß zu
bergen hofft. Eine Schuld aber ladet sich nach übereinstimmend
ältestem Glaubenssatz auch Derjenige auf, welcher zur Unzeit ar-
beitend den Mondschein entweiht. Daher die vielfach verschiedenen
Namen und Attribute für den Mann im Mond; schweizerisch z. B.
außer Bürdelima: in Glarus Dängelmandli, im Walliser Saßerthale
Heumandli, indeß der Graubündner gleich dem Schwaben und dem
Schleswig-Holsteiner in ihm einen Sennen mit dem Milcheimer sieht.
Wenn nun in unsrer Fassung des Märchens das Vergehen des Holz-
diebstahls noch verstärkt wird durch dasjenige der Sonntagsentheili-
gung, so ist dies ein aus der Bibel entlehnter Zug 4. Mos. 15, 32—36,
der die weitere Folge hat, daß alsdann an der Stelle des Mondes,
welcher in der Glarner Kindersprache s'Herrgotteliechtli heißt, der
Herrgott „in eigener Person" als Rächer gesetzt ist.

58. Der Gugger.

Aargau und Luzern.

Mundartlich nach Rochholz Alemannisches Kinderlied S. 78.
Seltsamer Weise kehrt die Luzerner Version bei Lütolf Sagen S. 355,
das Verhältniß in unserm Märchen um, indem sie den Knaben
zum Kukuk verwünscht werden läßt, „weil er der Frau das Bröd-
chen nicht um den vorgeschlagenen Preis abnehmen wollte". Wohl
nur mißverständlich.

Die mythologischen Beziehungen des Kukuk zu Brod und Bäcker
sind vielfach. W. Mannhardt in seiner Zeitschrift für deutsche Mythologie 3, 209—298 führt in gründlicher Abhandlung über den
Kukuk aus, wie dieser Vogel mit seinem mehlbestaubten Gefieder wegen
seiner Kargheit übel berufen ist.

59. D's Chnereyes Urſprung.

Bern, St. Gallen, Uri, Luzern.

Nach J. Romangs gleichnamigem Gedicht in den Alpenroſen
1869 in Saaner Mundart erzählt von Pfr. Ernſt Buß in Lenk.
Eine lückenhafte Variante erzählt A. Henne von einem jungen
Aelpler aus Ragaz in der benachbarten Alp Varbiel, St. Galler
Schweizerblätter 1832 Heft 4 S. 68. In dieſen, ſowie in zwei
weiteren Erzählungen aus Uri und Luzern, bei Lütolf Sagen 457 ff.
findet die geiſterhaften Sennen (in Luzern Zwerge) ein Hirte, der
zu Ende des Sommers beim Herabfahren aus der Alp nochmals
die ſchon verlaſſene Sennhütte betritt, um dort Vergeſſenes zu holen.
Die angebotenen Geſchenke variren hier zwiſchen der Gabe des
Singens, Pfeifens, Flötens, Waldhornſpielens und des Jauchzens.
Die Bewohner des Entlebuches leiten ihr künſtliches Jauchzen von
dieſer Sage ab.

60. Der Fuchs und die Schnecke.

Appenzell.

Nach dem Appenzeller Monatsblatt 1826 S. 32. Eine bemerkenswerthe Modifikation der Erzählungen von dem Fuchs und
dem Krebs bei der Stadt Luna (Maßmann in Haupt's Zeitſchrift
für deutſches Altherthum 1, 393) und in dem Dorf Krebsjauche bei
Frankfurt a. O. (Kuhn, Märkiſche Sagen S. 243) ſowie des von
Haupt, Volkslieder aus der Lauſitz 1843, 2, 160 aufgezeichneten
wendiſchen Märchens von dem Fuchs und dem Froſch. W. Grimm,
der das letztere in Wolfs Zeitſchrift für deutſche Mythologie 1, 382
wiedererzählt, um daran die innere Uebereinſtimmung mit dem
bekannten Märchen von dem Swinegel und dem Haſen aufzuzeigen,
in welchem der „hoffährtige Haſe von dem trägen, aber liſtigen
Schweinigel im Wettlauf beſiegt wird“, fügt hinzu: „Sieht man von
der anmuthigen humoriſtiſchen Darſtellung des plattdeutſchen Märchens
ab, ſo verdient das wendiſche in einigen Stückchen den Vorzug;
der Haſe hat in der Thierſage eine untergeordnete Stelle und erſcheint niemals übermüthig, wohl aber der ſchlaue Fuchs; und daß
dieſer von dem armſeligen Froſch beſiegt wird, bildet einen glücklichen
Gegenſatz, der viel urſprünglicher zu ſein ſcheint.“ Dieſer Gegenſatz
erſcheint aber in unſerm Märchen geſteigert, inſofern es gar die
Schnecke iſt, die der Fuchs mit übermüthigem Hohn herausfordert.

In einer Fabel des Burkard Walbis, Buch 3, Fab. 76, be=
stimmt der Fuchs das Ziel für den Wettlauf zwischen dem Hasen
und der Schnecke; der Hase schläft sorglos ein, und so überholt ihn
die Schnecke.

61. Das Wiehnechtchindli.

Im Stadt=Berner Dialekt, der engeren Mutter=Sprache des
Herausgebers, umgeschrieben nach Bißius: Leiden und Freuden eines
Schulmeisters 1838, 2, 256.

In der Schilderung des Himmels herrscht hier dieselbe echt
kindliche Vorstellung, wie in dem bekannten Brief Luthers an sein
„liebes Söhnlein Hänsichen“: Ich weiß einen hübschen lustigen
Garten, da gehen viele Kinder innen u. s. f. S. Luthers Briefe,
herausgegeben von De Wette 4, 41.

62. Der Schmußli.

Luzern, Aargau, Zug.

Mundartlich nach Lütolf Sagen S. 38; nach Bircher: Das
Frickthal in seinen sagenhaften Erinnerungen Nr. 27; und nach
Vernaleken Alpensagen S. 116. Wird von Lütolf auf luzernisch
Rüeßligen lokalisirt und mit dem Zusatz abgeschlossen: Manchmal
hörten sie das Kind noch im nächsten Wald, der dem Nienerli ge=
hörte, schreien: „Im Nienerlisgraben, da muß ich gnagen.“ In der
Aargauer Variante von Bircher wie in der Zuger von Vernaleken
hört die Mutter ihr Kind in der Luft schreien; der Schmußli heißt
dort Buge=Maugis, hier „die Strägele“. Fernere Seitenstücke haben
Tscheinen und Ruppen, Walliser Sagen 2, 181: „Die unvorsichtige
Mutter“; und aus Niederösterreich Wolfs Zeitschrift für deutsche
Mythologie 4, 25: „Bestrafter Vorwitz einer Mutter am Tage
Nikolaus.“

Der schweizerische Schmußli ist der deutsche Ruprecht, der um
Weihnachten in Begleitung des Christkindes erscheint. Dieser aber
ist die verkommene Gestalt des ehemals ruhmglänzenden (hruodpe=
raht) Wuotan, der zur Zeit der Zwölften an der Spitze des wü=
thenden Heeres einherfuhr. „Er, der einst allein umfahrende,
mächtige, gebietende Herr und Gott wurde zum Diener seines Be=
siegers Jesus und zieht nun in dessen Gefolge umher.“ J. W. Wolf,
Beiträge zur deutschen Mythologie 1, 129. Indem der Schmußli
hier mit dem Ungehorsam des Kindes zugleich den Vorwitz der
Mutter bestraft, berührt er sich auf's Engste mit dem Germanengotte,

der auf seinem Zuge diejenigen Kinder mit entführt, welche sich durch die Warnungen des getreuen Eckhart nicht aus dem Wege weisen lassen. Und hiemit stimmt sodann auch völlig der obige Zusatz zu unserm Märchen, der vom „Gnagen" spricht, indem das Knochennagen überall ein charakteristisches Merkmal der dem Gotte geweihten Opfermahlzeiten ist und ähnliche Rufe sich deßhalb vielfältig wiederholen, wo von dem Durchzug des wilden Heeres erzählt wird.

Anderwärts heißt der Schmutzli Klaubauf. Zingerle, Sitten des Tiroler Volkes S. 116: „Am Nikolausabend geht der Klaubauf um und nimmt die bösen Kinder in seinen Korb." In einem schwäbischen Aberglaubenssatze ist er geradezu in den Teufel umgewandelt. Birlinger, Volksthümliches aus Schwaben 1, 313: „Man soll kein Kind zum Fenster hinausgeben, und wäre es auch dessen eigener Mutter; denn der Teufel nimmt mitunter eine menschenähnliche Gestalt an. Ueberhaupt gehört dem Teufel, was zum Fenster hinausgegeben wird." Bei Rochholz, Deutscher Glaube und Brauch, heißt es 2, 121: Man soll kein Kind zum Fenster hinausheben, oder es wird von der Streggelen entführt, welche die Frau des Wilden Jägers Dürst ist. Und so betitelt sich denn endlich auch „Die Sträggele und der Dürst" eine schließliche Variante unseres Märchens bei C. Pfyffer, der Kanton Luzern, St. Gallen 1858, 1, 244, nach welcher eine Mutter ihr schwächliches Stiefkind, mit seinem Tagwen (Tagewerk) unzufrieden, der Sträggele unfreiwillig überliefert. „Am nächsten Morgen, schließt hier die Erzählung, fand man die schrecklich zerstümmelten Glieder des Kindes im Dörfchen und rings um daßelbe zerstreut."

Den Namen des Schmutzli leitet Rochholz Schweizersagen 1, 337 von den schmutzigen, b. i. schweizerisch starkgeschmalzenen, mit Fett bereiteten Weihnachtsspeisen ab, während J. Grimm und Lütolf ihn vielmehr mit dem rußigen Aussehen dieses Weihnachtskoboldes in Verbindung bringen. Möglich, daß hier beide Bedeutungen zusammentreffen, insofern der Schmutzli mit Fett und Ruß beschmiert ist gleich seinem Namensvetter, dem faulen Schmutzbartel.

63. Der Schweinehirt.
Bern.

Nach den Alpenrosen 1824, S. 328. Hierzu, gleichwie zu dem „Prahlhans" Nr. 7 und zu der „Käsprobe" Nr. 40 ist dieselbe bündige Bemerkung zu machen, mit welcher die Brüder Grimm ihr Märchen „Die Schlickerlinge" Nr. 156 begleiten: „Es ist eines jener Märchen, welche auf einfache Art eine alte Lehre geben."

Mundart-Erklärungen.

Afe, afangs — bereits, nunmehr, nachgerade.
after, d's after mal — nachher.
akommediere — anbefehlen.
al — allemal.
alla zwäg — ganz vergnügt.
allbeneinisch — etwa einmal, von Zeit zu Zeit.
allzi — allzeit, immer.
ambruf — hinauf.
amig — ehemals.
anereise — verursachen, bereiten.
Anke — Butter.
aschnauze — anfahren.
ächt — wohl.
Aecke — Nacken.
änetnahi — jenseits.
ärstig — emsig, eifrig.
batte — nützen, ausgeben.
Bäramsle — Waldameise.
bbelende — erbarmen.
bchiänat — kennet.
Benne — Bahre.
blange — sich sehnen.
blutt — bloß.
Bolerli — Fäßchen.
boolen — hallen.
booss — besser.

böpperle — klopfen.

Brästen — Gebresten, **Seuche.**

Brässel — Presse.

briegge — weinen.

Buese — Busentasche.

Burtja — Gesindel.

Buur — Milchkeller.

Chasleb — Lab.

chäch — kräftig, wohlbeleibt.

Chelle — Quirl.

chibig — zornig.

chiänt — könnet.

Chyn — Tobel.

Chlapf — Schlag.

chleene — Klee einheimsen.

Chlopfer — Frack.

chlupfig — leicht zu erschrecken.

Chnucheli — kleine irdene **Schüssel mit einwärtsgebogenem Rand.**

Chochle — Kunkel.

choost — kannst.

Chratte — Handkorb.

chrosen — knarren.

Chrüsch — Kleie.

chumme für bekumme — **bekomme.**

chute — tosen.

desuberha — hinüber.

dick, z'dicke legen — **brechen, scheiden machen (von der Milch).**

ditz — dies.

Dohel — Dunkel.

Dorfet — Besuch.

duttere — schwanen.

ebchunt — begegnet.

ebeso mär — gleichviel.

ebig verschnuufe — **verathmen.**

ehnder, d's ehnder mal — **zuerst.**

el — alleweil.

enanderna, enanderigsna — sofort.

erchlöpfe, erchlupfe — erschrecken.

ertattere — erschrecken.

Fazenetli — Schnupftuch.

figge — reiben.

frei — artig, lieb,

futtere — zanken.

für — vor.

Fürtech — Schürze.

gad — grab.

Garteserle, Serle — Zaunstange.

Gasteren — Lagerstätte unter dem Dach.

gattlig — anständig.

gäb — gleichviel ob.

gäbig — umgänglich, leutselig.

gäng — immer.

Gebs — Zuber.

gechlige — jählings.

ggruuss — groß.

Ghirt — ein Stall voll Vieh; 8—12 Stück, so viel Einer ghirten
      (besorgen) kann.

Ghörndlet — gehörnt.

gittig — geizig.

gien — geben.

glatt, glatt übel — so ganz schlecht.

glatt weich — ganz unwol.

glähig — schnell, flink.

gnothi — genau.

gotzig, kes gotzigs Dingeli, kes gotzigs Grüsi — rein nichts.

Göpse — hölzernes Milchgefäß.

göusse — wimmern.

gräch — fertig.

gringlochtig — armselig, mager, schlecht aussehend.

gryne — weinen.

gsien — sehen.

grodle — wimmeln.

Gutter — Flasche.

Gvätterliwaar — Spielzeug.

Gvichtli — Vieh, kleinerer Viehstand.

Gwendi — Gewand.

handum — in kurzem.

hantli — wacker, tüchtig.

haudentisch — gründlich, wacker.

Helge — Bild (Heiligenbild).

himle — sterben.

Himlezi — Balkenkopf der Diele, Himmelbett.

Hitzgi — Aufstoßen.

holijen — jubeln.

Höch — Knirps.

Hömli — Hemd.

Hundertschwizer — Centgarde, Leibwache.

hübscheli — leise.

iigata — eigen.

kantsam — auf den Wink.

Lääf — Maul, Schnauze.

liberment — völlig.

liechta — licht hell.

liechten — Licht brennen.

liert — leert.

Limmerchäs — Käse aus Mümliswyl im Jura.

lire — schlingen, winden.

loot — läßt.

Mendi — Männchen.

miserablig — sehr, z. B. miserablig riich.

mondessmorge — morgen früh.

mörnderisch — morgens.

mu — ihm.

munzig — winzig.

Nase, es hät e Nase — es hält schwer.

nätt — nicht.

nienaby — bei weitem nicht.

Nidel, Nidlu — Rahm.

niiniggwüss — keineswegs.

notsno — nach und nach.

notti — nichtsdestoweniger.

nuever — munter.

oalds — Alles.

ol — ober.

osig — aufwärts, hinauf.

öppedie — mitunter.

partu — durchaus.

Pfeister — Fenster.

pfödele — rasch auf kurzen Beinen gehen.

Pfödi Knirps.

prägle — rösten.

rabauzisch — frech.

räble — klettern.

rode — regen.

rooss — sehr.

Rouf — Brotrinde.

Rung, dä Rung — diesmal.

Runs — Graben.

ruunen — raunen, flüstern.

Saperlilot, bim S. — Salerlot.

Saren — Riegel.

schaalten — schüren.

Schlegel a Wegge — auf Einen Streich, unverzüglich.

schlingge — werfen.

schleike — schleppen.

schletze — zuschlagen.

Schmützli — Kuß.

schottets für gsottes — Gesottenes.

Schöpf — was man in Einem Mal herausschöpfen kann.

schränze — reißen.

schryssen — reißen.

schüli — sehr.

Singel — Grobian.

Sirbenen — Käsmilch.

sott — sollte.

söttigi — solche.

Spys — Käse.

sprätzlen — knistern.

stantebene (staute pede) — stracks.

starregangs — geradenwegs.

staubvombode — rasch, plötzlich.

sunderbar — besonders.

Sürmel — Tolpatsch.

taub — böse, aufgebracht.

Tägel — Ampel.

Tälpli — Tatze.

timmer — dämmerig.

toll — stattlich.

trampe — gehen.

träähen — trinken.

Trächli — Treicheln, große Schellen.

trogen — trüglich.

troole — fallen.

Tschebini — Beine.

tschöppele — foppen.

Tschuppe — Menge, Haufen.

übla werden — bös, wunderlich werden.

unerchannt — sehr, außerordentlich.

usöd — bös.

Verbooscht — Mißgunst.

vertotteret — erschrocken.

verwütsche — erwischen.

vischberle — vispern.

Vola — Milchtrichter.

vor — für.

wäger — wahrlich.

wärweissen — schwanken (wer weiß? fragen.)

Weder eins noch keins — gar keins.

weidli — flink.

Weidlig — Kahn.

weigger — wahrlich.

Widerspiel, d's Widerspiel — im Gegentheil.

wie — wäre.

wott, wottsch — will, willst.

würsch (unwirsch) schlimmer, schlimmst.

zäge für säge — sagen.

zyt für gsyt — gesagt.

zwinggern — zwickern.

zwitzere — blinken.

Lightning Source UK Ltd.
Milton Keynes UK
UKHW022315161121
394097UK00003B/225